本书得到黑龙江省哲学社会科学基金项目（编号：11C031）和哈尔滨师范大学优秀青年学者支持项目（编号：SYQ2014–05）的资助

龙江当代新诗论

陈爱中 著

中国社会科学出版社

图书在版编目（CIP）数据

龙江当代新诗论／陈爱中著．—北京：中国社会科学出版社，2018.4
ISBN 978 - 7 - 5203 - 2181 - 5

Ⅰ.①龙…　Ⅱ.①陈…　Ⅲ.①诗歌研究—中国—当代　Ⅳ.①I207.22

中国版本图书馆 CIP 数据核字（2018）第 048046 号

出 版 人　赵剑英
责任编辑　周晓慧
责任校对　无　介
责任印制　戴　宽

出　　　版　中国社会科学出版社
社　　　址　北京鼓楼西大街甲 158 号
邮　　　编　100720
网　　　址　http://www.csspw.cn
发 行 部　010 - 84083685
门 市 部　010 - 84029450
经　　　销　新华书店及其他书店

印　　　刷　北京明恒达印务有限公司
装　　　订　廊坊市广阳区广增装订厂
版　　　次　2018 年 4 月第 1 版
印　　　次　2018 年 4 月第 1 次印刷

开　　　本　710 × 1000　1/16
印　　　张　17.5
插　　　页　2
字　　　数　246 千字
定　　　价　76.00 元

目　　录

第二编

第三编

导　　论

从历史上说，黑龙江地处边缘，不是一个文化繁盛的地域。在文明演变过程中，黑龙江自然人文的繁华远远超越文化人文的硕果。在中华人民共和国成立之前，诗歌领域的点点灯火，大多依靠非常态的文化流动，孤苦无依的点燃。吴兆骞、张缙彦、杨越等人的"流民"诗歌，写出那个年代独有的塞外悲怆。20世纪30年代呈现出自为状态的金剑啸、萧军、萧红等人的创作，大多也浸染着流荡漂泊的底色。无论是感时伤怀，还是留恋故旧；无论是长叹命运不济，还是缘薄情长，对于黑龙江的地域文化来说，诗歌都缺乏"在地"的感受，江南流人终老此地，但毕生南望；本土诗人也大多流荡他乡，东北作家群用他们浸染伤感的笔触描画出的是想象的"东北乡"。真正的龙江新诗，缺乏的依然是守望目光的注视，以及生于斯长于斯的故土情怀，多为异域空间创下的记忆文本。

作为最早政权更迭的地域，20世纪40年代末期是包括诗歌在内的龙江文化真正开始乡土建构的起点。自此以后，龙江新诗经过北大荒诗歌的拓荒、石油诗歌的勃兴、80年代大学生诗歌的崛起以及90年代张曙光、李琦等引领全国诗歌潮流的诗人的如椽大笔的描画，无论是在题材上引领潮流还是在创作理念上匠心独运，龙江新诗才有了骄傲于汉语诗歌的独立身份，才有了所谓的"黑土诗派""黑水诗歌""龙江新诗"等带有文学史色彩的地域诗歌命名，龙江山水也才孕育出了标志性的汉语诗歌思潮。

一 "流民"诗人的"在地"化

龙江新诗史，从根本上说是文化不盛、荒凉丛生的，半个多世纪以来，无论如何沧桑变化，在这样有限的时间内，依然无法改变诗人群"流民"化的历史印迹，只不过是内容和来源有了变迁。北大荒诗歌中的很多作者来自十万转业官兵，以及从上海、浙江等南方省份过来的上山下乡的知识青年，因为各种政治原因被"流放"到龙江新诗中的艾青、郭小川等人，虽成分复杂但来自他乡的命运一致。20 世纪 50 年代以来以描述大庆油田为中心的石油诗歌，是真正意义上在文化荒漠上开出的异域之花，甘肃人王进喜、山东人吴全清、陕西人李敬等，身为石油工人，充满战斗豪情，在充满战天斗地的浪漫主义抒情格调中，作为异乡人谱写出龙江新诗中最为真挚的工业诗歌。

在新时期以来的归来者诗人群中，来自四川的梁南、浙江湖州的方行、安徽的王忠瑜、广西荔浦的陆伟然、吉林的谢文利等，这些因为各种原因来自异乡的诗人，大多将最美的青春年华和创作才情奉献甚至终老于这片热土上，在龙江大地上开拓出了"在地"的诗歌体验，从自我认同的角度完成了龙江本土诗人的转变。河南辉县人秦风曾用对比诗来写这段情怀的转变。

青山——江南

我家住在江南，
门前流水潺潺，
梨花落后清明，
秧苗绿遍水田。

如今来到青山，
清水流在门前，
燕子来后雪化，

秧苗绿透蓝天。

江南天边烟水，
青山烟水无边，
虽欠斑斑竹影，
却有松柏参天。

　　朗朗上口的节奏，清明朗照的意象，将"流民"诗人的心态尽情刻画出来，在对比中展现皈依情怀。如果说秦风的书写属于相对模糊的盲目乐观主义格调的话，那么梁南《在哪里我都开花》所写的，则显得深刻真实得多，堪为一代人的心声：

像蒲公英的伞，安恬地落到了边境，
我定居在茅草间，捧起雪花洗脸。
我不会死亡。无论多么贫瘠的地带，
都不会拒绝忠实的种子带去热恋。

当我踏倒荆棘蒺藜，路就清晰地出现，
那仍燃烧着的希望，沿着它走向了遥远。
风雪迷途的日子我也在实践拓荒的图案，
严寒不可能征服我，我正在狂放地流汗。

芳馨从荒芜里浮动着美丽的光环，
我被花果沉浸，收获无数粉红的眷恋，
胜过南国无言的相思子，
那血液里活生生奔泻的爱恋。

我从最崎岖坎坷的环境里拓开道路，
我从最伤心苦难之地打开第一轮花瓣。
我从草丛抬起茅屋的头迎迓母亲前来，

我透过欲滴的珠泪辨认出喜讯的内涵。

我即使是一只很快被淘汰的骆驼，
眼前肥美的水草也不能打动我的心弦，
我愿倒毙在刚犁平困苦的新道上，
最好是在茫茫沙漠的终点。

我不是苍白的种子，我在哪里都能开花，
我渴望充满力和美的刀子雕刻我的祈愿：
哪怕做卑微的蒲公英，我锯齿的叶，
也定将锯断冻层，开出如金的黄花一盘。

梁南运用凤凰涅槃一样的精神，充满悲恸之情的语调，很好地描述出龙江诗人的"流民化"融入白山黑水的心路历程，而他笔下的北方树林、山崖、荒原等典型风貌意象被赋予了宏大的时代意义，有着非凡的表演，消弭了流浪与漂泊的悲情，涌现出在家属地的热望。于是我们就看到广东云浮人钱英球在《窗花》里的如梦景象：

我在山林里奔跑
骑着雪白的马驹
袍子和马鹿
跟在我身后
总保持一定距离

醒来时
我看见
我的梦
就贴在窗玻璃上。

随着外来诗人写作经验的"在地"化，一些土生土长的本土诗人也融入了这场龙江新诗的大欢唱中，李风清的风俗叙事，浸染着故乡多情的影子："一路月光洒满道，/一塘蛙声咯咯叫，/老支书带咱上岗来，/绿野里又添一名流动哨。//听：高粱拔节咔咔响，/瞧：玉米蹿缨红光耀⋯⋯/风吹公社七月夜啊，/一幅丰收图，一片丰收调！//亲手画出的家乡景，/天天在走的公社道，/老支书啊，今宵跟你来巡夜，/听得见你的心在蹦蹦跳。"（《月夜上岗》）刘畅园的清新诗风，"月亮从东山，/笑着升起来，/矿工笑着，/从西山沉下去"（《夜班》）。"北方的冬天，/大地披上了白皮袄；/北方的冬天，/大江大河也休息了。"（《冬天》）相对于"流民"诗人或有着深厚的政治素养，或有着"罪感化"的历史负担，这些本土诗人的诗篇要轻松许多，但相对于关内大军的昂扬歌声来说，他们的声音也就湮没在了众声合唱中，并没有产生更为深远的影响。

龙江大地从1948年开始，就成为共和国领导人运筹帷幄地实施建国纲领的试验地，开发北大荒，拿下大油田，知识分子的上山下乡，等等。新时期之前的龙江新诗都是伴随着一个又一个全国性的社会文化运动来表达的，这也注定了龙江新诗能够超越地域的狭隘而表达走向全国的畅想。也正是这些社会文化运动，使来自五湖四海的共和国建设者共同奏响了龙江当代诗歌的前三十年。如果从美学的角度来分析的话，这三十年的诗歌总体上呈现出这么几个风格：

首先，紧跟时代意识形态的步伐，体现共和国的政治意志。鲁迅在谈到革命与文学的关系时说："等到大革命成功后，社会底状态缓和了，大家底生活有余裕了这时候就又产生文学。这时候底文学有二：一种文学是赞扬革命，称颂革命，因为进步的文学家想到社会改变，社会向前走，对于旧社会的破坏和新社会的建设，都觉得有意义，一方面对于旧制度的崩坏很高兴，一方面对于新的建设来讴歌。另有一种文学是吊旧社会的灭亡——挽歌——也是革命后会有的文学。"[①] 鲁迅的预言在龙江新诗这里得到了应验，此一时

① 鲁迅：《革命时代的文学》，《黄埔生活》周刊第 4 期，1927 年 6 月 12 日。

段的龙江新诗基本上是在这个内容选择和确定基调的范畴内的。无论是郭小川的《刻在北大荒的土地上》还是王进喜的《铁人诗抄》，甚至到了80年代初期，龙江诗人还没有忘记这种破旧立新、勇于承担的社会使命。梁南在那首《我追随在祖国之后》中这样说道：

> 我不属于我，我属于历史，属于明天，
> 属于祖国——花冠的头顶，风的脚步，太阳的心。
> 从黎明玫瑰色的云朵穿过，向远方，
> 如风吹，如泉流，如金鼓，如急钲，
> 一声呼，一声唤，一声笑，一声吟，
> 款款叩击着出生我的广袤大地，
> 这行进之音，恳切而深深，
> 像探索一样无尽……
> 紧紧把祖国追随。

北大荒的磨砺和抚育，让诗人的胸怀无比宽广，在常人难以企及的境界里思考着归来诗人的价值和意义。

其次，阳刚、明朗、乐观的格调。新生共和国胜利者的豪情，战天斗地建设者的强力声浪，都决定了这三十年的龙江新诗是很难有沉郁、消极甚至平淡风格的。新与旧、东风压倒西风的二元对立模式，个人归结于集体，响应体现共和国政治意志的要求，这些都决定了这三十年龙江新诗阳刚、明朗和乐观的格调。方行的《我的歌》、严辰的《鄂伦春的歌》、王忠瑜的《雁窝岛之歌》、刘畅园的《我的歌》，以及王书怀的《桦林曲》、陆伟然的《北大荒春耕曲》、彩斌的《完达山抒情》、陶尔夫的《小兴安岭短笛》，等等，从这些诗篇的名字上我们就能清楚地感悟到诗篇所要表达的扑面而来的春风气息和热情洋溢的抒唱情怀。如果我们再看到沙鸥的《太子河的夜》，也许就能够更为深刻地领会此一时期龙江新诗的清新活泼了：

树林中响起一片沙沙的声音，
八月的晚风送来了凉爽；
太子河奔忙地流过本溪，
像一条蓝色的发亮的带子，
围绕着如林的工厂。

运送矿石的火车驰过铁桥，
汽笛的吼声在山脚回响，
该不会惊醒熟睡的人们吧——
劳动模范疗养所的大楼，
现在刚刚熄灭了灯光。

对岸又在倾倒炉渣了，
太子河边像竖起一道火墙。
我像看见了那些工友，
怀着水蜜桃般饱满的快乐与热情，
紧张地工作在炉旁。
发电厂的蒸汽隐隐可见，
月亮像一面明镜嵌在天上，
谁把满天的星星都摘了下来，
你看，那工人住宅区的电灯，
比星星还多、还亮！

太子河唱着欢乐的曲子，
唱出了人民美丽的梦想。
太子河日夜地奔流，
它用钢铁沸腾的声音，
为祖国的前进伴唱！

二　孕育与生成：土生土长诗人群落下的龙江新诗

新时期以来，随着政治形势的变迁，由于各种原因居住于龙江大地的一批诗人开始回迁，回到只有诗歌才能提供的梦中故乡，并在新的文化土壤里重新开花结果。这直接引领出一批在龙江出生并受教育、成长的本土诗人喷薄而出，以守土在地的身份来观照和打量这片神奇的土地。获得过鲁迅文学奖的诗人李琦以温婉柔美的文笔"唠叨"着家庭的快乐和亲情的难以割舍；擅长叙述的张曙光在沉婉多思的书房里构造着天南海北的哲学对话；中年诗人桑克用情感充盈的目光寂然地洞察世界，幽默而从容；马永波在智慧和巧手中将诗歌语言打磨得"高深莫测"、技巧新颖，朱永良则睿智而沉着地勾勒诗歌世界的线状传统，迷恋于时间缠绕的美景；庞壮国以浓郁的大嗓门喊出了"关东第十二月"的豪爽和霸气；马合省以另一种现代人的视角重构历史的想象，"风骨内藏，诗风冷峭"（李琦语），等等。这时候的龙江新诗真正开始摆脱关内文化的束缚，如嫩芽挣脱顽石的压制，露出了点点鹅黄，历经风雨洗礼之后，逐步成长为苗壮的参天大树。

总起来讲，新时期以来的龙江新诗大致呈现出这么几个特点。

第一，拥有可以抗衡甚至引领汉语诗歌整体发展方向的美学风格，形成了独立的龙江新诗格调。

女诗人李琦的《冰雕》一诗曾被视为20世纪80年代诗歌的代表作：

> 温暖的心
> 在北方的奇寒里
> 雕塑了它们
> 它们才如此美丽

我仿佛突然知道
由于严冬的爱抚和鼓励
柔弱的水
也会坚强地站立
并且，用它千姿百态
呈现生命的神奇

当春天到来
它们会融化的
融化也不会叹息
毕竟有过骄傲的站立啊
能快乐地走来
便情缘快乐地走去

啊，北方，
也把我雕塑了吧——
雕成天真的小鹿
雕成活泼的游鱼
雕成孔雀和燕子
即使有一天消失了
也消失在
春天的笑容里

　　全诗清朗而温婉，意象的选择，主题的开掘，抒情的样式，都活脱脱地彰显出那个时代青涩、唯美的诗意质素。她在 2010 年凭借《李琦近作选》获得第五届鲁迅文学奖，其潜在的历史积淀应该从这首诗就开始了。积累于 80 年代的张曙光，到 90 年代声名鹊起，因了世纪末的那场"知识分子写作"和"民间写作"的沸沸扬扬的论争，他被推向了汉语新诗论争的风口浪尖，一度成为"知识分子写作"的代表性诗人。《岁月的遗照》中青春的记忆和为时光重新赋予意义，叙述从容而情感抒发有度，在一定程度上应和了新的诗歌写作范式："年轻的骑士们，我们/曾有过辉煌的时代，饮酒，追逐女人，或彻夜不眠/讨论一首诗或一篇小说。我们扮演过哈姆雷特/现在幻想着穿过荒原，寻找早已失落的圣杯。""我曾为一个虚幻的影像发狂，欢呼着/春天，却被抛入更深的雪谷，直到心灵变得疲惫/那些老松鼠们有的死去，或牙齿脱落/只有偶尔发出气愤的尖叫，以证明它们的存在/我们已与父亲和解，或成了父亲，/或坠入生活更深的陷阱。而那一切真的存在/我们向往着的永远逝去的美好时光？或者/它们不过是一场幻梦，或我们在痛苦中进行的构想？/也许，我们只是些时间的见证，像这些旧照片/发黄、变脆，却包容着一些事件，人们/一度称之为历史，然而并不真实。"《给女儿》呈现出的别开生面的对死亡的丰富性讲述，透视出一种浸入骨子里的悲悯："我创造你如同上帝创造人类。/我给了你生命，同时带给你/死亡的恐惧。"《一九六五年》开启出90年代诗歌界公认的叙事潮流，安静地谛视世界的个人化写作，从理论的高度赋予他代表一个时代的意义，也表征着龙江新诗从偏安一隅的寂寞到拥有了冠冕诗坛的荣耀。

都说龙江是文化的荒漠，自然风光的优美潜隐着文化缺失的遗憾，但新时期以来，桑克、张曙光、朱永良、马合省的涌现逐步改变着这个断语在龙江新诗领域的成色。朱永良以嗜书如命、思想滚涌的姿态来勾画"读书人"的诗：

> 我喜欢沉湎于有些虚幻的事物
> 沉思默想：萨福散逸的诗行
> 孔子没有编辑的古书
> 集中关于创造世界的说法
> 另一种二十世纪的历史
> 还有诗歌未来的诗体
> 韵脚的法律地位
> 人们做梦的政治价值

我还喜欢书页的空白处

并模仿一位阿根廷人

喜欢沙子在沙钟里缓缓坠落的形式

喜欢无事可做的上午

坐在安静的沙发上

目光随意地滑过书架上一行行书脊

让上千本书亲切地吞噬我的记忆。

以书为核心意象，沉湎于思想遨游的情景清晰在目，书房的静然而又不平静的状态生意盎然，如此写诗的，尚不多见。马合省出版于 1989 年的诗集《老墙》，是诗人"读史笔记"诗歌系列的总结，从历史中读出智慧，在与历史对话中积淀人生："人世转眼即是千年/亲手修造的城，连工具/还没有安放平稳，那城/竟被风化得驳驳斑斑了/到处是藏不住的苦笑"（《那制造了骄傲的总是离骄傲太远——读史笔记》）。还有另一种"历史"的诗学解读，"事情不断过去/被议论成历史/前面的皇帝把江山丢了/后面的皇帝笑前面的皇帝/还没有笑出声来/自己便丢了江山//其实那些皇帝是不甘的/给现实的圣旨上明明写着：借鉴/不过是认认真真地走过场/不过是劳劳碌碌地扯淡/一场雪在野外飘飘洒洒/还未落到地面/又被大风吹远/谁承认这是浇灌呢"（《你们年年栽树·读史笔记第七》）。他还曾写有关于长征的若干诗篇，重走长征路，重思那段被各种文字浸润的历史，从个人视角用诗来读，这另一种主旋律诗歌的写作，还是别有味道的，写出了个体经验对历史的真实体味。

无论是抒情还是叙事，无论是地域题材还是间接经验，无论是感性直发还是思想迂回，龙江新诗都不缺乏可以代表汉语新诗某一个时代特点的诗篇。

第二，"在地"经验的重构。俗谚说，一方水土养一方人，地域环境对一个作家有着重要的影响作用。老欧洲广阔的田园风光是成就荷尔德林"诗意栖居"的重要背景资源，诗人体验的原初性和创造性决定了他们对于生活的地域有着更为直接、更为深刻的体验。"提出诗歌的'地域'问题，不仅是为诗歌批评增添一个分析的维度，而且'地域'的因素在80年代以来诗歌状貌的构成中是难以忽略不计的因素。在诗歌偏离意志、情感的'集体性'表达，更多关注个体的情感、经验、意识的情况下，'地域因素'对写作，对诗歌活动的影响就更明显。"① 如果说，新时期以前的龙江新诗感悟最多的是白山黑水的自然景色，多运用传统的起兴手法，将对自然风光的歌颂归结到新旧社会的对比，畅想理想未来的叙事的话，那么，进入新时期以来的龙江新诗对于龙江大地的重构则显得更为复杂和深入。

首先，同一地域意象的个人化建构。哈尔滨无论是作为一个城市地理标志还是作为一个文化标志，在中国近现代的文化版图上都是一个富有特色的重要符号。进入新时期以来的龙江新诗很少有诗人的笔下没有出现过这个边缘但浸润着深厚现代文明的城市符号的，因此也就有了不同品格和不同内涵的哈尔滨。诗人桑克的笔下，哈尔滨首先是个多信仰共存的城市，往昔众多神灵的眷顾地，基督教、东正教、新教、穆斯林、文庙、道观共处一个苍穹下，各种信仰拯救着苦难者不同的灵魂。但今天却成为"沉没的大多数，并非为/信仰而设，一些为旅行者/一些为拥有旧梦的人，/为廊檐之上的黄昏，/或者燕子，在残垣间穿梭"（《哈尔滨教堂》）。其次是"夏天短暂，打个盹就殁，/而冬天过长，犹如厌倦的一生。/洋房渐渐减少，拆了一些，/而没拆的，也是虚有其表。/落叶也渐少，和树木战争有关，/顺便减掉一些人，/在落叶之中散步"（《哈尔滨二》），哈尔滨成为一座渐渐破落的城市和被野蛮改变历史印迹的城市。诗人张曙光曾有系列诗作《哈尔滨志》面世，专门写这座城市，或现实或理想，或失望，或悲凉，林林总总，几乎写到了这个城市全部有代表性的符号，霁虹桥、学府路、中央大街、圣伊维尔教堂、索菲亚教堂甚至是马迭尔冷饮厅，都披上了诗意的裙裳。"富有诗意的名字，只是一座俄式的桥/连接南岗和道里两个

---

① 洪子诚、刘登翰：《中国当代新诗史》，北京大学出版社2005年版，第211页。

街区，桥身带点拱形/却难以与彩虹联系在一起。但它并非不美/而且气派，有着带浮雕的方尖碑式的桥塔/和镶着飞轮的漂亮护栏。桥下闪亮的铁轨，把一列列火车/引向北方的更北，那是我家乡的方向——"是为霁虹桥；"这名字很美，却明显带有/色情意味。也有一点市井气/使你不会与《桃花扇》产生联想/但其实都是青楼"，此乃桃花巷；在追问中深省的"时间的废墟，或祭品，一个时代/垂死的疤痕。但最终会有什么留下/供我们沉思和凭吊？或许/你的存在，只是为了一首诗？/而这首诗的存在，又是为了什么？"是为圣伊维尔教堂。在学者诗人朱永良的笔下，苏联士兵成了"一个不再存在着的国家的亡魂/带着战争造成的、抹不去的/岩石般的哀伤"（《苏联士兵的墓地》)，也为这座城市的历史增添了苍凉的底色。他从旧照片里寻找哈尔滨的故旧，"旧照片上的这座教堂/已被特定的时间吞噬，/已被一只狂暴的手/从空间中无情地抹去""在俄罗斯式的静穆之中/隐含着那逝去岁月的秘密，/教堂周围玩具般的栅栏/圈出来一块儿信仰的飞地。//布拉格维音斯卡娅教堂，/在过去的空间里并没有消失，/它已成为一段历史的标志/和时间底片上抹不去的印迹。"（《布拉格维音斯卡娅教堂》)

　　除了单个城市，龙江新诗自然要关注这里的灿然山水，这是龙江新诗的传统。在政治抒情诗盛行的时代，自然风光只是政治主体表达的附属，从经验意识上说，也是一种集体的发声，并非个体体验的鲜活表达，这在前文已经有所表述。进入新时期以来对于龙江大地的森林、湖泊、油田、旷野的叙述有了另外的面孔。松花江，在60年代诗人李剑白的笔下是"老一代在你身旁浴血斗争，/新一代在你身旁生产劳动"的"红旗似海，阵容齐整"（《松花江上》)的劳动壮观图，新世纪的松花江在诗人潘永翔的描述中则是"宿命的江啊/你的浪花岂止染白了/父亲的头发/也染白了兴安岭的雪峰/父亲的影子投在弯曲的河道上/绷直的纤绳能否/再一次牵出绝世的风景"（《松花江》)，乡土的伦理亲情几乎是江河山川一个时期必然的情感寄托。雪是龙江大地最为常见也最具特色的精灵，自然也是龙江新诗人青睐的抒情物。鲁荒的"雪""像某种仪式/让人欲言又止""没有任何事物比深入一场大雪/更能感动人生/从生到死，一场大雪/就可以使人/从透明，到透彻"（《雪天里赶路的人》）；王立宪的"雪"是"祖母头上的白发/在苦难的高纬度上/是一生一世的雪""辽阔的雪野/注定了我的目光无法看尽/有一种感叹似乎还没有成熟/就变成了车窗外/飘零的雪"（《从安达到齐齐哈尔的雪》）；任永恒的"雪天不戴草帽/草帽已留给秋天里做静静的回旋/立起风衣领向风雪走去/任宽额成为超然的极地/在拧动的皱纹中随便写着/关于雪的舞曲"（《落雪，不戴草帽》）；桑克的雪则是热的，"零上13℃，突然下雪。/厚厚的，像沙子，摔向大地。/人们狼狈行走，而我则为谴责得意。/持续间，悲伤突袭，我落下泪来。/泪是热的，烫伤我的脚趾。/前日清明，我却冷冰冰缩在心中。/不去墓地，也不阅读杜牧的雨诗"（《热雪》）。

从地域意象的共同性走向个人化，标志着龙江新诗从本体上建构出了独特的审美范式，也就有了所谓的"黑水诗派""黑土诗歌"等独霸一方的诗歌流派出现的可能，尽管现在依然有争议，但并不妨碍我们谈论一些共性的事情。

其次，本土诗人群的形成。从诗人群体的角度来说，进入新时期以来的龙江新诗实现了原初性的孕育。韩作荣、林柏松、徐忠宝、邢海珍、潘永翔、李琦、张曙光、丹妮、朱永良、全勇先、王立宪、伯辰、张静波、王小蝉、雪村、朱凌波、马永波、杨川庆、潘洗尘、冯晏、杨河山、袁永苹、杨勇、杨拓等，会有一个长长的名单，这些都是龙江大地培养和孕育出的汉语新诗骨干力量。他们从对龙江风物最为原初的感悟出发，每每营构出应然的抒情景致，风雪大漠、森林草原。虽然后来囿于各种原因，不少诗人离开了黑龙江，到外省谋生活，但龙江新诗的积淀永远是他们写作的根基。同样地，他们的辛勤耕耘、笔耕不辍，成就了龙江新诗可以辐射到整个汉语新诗的诗歌文本。潘洗尘的《六月　我们看海去》《饮九月初九的酒》，张曙光的《岁月的遗照》《一九六五年》，马永波的《眼科医院：谈话》《电影院》，桑克的《雪的教育》《在海岬的缆车上》，庞壮国的《关东第十二月》《沼泽里，白桦躺成一条路》，王立宪的《凡·高的向日葵》

《麦田上的乌鸦》，等等，又会是一个长长的书单，走出龙江，辐射全国。一方面，从获奖的角度说，更可谓是硕果累累。李琦获得鲁迅文学奖，张曙光曾获得刘丽安诗歌奖、上海文学诗歌奖、"诗歌与人"诗歌奖，桑克多次获得"华语文学传媒大奖"的提名，等等，这些全国性的奖项从一个侧面证明着龙江新诗的傲人成就。另一方面，从龙江新诗走出去的诗人开始在某些方面影响着整体汉语新诗的发展，马永波任教于江苏高校，聚集一群诗人，成立诗学研究中心；中岛身居京城，孜孜不倦，不计酬劳和成本地编辑着民间诗刊《诗参考》，使之成为在汉语新诗领域能够和《诗刊》《星星》《今天》等诗歌杂志一样进入文学史视野，荣获可以载入史册的荣誉；经营广告公司的潘洗尘从资金支持的角度，资助并兼任多家著名诗歌杂志的主编，为新诗的健康发展注入必不可少的诗人情怀。《北方文学》《诗林》《剃须刀》，无论是庙堂还是民间，这些坚持至今的诗歌刊物也从媒介传播的角度宣告了龙江新诗的壮阔。

俄国哲学家巴赫金说："对话交际是语言的生命真正所在之处。"[①] 语言的生命也决定着文学的生命，"一切莫不都归结于对话，归结于对话式的对立，这是一切的中心。一切都是手段，对话才是目的。单一的声音，什么也结束不了，什么也解决不了。两个声音才是生命的最低条件，生存的最低条件。"[②] 在论述龙江当代诗歌的过程中，创作和评论之间的互动能够将研究对象置于更为活跃的境界中，也为研究对象做了历史性的资料积累。为了增加评论和创作之间的互动和现场性，本书还将从口述史的角度尽可能全面地做诸如李琦、张曙光、桑克、冯晏、潘永翔、庞壮国、杨河山、朱永良等龙江当代诗人的系列访谈。在访谈中，我们可以看到在具体创作中无法体现出来的诗人具体的诗学观点，在同诗作相互印证的同时，也可以让我们看到诗歌创作之外的背景性资料。

---

① ［苏］巴赫金：《陀思妥耶夫斯基诗学问题》，白春仁、顾亚铃译，生活·读书·新知三联书店 1992 年版，第 252 页。

② ［苏］巴赫金：《巴赫金全集》第 5 卷，白春仁、顾亚铃译，河北教育出版社 1998 年版，第 340 页。

第一编

第一章　北大荒诗歌论[*]

1946 年，自从中华人民共和国领导人决定开发北大荒以来，三江平原被遗忘的历史逐步变得喧嚣。随着早期垦荒者的到来，50 年代中后期十万官兵集体转业开发北大荒，60 年代中后期知识青年上山下乡的政治要求，丁玲、郭小川、艾青等众多著名诗人因时代际遇也成为这个地域生活中的思考者。及至若干年后，返程的北大荒人将北大荒作为一代人的青春记忆和砥砺人生的炼狱，作为一代人的个人记忆和群体认同的征象，被不断忆念和重构，成为共和国文学历史上一段沉重但让人留恋的过往，肖复兴、梁晓声都是其中的佼佼者。诗人鲁琪的诗集《北大荒》曾在 1951 年被当时的《光明日报》文艺评论版做专门的介绍，甚至获得了与延安时期诗人阮章竞《漳河小曲》同等高度的评价，他的《北大荒的故事》则是比较早地对北大荒文学精神的正面歌唱。

文学是人学，有人的地方必然有诗歌的徜徉，尤其是共和国的成长几乎是伴随着汉语新诗的积极诠释，郭沫若的《新华颂》开创了颂歌的典范，胡风的《时间开始了》宣告了一个新的时代的来临，新诗始终是这个时代各种文化浪潮的报春燕。1958 年，正是郭沫若用他那"絮絮叨叨"的语言所写作出的《向地球开战》这一诗篇吹响了北大荒开发的号角——"我们要大大的开垦，/南至海南岛，北至黑龙江边，/西至世界屋顶帕米尔高原。海底和山顶都可以种植，/大戈壁沙漠要设

---

* 除非有特殊注释，本书引用的诗篇主要来自以下两本书。一是农垦出版社丛书编辑室编：《向地球开战》，农垦出版社 1958 年版。二是北大荒文学作品选编委员会编：《北大荒文学作品选》，学林出版社 1987 年版。

法变成良田"，也开启了汉语新诗历史上的"北大荒诗歌"篇章。

从历史上说，"北大荒"在共和国的开发史上是一个具有特定指向的名词①，一般指的是 20 世纪 40 年代末期到 70 年代末期，对

---

① 目前，是用"北大荒文学"来指称黑龙江文学的。这种做法是不是合适，要看对"北大荒"特别是北大荒中的"荒"字作怎样的解释。如果仅仅把"荒"理解为"荒凉、荒芜"或洪荒之类，总之把"荒"看作对空间性质的描绘，那么，就不宜用"北大荒文学"来界定黑龙江文学。"北大荒"不管曾是多么漫长的存在，多么能唤起人们的回忆和想象，多么神奇或"够味儿"，它毕竟只是一个与特定历史年代相联系的现象。这种现象已经和正在发生着变化。撰写东北文学史或黑龙江文学史的时候，当然可以用"北大荒文学"或"拓荒文学"来称谓历史上存在的某些文学现象。可是，若用这一名词来指称黑龙江文学，为黑龙江文学流派（实际存在的，抑或是想象中的）命名，就不够恰当。……不过，"北大荒"还可以作另一种解释。在汉语中，"荒"字的本义是"草掩地"（许慎《说文解字》），其引申义有"荒废""荒年"，更远的引申含义是"远方"。……由此可以认为，"北大荒"一语，就其或许是被稍加扩充，然而又从完全合理的意义上说，本可以指北方（北）的极（大）远处（荒）。"北大荒"也就是黑龙江这片远离中原的土地。……在此意义上的"北大荒文学"，就不须蜷曲于"拓荒"的狭窄框子里。它固然可以被用于总结、概括历史上的某些文学现象，但同时又是指向未来的，因而是开放性的。"北大荒文学"就是生活在祖国最北方的人们的文学，它描写这块土地上过去的、现在的、未来的人和事情（唐晓敏《"北大荒文学"漫议》）。"北大荒文学"应指狭义的垦区文学。地域范围即今三江平原及牡丹江以东的垦区文学，或者又叫开拓者文学。这一文学潮流与开发北大荒的历史几乎是同步的，不仅有队伍，有《北大荒文艺》刊物，还有一批作品描写开发北大荒的战斗生活，歌颂北大荒人战天斗地的豪情壮志，有一个集合两代垦区作家的作家群。另一种观点认为，"北大荒文学"应以垦区文学为中心，包含整个黑龙江的乡土文学在内，是一个广义的"北大荒派"。这些作家共同生活在北大荒，受着这里的气候景物、山川地貌、风俗人情的熏陶，客观的自然条件和社会习俗会使作家的心理、艺术气质和美学追求产生一些共同的特征，他们的作品染上了浓厚的地域特色，形成一种雄浑、凝重、豪放、开阔的格调。他们的作品显示出这一派作家的群体特征，在题材内容、人物系列乃至语言风格上，都保持着自己的独特性和一贯性（彭放《"北大荒文学风格"讨论会在哈尔滨召开》）。"北大荒文学风格的形成和发展，大体经历了三个阶段。30 年代初至 40 年代末，为第一阶段。此阶段的文学风格呈现着一种生死抗争的悲凄美；50 年代初至 60 年代初，为第二阶段，这是北大荒文学风格的发展成熟阶段，其风格呈现着一种艰苦奋斗的豪壮美。70 年代至 80 年代，为第三阶段，这是北大荒文学风格探索和完善的阶段，呈现着一个奉献追求的崇高美。"（姜志军《"萧红式"与北大荒文学风格》，《呼兰师专学报》1987 年第 1 期）

也有从广义的角度来理解这个概念的，就是赋予"北大荒诗歌"这样一个颇富地域特色和历史内蕴的名词以象征性意义，扩展其外延，喻指整个黑龙江区域的诗歌。近年来，也有些研究者觉得这样的无限扩展有违历史的真实和语词内涵的虚无感，曾经提出用"黑水诗歌"这样一个更有普泛意义的地域名词来指称黑龙江新诗，但并没有引起多大的反响和认同。

今天的黑龙江东部的三江平原以及牡丹江以东地区的荒草野甸的开发过程。从文化史和文学史的角度来说，北大荒文学则应该包括两部分内容。一部分是"在场"的写作，也就是在开发北大荒的时间阈限内的文化行为和文学创作，另一部分则是"不在场"的写作，也就是上山下乡的知识青年返城后和被"流放"此地的作家们在离开北大荒之后的追忆和想象的文化行为和文学创作。我们对北大荒诗歌的探讨也是在这样一个宏观的文学背景下展开的。

第一节　公共写作：北大荒诗歌的时代印痕

袁可嘉在20世纪40年代论述诗歌与现实的关系时说："不许现实淹没了诗，也不许诗逃离现实，要诗在反映现实之余还享有独立的艺术生命，还成为诗，而且是好诗"。① 中华人民共和国成立后，基于国家意识形态的要求，文学和现实的关系一直是清楚的，在服从于现实政治需要的前提下，有限地表达文学的诉求，这从根本上规训着北大荒诗歌与现实的关系，人为地遮蔽掉北大荒文学所应该展现的生活的艰难性、人生的苦难和命运的无奈感，而是用革命浪漫主义的乐观情怀表述宏大的社会主题，北大荒成为一个符号，一个想象时代的符号，一个飘荡在诗歌理想里的符号。

首先，二元对立的美学品格。对于"在场"的北大荒诗歌来说，二元对立的美学品格是无意识的选择，这应归结于整体的文化文学环境，新与旧，荒凉与繁华，一直是共和国文化价值选择的思维倾向，而北大荒的地域和人文历史为新中国的建设者们提供了绝佳的彰显功绩的平台。黑龙江诗人鲁琪写作于1948年的诗歌《北大荒》，应该是相对较早地描述对北大荒认识的作品："千年荒、万年荒的北大荒/打倒了地主/踢翻了阎王/北大荒的男男女女啊/还了阳。"这里的苦难叙事和更生理想延续的是新旧对立的罪恶和新生的叙述方式，有破才能有立，有地狱才有人间。他的另一首《乡

---

① 袁可嘉：《诗的新方向》，《新路周刊》1948年第1卷第17期。

土的歌》采用的则是托物言志的方法，以景寓情："早晨，嫩江岸上/在黎明的晨光里，露出来一个村庄。……/大地一片绿/良田千万晌/小米水饭/黄澄澄的黏干粮/新鲜的黄瓜/拌凉菜/鼓粒粒的芸豆的汤，这一顿晌饭呵/人人吃的香/人家说我们北大荒地广/人稀/多虎狼/可如今呵/如今的北大荒/可变了模样。"① 钟山《英雄凯旋回家乡》的英雄情结，抚今思古："英雄鞭打着骏马飞跑，/不住地向四处张望，/处处都像是熟悉又不同往常。//这儿过去曾是一片草原，/在这儿给地主放过羊，/怎么现在都开垦成了肥沃的土地，/到处长满了大豆高粱。……北大荒的今天是这样的美好，/北大荒的明天已闪现出了曙光。"② 这显然沿袭的是共和国同时代的颂歌情调，发出的是今非昔比的感叹。诗人吴桐在《北大荒，迈开英雄的步伐，前进》中形容北大荒为一个千年万年都在沉睡的巨人："伟大的新时代，/东风压倒了西风""毛泽东的智慧，/六亿人民的声音，/唤醒了，/唤醒了，这千年沉睡的巨人。"最具有代表性的应该是杨易辰的《欢送你，"北大荒"》："'北大荒'，'北大荒'，/十几年前你曾带着遍体鳞伤，/流着愉快的眼泪，/迎接来了共产党。/共产党带领全体人民，/用劳动的双手，医治了你的创伤，/在你肥沃的土地上，/换上了美丽的新妆。/今天，/你已改变了模样。/'北大荒'的帽子，/不应再戴在你的头上。/你应该另起一个相称相配的名字啊！——繁荣、幸福、美丽的黑龙江。"在这种审美模式中，政治抒情诗往往成为诗人们喜欢写作的样式，"卒章显其志"，意图指向性非常明确。如何影的《兴凯湖渔歌》：

> 金色的晨光洒在湖面上，
> 渔帆随着晨风轻荡。
> 湖上响起优美的渔歌，
> 劳动的唤声划破霞光。

---

① 《东北文学》1953 年第 11 期。
② 《东北文艺》1954 年第 1 期。

银色的浪花溅在甲板上，
霜露润湿了褪色的军装。
渔网搅碎了蓝色的湖面，
像当年舰炮出膛。

辛勤的劳动得到报偿，
满载丰收的歌声返航。
迎着湖边升起的缕缕炊烟，
看我们水兵神采飞扬。

渔歌越过千山万水，
飞到祖国的心脏。
把边疆儿女的心愿，
寄往中南海身旁。

从曼妙的景色描写起步，运用比兴的手法，写人状物，最后归结到政治主题上。这些政治抒情诗的完成，自然是以北大荒历史上的不堪为阅读背景的，先验政治主题的归结，将这种二元对立的美学品格落到了文学的实处。同样的诗歌还有李龙云的《挠力河畔》："垦荒者的心像一团火，／垦荒者的生活是一支歌。／哪里荒凉他们奔向哪里，／他们的身后总是秀美的山河。"

其次，纯粹化、宗教化后的乐观未来叙事。战争的硝烟尚未完全散尽，领略过生死存亡残酷性的转业官兵，怀揣着"广阔天地大有作为"的上山下乡的梦想追求者，遭受政治压制和精神折磨，以期获得新生的知识分子们，对于这些开发北大荒的主人们来说，相对于历史和现实的孤独悲凉，生命价值的相对边缘化和简单化、没有生命之忧的垦荒生活是相对惬意和安稳的。胜利者的高傲和踌躇满志也让北大荒人充满战斗的豪情，诗歌在抒发这些真情实感的同时，也有意识地遮蔽掉生活的阴暗和不堪处，于是乐观的未来叙事成为大部分北大荒诗歌所呈现的基调，也营构出另一番镜花水月的诗歌幻境。在写作过程中，诗人多以"歌"来做诗歌的题目，所谓歌颂、歌唱者，是也。比如周光磊的《北大荒之歌》，运用向首长汇报的语气来写北大荒人的乐观情怀和吃苦耐劳的优秀品格："荒凉的山坡上没有房子，/我们亲自用手把它盖上。/按上玻璃窗啊！/冬天温暖夏天凉。/没有地方睡，/我们就用条子编成床，/铺上乌拉草啊！/就象钢丝床一样。""火热的生活就是这样，/只要来到北大荒，/懦弱的会变得坚强，/只要来到北大荒啊！/心胸会变得象草原一样宽广。"谌笛在《新的战歌》中，将开发北大荒比喻为一次新的战争："带上新的立功计划，开赴新的战场；/当年是我们用血肉顶回了敌人的炮弹，/如今要用我们的双手铲掉万里荒凉。"这种革命英雄主义战斗情结的承续，是大部分北大荒诗歌的内在情感线索和思维方式。在这一点上，郭小川的诗做出了卓越的贡献，尽管他在北大荒的时间很短暂，但这并不影响他成为歌唱北大荒的圣手："很少有人像郭小川这样把北大荒创业人的精神当做'一笔永恒的财产'去昭示'我们后代的子孙'，诗人看到的不只是眼前，而是以后，是永远；他看到的不只是物质，更是精神。"[1]因此他在《刻在北大荒的土地上》里这样写道：

> 野火却烧起来了！它用红色的光焰昭告世人：
> 从现在起，北大荒开始了第一次伟大的进军！
> 松明都点起来了！它向狼熊虎豹发出檄文：
> 从现在起，北大荒不再容忍你们这些暴君！
>
> 谁去治疗脚底的血泡呀，谁去抚摸身上的伤痕！
> 马上出发吧，到草原的深处去勘察土质水文；
> 谁去清理腮边的胡须呀，谁去涤荡眼中的红云！
> 继续前进吧，用满身的热气冲开弥天的雪阵。

---

① 张恩和：《郭小川评传》，重庆出版社1993年版，第162页。

正是这样的英雄主义格调，为北大荒诗歌的未来叙事提供了情感支撑。在朱彩斌的《北大荒姑娘》中，赶雁的姑娘在这种格调下成为无性别的英雄，其乐观开朗的人格审美超越了其性别的属性，女性的阴柔和安静本就不属于这片开拓的土地：

> 风轻轻，
> 雨淋淋，
> 苇青麦苗嫩，
> 垄头雁群稠如云，
> 吃苗带刨根。
>
> 枪也鸣，
> 锣也鸣，
> 外敲洗脸盆，
> 阵阵哟喝点点灯，
> 姑娘把夜巡。
>
> 吓了雁，
> 丧了魂，
> 纷乱不成阵，
> 枪声响处落麦林，
> 田野满笑声。
>
> 回到家，
> 天微明，
> 满身是泥泞，
> 想笑不敢笑出声，
> 怕把人惊醒。

漆黑的夜晚，枪声、雨声、风声遍布之时，一位巡夜的姑娘竟然如此的气定神闲，而且视若无物，这不能不说已经超越了任何性别的界限，成为一种理想的描述。

最后，集体经验的构建，一种整体美学的表达。这是政治意识形态在北大荒诗歌中的集中反映。个人服从集体，小我融入大我，个人主义、小资产阶级思想等，以及大一统的集体化意识形态，要求不一致生活方式的罪恶感，都是北大荒诗歌所关注的内容。比如谌笛《城市姑娘爱上了北大荒》中女孩的审美的标准发生了变化："咱们军垦农场。／来了五个城市姑娘，／晒得黑黢黢，嗬！／真健康，真漂亮！""全都是道道地地的姑娘，／却都说自己有了对象！／要问谁是她们的对象，／她们说：'就是这壮美的北大荒！'"徐乃襄的《除大害》："别沉默，别等待，／人人奋发除大害，／个人主义是妖魔，／它是前进路上大障碍。"他的另一首诗《整风小组会》，也同样表达了对"个人主义"的挞伐："齐动手挖掉个人主义，／燃烈火烧尽三风五气。"生活是复杂的，单一的诗歌呈现自然是不正常的，北大荒诗歌出现的这种景象在很大程度上和诗人的"不得已"有关，这自然涉及诸多诗人被流放到北大荒的命运和政治意图。有人曾这么回忆大诗人艾青在北大荒的真实经历和心理变化：

> 在农场，诗人拿起搁下多年的笔，写出了以"老头店"为主题的长诗《蛤蟆通河畔的朝阳》、《踏破沃野千里雪》等，歌颂开拓北大荒的动人业绩。诗人在劳动期间，还写下100首《风物诗》，连同其它诗稿一起送上审查。上级一位负责人批道："此诗看不懂，原稿退回。"诗人为此又沉默了。诗人曾说："不是我的诗看不懂，而是我头上这顶帽子，压得我的诗也叫人不敢'问津'。"
> ……
> 有一次，转业军官、他的浙江同乡孟达问他："艾青副厂长，听说你在写长诗《老头店》？""嗯！"
> 他的"嗯"字刚说出口，就抬起头来，他警觉地问："你听谁说的？"

孟达看了他那窘态笑道："我不是奸细，我不会告发，你放心。"

作家钟涛也热情洋溢地用手拍着案子上一大叠写好的书稿说："写文章是好事，你这个大诗人今天怎么也扭扭捏捏起来了！"

艾青同志红着脸说："我当前的处境，嗳！"①

以小见大，可以看出，在整体政治意识形态的要求下，包括诗人在内的知识分子的罪恶感，自然延及诗歌表现内容的选择，北大荒诗歌的颂歌情调自然是难免的，也是必然呈现的状态。但这也显示出，北大荒诗歌在处理和现实的关系时，是无法真正客观地忠实于现实的，而是遵循着浪漫主义的虚构方法。

家庭伦理情感的公共化是共和国文学长期以来的审美取向，舍农耕文明的小家，投入政治文明的大家，甚至即便是彻底剔除掉私密性的男女情感和家庭亲情也很少能成为北大荒诗歌描述的对象。在为数不多的描述爱情和儿女亲情的诗篇中，也是要严格遵循"爱情，只有建筑在对共同事业的关心、对祖国的无限忠诚、对劳动的热爱的基础上，才是有价值的，美丽的，值得歌颂的"② 这样的价值归属的，比如筱罗的《夫妻割麦》：

夫妻割麦，
各不相让！

你身强力壮胳膊长，
我手巧刀快决心强。

你能割会捆技术高，

---

① 赵国春：《诗人艾青在北大荒》，《炎黄春秋》2003 年第 7 期。
② 了之：《爱情有没有条件？》，《文艺月报》1957 年 3 月号，第 54 页。

我用心学习把窍门想。

你看我，我看你，
暗里使劲不开腔。

麦浪里两条红线往前窜
双双飞到红旗边！

男女爱情的知心话也是剥除了性别特征的："太阳才落山，／映红云山半壁天。／草地冒着水蒸气，／云雾落在坝基边。／一对青年男女，／脸对脸儿交谈：／'这里要修水库，／种稻、养鱼、发电……／并不是远景计划，／现已动手大干。'／女的含笑发言，／双辫垂到胸前：／'亲爱的不必再谈，／我已爱上云山。明天给我打个报告，／到女子中队去把土担。'"这种"知心话"无关风月，无关儿女情长。北大荒诗歌中的爱情，是这样的："新娘子，小银花，／提起她来谁不夸！昨夜刚行结婚礼，／今朝就把工地下。／大家劝她先安家，／银花马上讲了话：／'人人都在大跃进，／我怎能安心呆在家。水滴虽小能聚海，／增加一人力量大'。"成名于新时期的诗人杨克在诗歌《天河城广场》中是这么描述"广场"的："在我的记忆里，'广场'／从来是政治集会的地方／露天的开阔地，万众狂欢／臃肿的集体，满眼标语和旗帜，口号和火／上演喜剧或悲剧，有时变成闹剧／夹在其中的一个人，是盲目的／就像一片叶子，在大风里／跟着整座森林喧哗，激动乃至颤抖。"可以说，心底无私天地宽，公共写作或者说"广场书写"是比较能够概括北大荒诗歌的时代特征的。

第二节　浪漫主义的牧歌：新乡土诗歌

"文学史，就其最深刻的意义来说，是一种心理学，研究人的灵魂，是灵魂的历史。"① 从诗歌史的意义上说，在强调经验的原创性和写作的陌生化为前导的诗歌中，北大荒诗歌从业者的复杂性和专业素养的多样性本来应该呈现出姚黄魏紫、五彩缤纷的诗歌景致。但事实上，政治意识形态的乐观情绪，知青知识分子思想简单化的"反智"倾向，让整个北大荒诗人群一下子沉浸在黑土地的花红柳绿、草长莺飞的浪漫境界里，悠然见南山了，唱出了具有边境荒原特色的新乡土诗歌。或者说，这也是一个全国的特殊时空背景下的共同审美："诗歌的创作，在知识青年上山下乡运动中蓬蓬勃勃地发展了起来。从中央到地方以及各生产建设兵团的报刊，都为发表知识青年的诗篇提供了专门的园地。理想的编织，激情的过分渲染，对边疆农村生活情调的美化，可以说是当时公开发表的知青诗歌的共同特征。"②

首先，风景意象的牧歌情调。广袤的北大荒，也真就是一个"风吹草低见牛羊"的地方。芦苇荡、湿地、野鸭，"棒打狍子瓢舀鱼，野鸡飞到饭锅里"。美丽的近乎原始的自然风光为辛勤工作的拓荒者们构造一幅优美的田园劳作图提供了前提。革命乐观主义的情愫和这些融合在一起，北大荒诗歌中的地域风景必然是牧歌化的。张效联在《四季歌》中写道，北大荒的春天"四五月间春意浓，/风和日丽万象新"；夏天则是"六七八月正暑天，/北大荒的夏天最明朗，/乳白色的牡丹朵朵香，/野生的黄花菜遍地黄，/绿油油的麦苗肥又壮，/豌豆花开蜂蝶忙，/深夜里蟋蟀青蛙比喉嗓"；秋天则是"秋风吹，天渐凉，/北大荒的秋天分外爽：/高粱红，绿水长，/风吹十里荷花香；沉甸甸的谷子弯了腰，/鬓发苍苍的玉蜀黍把手招；/拓荒健儿们喜洋洋，/成群集队收割忙"；冬天的景致是另一种壮美，"北风呼啸大雪飘，/遍地银花二尺高"。总起来看，北大荒的四季既没有春天的感伤，也没有秋天的悲凉，夏天的

---

① ［丹麦］勃兰兑斯：《十九世纪文学主流·引言》，李宗杰译，人民文学出版社1981年版，第2页。

② 史卫民、何岚：《知青备忘录——上山下乡运动中的生产建设兵团》，中国社会科学出版社1996年版，第434页。

炎热，冬天的冰凉。完达山在刘学智、白奉霖的笔下"是秀丽的山川，/山南山北有宽广的平原，/辽阔的大地，一望无边，/五色花草铺满地，/原始森林遮住天"（《歌唱完达山》）。北大荒在曾庆廷的眼中不复是蛮荒之地，而是"无边黑土喷喷香，/条条江河好灌溉，/肥鱼滚滚翻细浪"（《北大荒，好地方》）。辛弃疾曾在《西江月·夜行黄沙道中》勾画出美好祥和的夜景，所谓"七八个星天外，两三点雨山前"。北大荒的夜景有异曲同工之处："月亮已经上了树梢，/星星在天际微笑，/草原上的夜晚/只是一片静悄悄。"（周光磊《北大荒之歌》）。北大荒诗歌的景色描述运用的大多是浸染着牧歌情调的乐观主义意象。郭小川在《刻在北大荒的土地上》中写道：

> 这片神奇的土地啊，而且是真理的园林！
> 它那每只金黄的果实呀，都像是一颗明亮的心。
>
> 请听：战斗和幸福、革命和青春——
> 在这里的生活乐谱中，永远是一样美妙的强音！
> 请看：欢乐和劳动、收获和耕耘——
> 在这里的历史图案中，永远是一样富丽的花纹！
>
> 请听：燕语和风声、松涛和雷阵——
> 在这里的生活歌曲中，永远是一样地悦耳感人！
> 请看：寒流和春雨、雪地和花荫——
> 在这里的历史画卷中，永远是一样地醒目动心！

相对于没有受过良好教育的诗人，善写政治抒情诗的郭小川显然是描绘北大荒浪漫主义格调的丹青高手。铿锵的音韵和节奏，优美的意象，富有哲学深度的诗学表达，都对北大荒的风景赋予了特有的时代印迹。相对于颇带"现实感"的描绘，对北大荒未来展望的抒情诗则构造出另一种生活的诗意向往："打一排界桩，/圈一汪新绿，/挖一条堑壕，/泄走雄踞的洪荒。//这里不久，/将是布谷鸣春，/紫燕构巢，/雁阵衔香……"（任歌《泥土飞出的旋律（二首）》）本来是草莽遍地、禽兽横行的不毛之地，在诗人的笔下却是草长莺飞、山花烂漫，"砍来青杨、紫椴、白桦，/惊走獐狍、山兔、野鸭，/羊草当瓦，柳条作笆，/荒原上搭起第一个马架。//门前：片片山花，铺满朝霞，/屋后：层层芦苇，满泡子鱼虾，/房东：排排铁牛，一溜钢马，/房西：台台播种机，行行犁耙。"（黄曦《新家》）

其次，人物意象的牧歌化。纯粹化和理想化是牧歌情调形成的前提，也是主要内容。所谓"我的形象是支清新的歌，/主旋律里不再有凄婉和忧伤。/任我的歌飞遍天涯海角，/回声里都会有闪电的弧光。"（任歌《我的歌，太阳的落脚点》）一般来说，凡是理想化的表述多和抽象后的极端书写有关，剔除掉相关附属因素，凸显所要言说的内容，无论是沈从文的《边城》对乡村素朴情感执着的描述，还是汪曾祺的《受戒》对超越宗教的人性欲望的肯定，都是运用"极端"化的手法来强化人物表现的纯粹性，因此具有了牧歌的情调，一尘不染。美国艺术理论家苏珊·朗格在回答诗人创造什么的问题时说："诗人创造的是一种幻象，是为诗歌中涉及题材提供一种幻象。对这样一种看法，我是赞成的，因为任何一个艺术家，不管他是诗人，还是画家、舞蹈家、音乐家或其他艺术家，所创造出来的永远是一种幻象。而诗歌创造的幻象又是通过某种特定的用词方式而得以实现的。"[①] 北大荒诗歌的"幻象"相对于其他诗歌的幻象来说，因为过度纠结于和现实意识的关系，而愈发显得特殊。从历史的眼光看，产生的时代和诗歌自我认同的方式决定了大多数北大荒诗歌只能是应景之作，紧密结合现实意识形态的要求进行写作，诗歌本身的要求倒是次要的。但由于当时的意识形态本身就具有乌托邦色彩和过度理想化的追求，这又决定了北大荒诗歌

---

① ［美］苏珊·朗格：《艺术问题》，滕守尧译，南京出版社2006年版，第162—163页。

并非真正意义上的现实主义作品，想象的真实也许能够概括北大荒诗歌的某些质素。美学家刘再复早在 20 世纪 80 年代就在他的成名作《性格组合论》中分析过这种现象："解放后一个时期，人们又把社会现实仅仅规定为阶级和阶级斗争的现实，这样，社会现实在很大程度上就变成一种被缩小的片面的现实。以阶级和阶级斗争为纲来规定文学活动，就要求文学只能反映阶级矛盾和阶级斗争的现实，认为文学的价值就在反映和认识这个现实。按照这种理论，所有的对象主体（人），都被规定为阶级观念的符号，被规定为阶级机器上的螺丝钉。这种理论要求人完全适应阶级斗争，服从阶级斗争，一切个性消融于阶级和阶级斗争之中。这样，就发生一种奇特的现象：人完全丧失主体性，丧失人之所以成为人的东西。"① 实际上，阶级斗争的意识形态现实，为北大荒诗歌的牧歌化情调提供了理想化和纯粹化的依托，也提供了方法论资源。所以我们看到严火在《巨人》中这样写北大荒的人：

> 我要把北大荒，
> 比作一个巨人；
> 她严肃而热情，
> 她大方而纯实！
>
> 懒汉和胆小鬼，
> 休想跟她亲近；
> 她爱英雄好汉，
> 她爱勤劳的人！
>
> 有个忠实的人，
> 爱她爱得很深；
> 她也把她的心，

---

① 刘再复：《性格组合论》，上海文艺出版社 1986 年版，第 5 页。

交给了这个人！

这人勇敢勤劳，
曾经立过功勋；
要问她是谁呀，
就是转业军人！

在这种"高大全"的英雄主义格调中，转业军人成为偶像的象征，这是整整一个时代的价值认同符号。王主玉《老厂长的"试验田"》则将风景描述和人物的劳动场景有机地融合在一起："他的足迹曾印满延河两岸，/身上还带着敌人的弹片，/他那指挥过千军万马的手，/今天要把荒地捶烂！/镐头刨翻了泥土，/象过去圈划'进攻'的红线；/淙淙的流水灌进田畦/象他的战马踏碎了山泉。//他镐头扬起引来布谷鸟的欢叫，/镐头落下震动大地的门环；/他的热汗滴进春天的土地，/'试验田'里将长出一个丰盛的秋天。"大胆的想象和夸张的比喻，充满田园色彩的意象，都为老厂长又红又专的牧歌化塑造做了很好的衬托。陆伟然的《晚归路上》写拖拉机手的归家，颇有牧童晚归图的情调：

夜雾在草原上浮起，
遮住了天边最后的霞光，
云雀一声声的歌唱，
同它们的翅膀一起收藏。

开垦了一天的拖拉机手，
走在那链轨压成的路上，
几百亩新翻开的沃土，
从他们的身后送来清香。

呼啸了一天的风已经停息，

沼泽里的蛙鼓尚未敲响，
只有几粒淡黄色的萤火，
亮在这荒原上最静的时光。

拖拉机手轻轻的步履，
惊起了野鸟扑啦啦的飞翔，
他们低声谈着明天的开垦，
那个荒原却听到了宏亮的音响！

　　最后，劳动者的乐园。乡土诗歌一直是汉语新诗不绝如缕的长河，从初期新诗时期刘大白的《田主来》到臧克家的《老马》，再到40年代的《漳河水》，基本内容多为控诉剥削者的残暴，格调多为阴郁的和坚忍的。北大荒诗歌对乡土诗歌的牧歌化创造，用劳动者的乐园和明朗、欢快的格调丰富了乡土新诗的表达。在《北大荒壮语录》中，"劳动"成了带有宗教色彩的词汇："碌碌无为的人轻视劳动，/爱劳动的人便勤勤恳恳。//小病医生治不好，/劳动劳动就健康了""苦战、奋战，快马加鞭，/把北大荒要建成人间乐园。"朱凤林的《一天等于二十年》则运用速度和时间的概念来强化劳动的重要："抓晴天，抢阴天/细风毛雨当好天/起早贪黑当半天/月亮底下当白天/鼓足干劲加攒劲/一天当它二十年。"任歌在《生活变奏曲（二首）》中谈道："我脚下这块神奇广袤的土地，/最富有时代的情感，/凡是洒过汗水的每一寸角落，/都能嗅到鲜花和果实的芬芳。"石践的《山村纪事·蜂场小曲》写的则是养蜂女孩类似"邻家女孩"的劳动景象："踏着蜿蜒的小径/走进幽静的椴树林/一只只乳白的蜂箱/伴着小巧的绿帐篷//林中弥漫着椴花的清香/蜂群奏起劳动的合声/养蜂姑娘走来了/衣裙飘飘，像五彩的云//摇起心爱的搅蜜刀/流不完甜蜜的欢欣/新酿的蜜啊，多么香多么醇/莫不是酿进了如花的青春？"情景交融，静朗而又充满着浪漫的田园气息。中流的《北大荒散歌》用抒情的笔调描画出的则是一幅"悠然见南山"的垦荒图：

在无名的河边
在北大荒的草原上，
有一条无名的小河，
不知有多少年月了，
一直静静地流……

北大荒来了一群青年，
小河啊永远不再孤单，
清凌凌的水面上，
映出一张张青春的笑脸。

他们欢饮清凉的河水，
像婴儿吸吮母亲的奶，
他们用结实有力的手，
在河边种下果树一排排。

小河啊，当果树开花的日子，
这里的快乐会比花朵还多，
拖拉机喧闹的声音，
将划破北大荒千年的寂寞。

小河啊，当果树结果的时候，
这儿的日子会比果子还甜，
没边没沿的野地啊，
将变成一片金黄色的麦田。

无名的小河啊，
那时候将有一个光荣的名字，
在你的身边，

也将出现一座崭新的城市。

第三节　昨日故旧：记忆中的北大荒

毫无疑问，在时过境迁之后，我们再反观北大荒诗歌，如果从诗歌本体的角度说，很多所谓的诗歌根本就谈不上是诗。但这并不妨碍北大荒诗歌以诗歌的名义来表述一个社会文化事件的诗性记忆，如果从"手舞足蹈"的诗歌渊源上，从缘情的诗歌使命上说说，北大荒诗歌又是诗情充沛的。"当作家们沉入自己的心灵历程来反刍那一片熟悉的山川风景、俚语民俗时，一种心理学意义上的恋土情结往往会不自觉地引发他们内心的种种亲情与美感，并促使地域风情与作家主体的这些感受和体验频频交流，从而让地域风情摆脱其纯粹物理意义上的地方性而成为传达作家审美理想的符号载体——一种富有生命感的有意味的审美形式。"① 北大荒诗歌在经历时间的淘洗后，更多地成为参与者的精神记忆，"对于一代知青，北大荒是无法回避的一个特殊的字眼，它几乎成为一代人宿命般的象征或隐喻，不可能如吃鱼吐刺一样，把它从自己的生命和历史中剔除干净。"② 作为新时期归来者诗人中的重要部分，在北大荒获得涅槃的诗人梁南，于1985年写过系列诗篇来回忆北大荒，在每一首诗的前面，他都有一个点题的题词"我的新题词"，以总结自己在北大荒的命运和感受。第一首诗《树》的题词是"五十年代的风暴卷我到北大荒来的时候，我就意识到：我是这里的一棵树，微不足道的，结山丁子那样的树"；第二首《冰凌花》的题词是"放逐到边境地带的日子里，第一个站起来迎接我的是：冰凌花"；第三首《燎荒之夜》的题词是"在烧荒的夜晚，那神圣的火对蛮荒的痛快追击，净化过我的灵魂，所以，它始终刻画在我的瞳孔里，直到今天"；第四首《在哪里我都开花》的题词是"我到底是

---

① 洪治刚：《论小说中的地域风情》，《山花》1994年第5期。
② 肖复兴：《黑白记忆——我的青春回忆录》，人民文学出版社2005年版，第1页。

不是开花的种子，北大荒的处女地可以为我作证"；在《我是艰难养育大的逆子》中，诗人表述了生命的坚忍："我曾经这样艰难地在北大荒栖止二十年，真的，非常之艰难，但我活着；"最后在第六首《雪望》里，作家展示的是"我在这块流徙我的地方，终于等到了春天"。从这六段题词中，我们可以清晰地看到时过经年后，梁南对北大荒的回忆，和身处其中的诗人们的创作相比，依然具有乌托邦的色彩，追忆是美丽的，相对于北大荒现实的苍凉和生活的艰苦来说，精神的寄托和成长的历练成为北大荒人共同的记忆。"乌托邦是真实的。为什么乌托邦是真实的？因为它表现了人的本质，人生存的深层目的，它显示了人本质上所有的那种东西，每一个乌托邦都表现了人作为深层目的所具有的一切和作为一个人为了自己将来的实现而必须具有的一切。"① 所以，我们从梁南的笔下看到，"当有一天我投弃受难的十字架/我便望见：寒伧的冰凌花/从冰雪的棺椁里无畏开放。/于是我也顶住千金万金艰难，/从岩石里，向着我久恋的黎明，/献上一丝为它增加光泽的目光"（《我是艰难养育大的逆子》），也看到"蓬茸的洁白从天顶摇落，/大地又给擦满肥皂泡沫。/严寒与污垢都要洗涤的，/不然，/纯净的春色往哪儿落脚"这样的肺腑之语。

对上山下乡知青生活的回忆，多表现在情感生活荡涤之后的唯美化上，感激苦难赋予的情感力量，为现在生活的重新焕发青春而将曾经的苦难视为必要的炼狱，北大荒成为那一代人灵魂升华的天堂。那是一片神奇的土地，无论是梁晓声笔下的北大荒，还是梁南吟诵的北大荒，莫不如此。正如张贤亮那番神奇的表述一样，"一九八三年六月，我出席在首都北京召开的一次共和国重要会议。军乐队奏起庄严的国歌，我同国家和党的领导人，同来自全国各地各界有影响的人士一齐肃然起立，这时，我脑海里突然掠过了一个个我熟悉的形象。……我要永远记住在我的灵魂处在深渊的边缘时，是他们，那些普普通通的体力劳动者，给了我物质和精神力量……

---

① 保罗·蒂里希：《政治期望》，四川人民出版社1998年版，第214页。

是他们扶着我的两腋，开始踏上通往这座大会堂的一条红地毯的。"①这是一种大难之后庆幸式的感激，但多少有点过于浪漫主义的悲情格调，个人宽宥时代的成分要远大于历史的真实。如果回到记忆的深处，真切而深入地反思那段刻骨铭心的记忆所赋予的创伤体验，从个人、群体到国家、民族等各种关系中去反思，而非选择性的失忆和无聊的升华，也许更真实，更符合历史和人世的本来。史铁生在追忆插队的经历时说："发自心底想去插队的是极少数。像我这么随潮流，而又怀了一堆空设的诗意去插队的就多些。更多数呢？其实都不想去，不得不去罢了：……今天有不少人说，那时多少多少万知青满怀豪情壮志，如何如何告别故乡，奔赴什么什么地方。感情常常影响了记忆。冷静下来便想起本不是那么回事。"②

---

① 张贤亮：《绿化树》，香港耕耘出版社 1990 年版，第 168—169 页。
② 陈晓明编：《中国新写实小说精选》，甘肃人民出版社 1993 年版，第 38 页。

第二章　以边缘的名义，彰显
诗歌的贵族气质

——黑龙江汉语新诗民刊概观

　　"发表作品，也就是通过将作品交给他人以达到完善作品的目的。为了使一部作品真正成为独立自主的现象，成为创造物，就必须使它同自己的创造者脱离，在众人中独自走自己的路。"① 汉语新诗一旦发表，也就意味着进入了公共阅读的存在状态，文本也就具有阅读上的独立性。只有这样，才能在更为广阔的空间里，获得更为广泛的认知和共鸣，也才有可能为"诗歌史"意识浓厚的诗人们带来写作的希望和助益。近现代以来的文学生态决定了诗歌文本的"发表"也有"体制"与"民间"两种样式，诗歌的独立性审美需求与体制性限制不可避免地带来的"异化"之间的冲突所造成的对后者的不信任感，使得"民间诗刊"一度成为汉语新诗"发表"的主流。这个潮流最早肇始于"文化大革命"时期的"潜在写作"对特殊审美体制的嘲讽与对抗，比如著名的《今天》。

　　20 世纪 80 年代得以延续的民间狂欢情绪，拨乱反正带来的"十年浩劫"的受难心理，都为诗歌的民间化提供了良好的孕育温床。新世纪以来，随着经济的勃兴，少数民间诗刊在资本的滋润下，无论在版式还是纸张上都有飞跃性的变化。

　　从地域上讲，相对于强调中原意识的宏大叙述来说，黑龙江是

---

① ［法］罗贝尔·埃斯卡皮：《文学社会学》，于沛选编，浙江人民出版社 1987 年版，第 37 页。

边缘的。在文化意味上，历史的蛮荒背景至今无法改变塞外荒漠的印象。新世纪以来的经济崩塌现实，更加重了这种荒凉的成色。但对于汉语新诗来说，恍如绽放于冰天雪地的冰凌花一样，20世纪90年代以来，以哈尔滨诗人、诗作为代表的黑龙江诗群，却是不甘寂寞、不认荒凉的存在，露出寂寞荒原的点点亮色，涌现出了在国内诗坛甚至是国际诗坛上都卓有影响的诗人、诗作，如萧红、刘畅园、郭小川、李琦、张曙光、桑克等。甚至可以说，黑龙江以边缘的地域成就了中心性象征的汉语新诗荣誉。自然，汉语新诗民刊也做出了重要贡献，如《诗参考》《剃须刀》《东北亚》《过渡》《煮雪》等。诗社、诗人、诗歌、诗学民刊，黑龙江有着孕育优美诗作的肥沃土壤。

第一节 《剃须刀》

在起步于哈尔滨并较有影响的汉语新诗民刊中，中岛主编的《诗参考》应该是比较早的。它创刊于1990年的呼兰县城，也就是现在的哈尔滨市呼兰区。中岛曾这样回忆《诗参考》诞生的诗意历史："1990年第一场雪终于来了，呼兰这座历史文化名城，被白雪打扮得更加富有诗意，呼兰河畔更加像萧红的书中所写的那样感人至极。此时，位于呼兰河不远的地方——呼兰县印刷厂，正忙着印制《诗参考》的创刊号，而我正穿梭在油墨芳香的车间里，观看着每一个排版、印刷的过程。这就是《诗参考》诞生的过程，这就是在西安孕育、在呼兰河畔出生的《诗参考》。"[①] 但时隔不久，《诗参考》就随着中岛迁徙北京而成为京城最为繁华的民间名刊了，并以自己的方式影响着汉语新诗的展现方式。在诗歌美学上，能够以自己的风格获得超越地域性影响的诗歌民刊的诞生，则要迟至2004年。直到张曙光、桑克、朱永良、吴铭越、文乾义等人创办

---

① 张清华主编，张德明副主编：《中国当代民间诗歌地理》上卷，东方出版社2015年版，第121页。

《剃须刀》杂志,方才将20世纪90年代以来创作上较有影响的诗人聚合在一起,形成强力诗人对汉语新诗的叙事性或者说"知识分子"写作倾向的地域性展演。这种持续的集中展演也让哈尔滨成为新世纪以来汉语新诗写作的重镇。

《剃须刀》2004年出版第1期,一直持续到2011年的秋冬卷,总共出版19期,期间出现了季刊、半年刊等形式,从文本丰富度和时间的积淀上说,《剃须刀》都是比较完善的汉语诗歌民刊。在编刊物的同时,《剃须刀》同人还编印了两套《剃须刀》丛书和一本同人诗选,作为杂志的附属诗歌活动。杂志的诗人群一直是稳定的,张曙光、桑克、文乾义、朱永良、吴铭越、张伟栋等,后期,诗人冯晏、袁永苹等加入,人员愈益增多。相对于一般民刊的广泛纳贤揽才,《剃须刀》有着明显的同人性质,也是众多民间诗歌刊物中,办刊思路和诗学风格比较明晰的杂志之一。

首先,"圈子化"的诗学理念。《剃须刀》并没有遵循一般诗歌民刊的办刊思路,高擎先验的诗学理论大旗,而是遵循靠诗歌说话的实力派宗旨。在这里几乎找不到诗人群自身说明性的办刊思路和美学选择。如果能管窥到这本杂志的诗学理性的话,那么作为杂志之外的《剃须刀》丛书的"总序",应该是为数不多的自我阐释的文字。说到为什么起名《剃须刀》,"曙光给它起名《剃须刀》,得到了另外三个人的承认。剃须刀是日常生活中缺不了的,剃除芜杂的须发,以使身体变得洁净。干净这个词,用在身体上,或者用在诗上,都是美好的"。相对于关内诗歌民刊内部的分分合合,黑龙江的诗歌民刊是团结的,《剃须刀》如此,我们下面要谈到的《东北亚》也是如此。张曙光、桑克、文乾义等人前期卓有成效的创作和人到中年的沉稳,让这份杂志有着非一般的凝重审美品格,得以持续进行的必要的宽容:张曙光浸润沧桑的准确性叙述、不动声色的悲悯情怀,桑克将爆发性情感包裹进冷隐喻的精心钩织,朱永良书斋天地的纵横古今、对历史现场的重新品味,文乾义散文化叙事的精心布局,冯晏诗歌里对语词质感的细腻触摸,等等。《剃须刀》同人的诗歌对语言的精锐探求和重塑,对传统现实主义诗学思想以及现代诗学思想的反驳与抗衡，对日常现实和诗意象征之间关系的重新获取，是他们诗歌创作的现实，这种基于共同诗学倾向的美学现实超越了任何宣言性的诗学章程。

其次，开放性、包蕴性的办刊思路。《剃须刀》诗人丝毫不掩饰他们的同人色彩，尽管这也可能带来精英主义的狭隘性的质疑，但他们乐于如此。也许恰恰是这种相对自闭和保守的诗歌选择，让他们的创作始终紧张有致、有条不紊地进行着，很少能受到外界的干扰。但这并不妨碍《剃须刀》同国内诗歌之间机制性的对话交流，以及开放性办刊风格的养成。在经营好自我圈子内的诗歌文本之后，几乎每一期杂志都会以"特邀"的名义刊发国内一些卓有成效的诗人的作品，如孙文波、李德武、森子、泉子、庞培、周瓒、臧棣、汪剑钊、王敖、远人、宋琳、蓝蓝、多多、哑石、沈苇、吕布布等，诗学品格相近的诗人参与进来，形成特邀诗人群体与《剃须刀》固定诗人群之间的对话，甚至在有些期别中，特邀诗人的诗歌所占据的篇幅几近一半。这种同一时空之内的诗学并列，让《剃须刀》一方面保持原有的办刊思路和美学规范，另一方面也展现出了立体的、更为丰富的诗学世界。另外一个更为重要的内容，就是对译诗的重视，《剃须刀》诗人的创作是具有国际视野的，将汉语新诗的创作放置在国际诗歌发展的整体格局中进行考量。因此，张曙光、桑克、朱永良等都是比较优秀的诗歌翻译者，张曙光翻译的《卡瓦菲斯诗抄》、桑克对奥登晚年诗歌的翻译、朱永良对叙利亚流亡诗人阿多尼斯诗歌的翻译，都彰显出深厚的功力和特殊的诗歌语言质感，诗人译诗相对于一般翻译者对诗歌的翻译，更能将另一种语言属于诗的部分在汉语诗歌中呈现出来。张曙光还曾就翻译对汉语新诗创作的影响写过系列的学术性文章，进行深入的探讨。他们还刊登了著名翻译家汪剑钊对曼杰施塔姆早期诗歌的翻译，史春波对乔治奥康奈尔诗歌的翻译，等等。《剃须刀》以少数、精致化的诗学观念来洞察和挑拣符合自己审美的诗歌事件，并以开阔而深邃的视野建构起立体的诗学格局。

再次，"在地"经验的书写。先前的汉语新诗研究，过多关注宏观的抽象描述,概念的逻辑推理遮蔽了鲜活的具象性特征,在很大程度上忽视了诗歌的个体性和复杂性,让汉语新诗的历史呈现出偏枯的理论丰富的痛苦。因此,近几年来,从地域文学的视角来研究新诗的成果逐渐多了起来,一系列具象的、体验性的诗歌研究成果得以呈现,并且产生了"诗歌地理学"的跨学科学术增长点。于是,四川的巴蜀诗歌、重庆诗歌、山东的齐鲁诗歌,等等,都呈现出不菲的研究成绩和创作积累。以各自具体而鲜活的"在地"身份补足和丰富了诗歌史的历史叙事,共同映现出汉语新诗的另一种写作样式。《剃须刀》诗人群对"在地"经验的书写是卓有成效的。几乎每个诗人的重要诗歌文本都是描述哈尔滨这座城市和黑龙江地域文化的。在黑龙江的季节中,冬天要占据大半年的时间,冬天及其相关的寒冷体验、雪花的意象,成为《剃须刀》诗人群重要的物象来源。文乾义的《暮年的雪》《当你从白色中看到雪》《雪乡》(三首)、朱永良的《12 月 25 日的雪》《雪地》,吴铭越的《剃须刀上的雪》,桑克《由雪想起的》《雪夜送客》,张曙光《雪的梦》等,现实的雪、象征的雪、邪恶的雪、优美的雪,能够集中展示寒地雪原的多姿多彩而又充满哲学意味,《剃须刀》诗人群是有目共睹的。相对于一向被冠以蛮荒之地的黑龙江,哈尔滨这座城市却是名声在外,以其迥异于东方文化的异质性元素为世人所瞩目,俄罗斯文化和犹太文化,以及闯关东文化,都让这座城市有着综合而包容的人情世态。毫无疑问,《剃须刀》诗人群是喜欢并乐于表现这座城市的,如张曙光《哈尔滨志》(组诗)、吴铭越《哈尔滨》、桑克《哈尔滨》系列,等等。这座城市的建城历史、教堂、石板路、各式各样的西式建筑样式、白俄罗斯和犹太人的生活痕迹,都在诗人的笔下有着精致而富足的展现。可以说,《剃须刀》以诗的方式展现了哈尔滨这座城市的另一种身份,以沉思、静默、思想的热度来对抗现实的冷峻,不事张扬,温文尔雅。

第二节 《东北亚》

在黑龙江新诗民刊中，比较有韧性、持续时间长而又有清晰的办刊思路的当属《东北亚》。汉语新诗经过 20 世纪 80 年代的诗情勃发之后，90 年代趋于沉潜的艺术建构，在安静而充实的自我审视中重构自我的意义。《东北亚》就是在这个诗学格局中诞生的。据创办人杨勇回忆，"《东北亚》，中国最东北的一份民间先锋诗刊，1995 年春寒料峭的 3 月，由杨勇、杨拓等人创办于与俄罗斯接壤的中国东北部边境城市绥芬河。主要成员先后有杨勇、杨拓、阿西、舟自横、马永波、宋迪非、宇向等。最早是单张诗报的形式，后经历对开八版的报纸，1999 年改成厚达 200 页的诗歌刊物，从刊物形式上，它可以说是汉语新诗民刊发展的一个缩影。至2012 年，《东北亚》先后出版了 16 期，将近 20 年的光阴，这本创办于中俄交界小城绥芬河的民间诗刊凭借坚强的毅力，获得了不菲的成就。""2001 年，《东北亚》与《诗参考》、《诗歌与人》、《诗文本》、《丑石》等一起，进入了《诗选刊》读者评选的 2000—2001 年最受关注的五家民间诗报刊"，并受到洪子诚、刘登翰编写的《中国新诗史》的关注。2015 年，《东北亚》诗刊还被收入张清华、张德明主编的《中国当代民间诗歌地理》中。

首先，小众化的大众诗歌办刊理念。相对于《剃须刀》的团体作战，《东北亚》始终是杨勇、杨拓两个人共沐风雨，其他众多的参与者，也只是阶段性的出场，而非刊物的具体策划、编辑。这种做法也符合诗刊"不树立流派，不树立倾向性，秉承公开、公正、开放、纯粹的编选宗旨和对'摒弃群体模仿的写作和可疑的噪音，力求呈现带血型的个人化写作态势'的倡导"。其实，完全没有倾向性也是很难做到的。从《东北亚》所刊发的诗人群，比如黑大春、臧棣、张曙光、桑克、蒋浩、哑石、马永波、宋迪非、阿西、张伟栋、袁永苹、伊沙、沈浩波等的诗作来说，还是能够体味出杨勇、杨拓作为刊物主持者的诗学选择的。《东北亚》明显是突破了地域性的,它强调诗歌的技术和写诗智慧,也强调诗歌中经验的直接性表达、语词的坦白性和诗歌结构的完整性。是不是可以说,《东北亚》是基于少数诗歌当局者的审美眼光,构造了超越圈子化的综合性诗歌表现场域,它在"学院"和"民间"之间找到了一个比较恰当的平衡支点,力求呈现诗歌的灵魂和肉身的同时在场性。虽然,这可能也是危险的,在追求宏观布局的综合性时,诗歌所必然具有的那种尖锐的"疼痛"感和诗学选择的突出性,也就削弱了。

其次,诗学理论与创作的相得益彰。20世纪90年代以来,整个文学界告别80年代以思想为先的表达,回到自身,开始建构诗歌的文本辨识,重视经验、意象和语言修辞。也就注定对"指手画脚"的所谓诗学理论不感兴趣,由此展开了创作对理论阐释能力的不信任,甚至是嘲讽和揶揄。诗学理论也开始回归到"学院"的格调里,自成话语系统。随着学院派的逐步形成并自成合法性存在,理论与创作的间隙自此形成。也因为此,除了附属于诗歌文本之外的创作谈,很少有民刊能够刊载诗学理论文章。这种分裂格局随着诗歌活动的增多,近几年来有所松动,但距离相互尊重下的良好互动,还有很远的路要走。在这方面,《东北亚》的诗歌生命轨迹值得关注。在第2期,也就是夏季号的诗报中,就有阿西的《雾中的恶之花——关于现代诗歌的几个基本问题》,其中提出的"现代诗歌是一种深刻的具有'破坏性'的艺术,是'撕裂了的心',是'变恶为美'""现代诗歌的根本问题不是语言问题,而是对世界的认识与表现的关系问题""重要的是我们要大诗人、大作品。这就不能够再无视现代诗人对现实的冷落态度了",等等。这些观点彰显出《东北亚》创办之初所承续的80年代思想为先的余绪。有意思的是,同期还刊发了马永波的《语言》,谈及诗歌语言的纯粹性:"正是诗人,在维持语言的纯洁性,在以自己生命的无情移注中来保持语言原初的生动与直接。在语言发端的初始,符号、声音、含义、物自体是合二为一的,而在现代社会,交际与广告已使词语的含义稀薄乃至消失,只成了抽象的纯粹符号,抽空了血肉,丑陋，干瘪，再也揭示不出存在的奥秘。于是哲学家告诫我们：小心地对语言，在它下面便是幽秘的存在本身；诗人则说，纯净部落的方言。在我而言，则是对这篇漫谈语言的文字抱怀疑的态度。也许，我写的都是语言允许我写出的东西，不是来自天启，而只是语言假我之手进行的又一次文字组合游戏，一切并无实在的意义。"今天看来，这句话并无新鲜的创造，也就是西方语言与诗歌关系的基本的、核心的观点，即便是在当时也并非有多大的原创意义，但在当时的诗坛来说，却有先锋的色彩。两种相对照的诗学理论的同时空出现，将《东北亚》的历史衔接性和兼容并包的办刊思路展现了出来。随后的 1996 年第 5、6 期合刊，杨勇、杨拓对话——《透视：当代汉语诗歌的写作》，则是《东北亚》的诗学理念向汉语新诗本体的理性回归与反思："真正的诗是自由开放的，随着人类社会的全方位发展，诗情注定也要发展，同时诗歌也要求高层次的作者和读者，今后的诗歌在哲学理性和智力上对读者都将是一种考验和挑战。我们现在面临的任务是复活诗的语言，寻找汉诗的文化底蕴，并且从现实生活中发现'无'，使其从无到有，摧毁—重建—再摧毁—再重建，否定之否定，最后看到诗之大美。"尽管过于理想化，但这些结论和展望对今天的汉语新诗还是有值得关注的意义的。1998 年第 7、8 期合刊，刊发沈奇的《奇异的果实——评麦可的诗》，是具体诗人的微观评论。到了 1998 年和 1999 年，《东北亚》则连续推出"中国现代汉诗及理论大展"（之一）和（之二），编辑收入欧阳江河、于坚、哑石、杨远宏、奚密、庞培、沈奇、李德武、余怒等在当时和后来成为汉语新诗写作领域或理论方面扛鼎诗人的诗论。再加上第 9、10 期刊载的唐荣尧《迟到的阵痛与呼告——关于民间诗歌的一份非正式提纲》较为系统而深入地扫描了当时汉语新诗民刊的生存状态。以及 2005 年，杨拓在首都师范大学中国诗歌现状研讨会上所做的"由《东北亚》看中国民间诗刊走向"的发言，将《东北亚》的诗学目光投向了更远的地域。可以说，《东北亚》是为数不多的能够将理论与创作的平衡掌握得恰当好处的民刊。从遥远的文化边境观照和建构整个汉语新诗的发展格局,《东北亚》有自己的眼光和阐释诗歌的方法。

第三节　其他诗歌民刊

在这样一个寒冷的荒原,很难想象曾经燃起多么热烈的诗歌火焰。在缺乏理论的梳理和总结时,黑龙江汉语新诗就以最原初的诗性体验来抒情言志,而且不乏壮烈。1984 年或者 1985 年,据诗人刘禹的回忆,哈尔滨的荒流诗社为印刷一本名叫"太阳岛"的民间诗刊,由于缺乏必要的资金,诗社成员就以集体卖血的方式筹集,刊物得以成功印出。但命途多舛的是,随后一两年的诗稿却出现了被焚的诡异事件,当时预计在哈尔滨双城堡印刷,却因阴差阳错而没能实现,稿件被转到另一个诗人手中,迟迟也没印成,后来存放诗稿的诗人家里新房失火,被悉数烧光,以至于诗社很多诗人的诗稿荡然无存,荒流诗社也无疾而终了。黑龙江汉语新诗民间诗刊的生命样态和其他省份的命运大致相同,没有经济或者体制的支持,新诗的激情和美学自由并不能得以持久。近几年来,随着智能手机功能的完善,微信公众号、微博等利于碎片化文字传播的媒介的兴起,诗歌的短小精悍和与音乐、绘画的天然联系,立体的、娱乐的呈现方式为汉语新诗的重新繁华提供了契机和平台,为新诗带来新的面孔的同时,诗歌民刊的电子化也影响了纸刊的存在方式,这几年黑龙江汉语新诗民刊的低潮,应该和这个有关。

除《剃须刀》和《东北亚》之外,黑龙江有影响的汉语新诗民刊并不多。在时间上,最近的一种期刊应该是《煮雪》。此刊创刊于 2010 年,地点在哈尔滨市双城区,至 2015 年共出刊 5 期,每年 1 期,属于年刊,主编是诗人伟钟。实际上,该期刊除了重点刊发双城区当地的诗人之外,主要还是基于黑龙江的一些已经成名的诗人的支持,应该是和其他民刊交叉协作的结果。其中不乏 20 世纪 90 年代就已盛名在外的诗人,如牧之羊、韩非子、胡果、铁梅、秦苏、齐春玲、王人地等,虽然也刊登一些近年来出现的年轻诗人的作品,但影响面还是不理想。据主编伟钟的说法,该刊立足于黑龙江实力诗人，比如刘禹、宋迪非、李英杰、张静波、吕天琳、陈树照、林柏松、袁永苹、杨勇、余晓蛮等，在此基础上形成主干作者群，同时还发表了国内一些重要诗人的作品，如于坚、远人、汤养宗、陈先发、赵丽华、安琪、凸凹、李轻松、李少君等。刊物印数不多，一般在 500 册以内，逐一寄送作者和诗友，产生了一定的影响。由于多种原因，2015 年停刊。

2011 年，受诗人何拜伦的启发和支持，发源于黑龙江的四本汉语新诗民刊《诗参考》《过渡》《剃须刀》和《东北亚》一起出了一本诗集，取名《寒冷》。前面的"编者按"道出了黑龙江汉语新诗民刊的整体格局和历史发展脉络，"东北三省地处荒寒之地，黑龙江省更是北中之北，一年中大半时间处于冰冻期。虽然如此，以哈尔滨为中心的自发诗作者从未间断创作。上世纪八十年代，仅哈尔滨一地竟有诗社一百余家，且活动频繁，而十年后大多纷纷解体。进入九十年代，对写作本身的注重，促使民间刊物大量产生。这期间，《过渡》、《诗参考》、《东北亚》、《剃须刀》无疑是其中的显著者。2000 年后，由于各种原因，民刊的出版频率明显减慢，尤其以《过渡》、《东北亚》为甚，几近僵尸有待复活。恰逢此时，这一前所未有的四刊联合的倡议，既出人意料，又在情理之中。初看它疑似头脑一热的即兴之举，实际它可能包含着倡议者未必深思却由来已久的一种价值观念和某种宽广、开阔的诗学态度。"

除了诗学态度的重组外，更为重要的也许是在汉语新诗民刊的寒冷季节里抱团取暖吧。实际上，这篇文章的写作有点类似于"悼词"，大多数民刊并未有重生的迹象。《剃须刀》在停刊后，张曙光、桑克、冯晏等《剃须刀》同人编辑了《诗歌手册》，以书代刊的方式延续其美学格局，但也是几年前的事情了。《东北亚》出刊的频率明显放缓，基本上是双年刊了。当人们谈论新世纪以来汉语新诗的勃兴时，可能忽视的是潜在的危机。汉语新诗民刊似乎昭告着这种勃兴很可能是昙花一现，但这是没有人愿意看到的格局。

第三章　新世纪新诗中的哈尔滨书写

　　19世纪末20世纪初，沙俄主持修建的"中东铁路"建成，标志着哈尔滨告别小渔村，作为一座现代城市的开埠。特殊的萌生环境，让这座城市天生拥有了不同于国内其他城市的特质。白俄的殖民文化、红色左翼文化、沦陷区文化等，都在这座城市里轮番上演。那时，在地缘政治和文化的某些特质上，甚至可以和被誉为"十里洋场"的上海相媲美。一座城市的成长，相对于钢筋混凝土的建筑，其生命力的蓬勃往往取决于文化的孕育。作为近现代以来最为洋气的两座城市之一，相对于拥有张爱玲、王安忆、卫慧等人的如椽大笔和李欧梵、陈思和、葛红兵等的犀利评论的上海，身居其中的哈尔滨人对哈尔滨的文化塑造和理性考量显然是远远不足的，除了小说家阿成、迟子建曾费笔墨着意于此，萧红在流浪中想象这座城市的阴晦外，整体来讲，类似于北大荒的荒凉一样的文化氛围一直光顾着这座城市。那么，究竟该如何理解这座城市？如何树立这座城市的文化性格？目前流行的衡量一座城市的如楼群的多少、高低和居住人口的数量等量化的同质化的尺度显然无法深入这座城市的骨髓，自然也就无法描画出富有生命力的城市样式。城市是人类文明的产物，它既具体表征为各式各样的或土坯或钢筋混凝土的建筑样式，各种各样的街道、小巷等可触可感的具有实质性内容的空间形态，也体现为人们基于实存而区别于不同的审美所产生的心理重塑，也就是说，"经由城市文化性格而探索人，经由人——那些久居其中的人们，和那些以特殊方式与城联系，即把城作为审美对象的人们——搜寻城"。[①] 在城与人的互动中，包括经典文学在内的精英文化在塑造城市文化性格中的作用尤为值得重视，正如李欧梵在谈论 20 世纪二三十年代以上海为代表的都市文化时说，"我所谓的都市文化，指的不只是二三十年代中国都市的物质文明，也包括当时由于物质文明而呈现在印刷文化上的对于中国现代性的想象和憧憬。"[②] 张爱玲书写的是一个新旧交替的畸形的上海，而王安忆则描画出了一个中产阶级的优雅上海，文学作为印刷文化的高级存在方式，以个体化的视角对重塑和读解一座城市的灵魂得心应手。

自 20 世纪 20 年代起，汉语新诗同城市之间就有着难分难舍的关系，都市诗也就成为汉语新诗发展史上很重要的一脉，语不惊人死不休，是诗歌的标签，总能够捕捉到时代的新鲜气息，实际上也是诗歌在理解世界过程中的先锋性所在，它在重构城市的文学想象中扮演着重要的角色。诗人李金发在《忆上海》中形容上海为"容纳着鬼魅和天使的都市"，诗人杨世骥在《汉口》中说，"汉口有一天要说出他的荒唐话，/向对面肺结核的武昌，/沿江边的电杆行去，/与那烟囱笼入黄昏的汉阳"都是对特定时代的城市有着不同于其他群体的理解。

新时期以来，汉语新诗的沉寂和城市的喧嚣都构建着另一种诗与城、城与人的关系，新诗中的哈尔滨又该如何呢？哈尔滨又赐予新诗什么样的土壤呢？

第一节　宏大乐观叙事：哈尔滨的一个历史面孔

创建东方学的中东学者萨义德说："一个文化体系的文化话语和文化交流通常并不包含'真理'，而只是对它的一种表述。"[③] 这

---

①　赵园：《城与人·小引》，《城与人》，北京大学出版社 2002 年版，第 1 页。
②　李欧梵：《都市文化与现代性》，《未完成的现代性》，北京大学出版社 2005 年版，第 126 页。
③　爱德华·W. 萨义德：《东方学》，王宇根译，三联书店 2000 年版，第 28—29 页。

实际上是一种认识现实的方式，运用一定的价值标准将研究对象进行重新描述，将人的主观性确定为文化话语的核心，从而呈现为非实证的、非数理的，而是意象式的想象重构，在想象中构造另一种现实镜像，无关物质的真实，但却是清晰的存在。城市建筑美学家凯文·林奇在其代表性著作《城市意象》中说："对一个城市的感知，是能够感受和认知这个地方；而这种感觉中的元素能够和其相关的时间和空间的精神感受相连接，并进而去理解其非空间的观念和价值。这是一个环境的空间形态和人类认知过程相互作用的交汇点。这样的感知过程完全仰赖于个人对于城市的情感，光靠着浮光掠影的皮相是不够的。"① 并进而认为，关键性的公共意象是人们想象一座城市，寄托情感的基础性节点。"似乎任何一个城市，都存在一个由许多人意象复合而成的公众意象，或者说是一系列的公共意象，其中每一个都反映了相当一些市民的意象。"② 这些公共意象因为在历史的积淀和文化的记忆上都浸染着这座城市的岁月沧桑，也可以积累出成百上千年的乡土情感，在想象的重构中，完全可以被抽象掉烦琐的具体细节，而填充进美好的乌托邦情愫，从而完成对一座城市的理想化重塑。"意象的聚合可以有几种方式。真实的物体很少是有序或显眼的，但经过长期的接触熟悉之后，心中会形成有个性和组织的意象，找寻某个物体可能对某人十分简单，而对其他人如同大海捞针。"③ 如何重构自己熟悉的城市文化系统？按照近百年来在中国盛行的乐观进化论的价值选择，新与旧相博弈的历史乌托邦情结在哈尔滨的城市想象中也在上演，宏大叙事和乐观叙事成为哈尔滨城市符号的一个重要侧面。

尽管诗歌首先体现为个人的色彩，但 20 世纪 50 年代以来所形成的"颂歌"格调一直延续下来，到了 80 年代的抒情诗，虽然在内容上有所不同，但在抒情方式上并没有什么根本性的区别，思想

---

① ［美］凯文·林奇：《城市意象》，方益萍、何晓军译，华夏出版社 2001 年版，第 93 页。

② 同上书，第 35 页。

③ 同上书，第 4 页。

指向性基本趋于一致。因此，诸多起步于 80 年代的诗人，往往延续着早年的抒情格调，表述对哈尔滨的浪漫性情感底色。在近现代中国，哈尔滨的历史有其非一般的特殊性。俄罗斯的殖民文化，伪满洲国的沦陷区文化，最早获得解放的省会城市，等等，这些具有鲜明的政治倾向性和价值观分野的历史事实都为弃旧扬新的未来叙事提供了最为恰当的历史资料。作为城市象征，松花江孕育了这座城市，见证并继续见证着这座城市的历史变迁。早在 20 世纪 60 年代初，李剑白的《松花江上》就开拓了这种写作模式，一方面松花江的"水流是记忆的长河，/勾起多少甜蜜、辛酸的回忆/和古老的传说。/人们记着北方民族兴旺的往事，/人们记着日寇侵入后的痛苦生活。/你知道深山野营、抗联战士斗争的史迹吗？/你听过'我的家在东北松花江上'/这支流浪者之歌吗？/人民的眼泪和鲜血，/曾抛洒在这滚滚的波涛，/写下了祖国解放的诗篇，/和慷慨悲壮的战歌！"另一方面则是叙述新中国成立后工农群众建设家乡的劳动场景，于是松花江具有了另外的新鲜面孔，"老一代在你身旁浴血斗争，/新一代在你身旁生产劳动，/你养育了我们，也锻炼了我们，/你看红旗似海，阵容齐整，/在我们行列里，成长了多少模范和英雄！"就此而有了"我们赞美你，松花江！/这是我们美丽的家乡"的诗句，以家乡亲情待之，在乡土世界中，当属最为理想的价值赋予。

新时期以降，一脉延续下来，类似的宏大叙述的诗歌依然是主流，已经形成一个美学风格相似的群落。如李洪君的《哈尔滨·故乡·祖国》，以历史观照的视角，从一百多年前哈尔滨作为渔村时写起，"一百多年前的呼兰河/跟随傅氏兄弟　走进傅家店/在荒凉的晒网场　释放珍藏"，然后是中东铁路、日据时期，抗联事迹，进而描述新中国成立后的美好生活，"走进以英雄命名的街道和公园/带上漫山遍野的红杜鹃"，以小见大，以城见国，乃至民族，层层递进，意义愈益宽广，"英雄和他们的团队/结束了一个城市的过去/激励着一个民族的力量　勇敢　坚强"。如周烨的《哈尔滨，你的天空湛蓝如海》："哈尔滨！祖国！/六十年，你在一种朴素却伟大的思想滋润下诞生/你在一种特色理论的指导下扬帆远航""哈尔滨！/六十年的历史成为不倒的旗帜/以力透纸背的表达　以独具特质的内涵/感召千秋的雄浑/指引着每一位走进新时代的中国人用前人/未曾尝试过的方式/英姿飒爽地前进"。再如刘章的《在哈尔滨，松花江边》："'我的家在东北松花江上……/一曲歌飞向世界，五大洲同仇敌忾，/一个民族崛起，壮怀激烈。'"'我的家在东北松花江上……'/歌声里，正义之剑斩蛇蝎。/白山为纸，黑水为墨，/写出《太阳岛上》这样的音乐。"虽然如此，但实际上，文化和价值观的愈益多元化，城市内容在现代工业技术的催生下，丰富性增加，这种以点带面，从城市升华到民族、国家的叙述模式对于在新的时代背景下重构一座城市的实质想象，已经显得力不从心了。过度浪漫化和虚构的成分，使得这类诗歌所关注的并不具有最核心的现代都市内容，并没有触摸到现代都市的基本组成要素，而是运用抽象化的方法，对城市做符号化的处理，依然是单纯的革命叙事所带来的政治抒情，以此言彼，显得不合时宜了。因此，新时期以来的诗歌，在兼顾上述城市形象习惯的同时，也从另外的侧面展现了新的哈尔滨城市景观。比如已故诗人梁南以鲜活的抒发，对松花江的描述要情感充沛、叙述扎实得多，比如那首《开江前后》：

四月的灌木刚孵出半点温馨
达子香即听见溪流对薄冰的责备
她来不及修饰枝枝叶叶的圆润
一夜就泛滥起动态美的绯红颤栗

赤裸裸的绯红淘尽残雪如大江东去
五更时分丈量完山脉十万公里
当这股抹山过岭的桃花汛捂暖山脚
绿的骚动，才从阳坡一跃而起

北国的水声被达子香点燃，象马铃

> 响乱远方，纷纷向松花江投入
> 这些水亮的纤索，把映红的山群
> 拖到江岸，执行仪仗队的礼仪
> 九十年代第一支船队鸣笛而过
> 簇拥它的江涛也在对它喃喃低语

　　这是一种踏实的"在地"描述的乐观叙事，春暖花开之后的豁然开朗，春风的气息，达子香的微熏，跑冰排的轰隆气势也因此而颇富柔情，这种大气磅礴而又情感憨实的城市描述，着实不多见。

　　除了弃旧扬新之外，另外一个写作倾向是，对哈尔滨的大多数城市想象最后多归结到牧歌般的田园景致。如张静波的《记住太阳岛》，对这种牧歌情调表述得较为充分：

> 太阳岛。梦幻般的釉彩
> 任一江春水调色出两岸碧绿而凝重的色调
> 太阳岛。一座上个世纪著名的花园
> 紫丁香散放出淡淡的氤氲
> 铁黑色的灌木丛里藏匿着甜蜜和谎言
> 女孩蹁跹成蝴蝶和花朵
> 月亮悄悄地爬上寂寞的红顶屋
> 流星雨划过一片青春的白桦林
> 太阳岛。让我追逐火焰。追逐沙滩和爱情
> 追逐一个流逝的黄金时代
> 太阳岛。我曾生活在这座城市水中逶迤的倒影
> 一座漫天雪花飘舞成无数只千纸鹤的雪城
> 而在寒冷的冬季
> 太阳岛上的雪雕收藏起雪花的舞姿和泪水
> 雕塑出北方冬天的奇伟和荣耀
> 让那些热爱冰雪的人们赞美北方　赞美雪国

太阳岛。我灵魂漂泊的家园
让我一生追寻诗歌和太阳不朽的光芒
太阳岛。一块巨大而美丽的石头
在飘渺的晨雾中傲然屹立

唯美的笔触，月亮、沙滩、爱情、千纸鹤的雪城等经典的牧歌童话意象，晨雾中蒸腾的是海市蜃楼般的城市梦境。如果说这首诗的牧歌情调还略显浅薄、略显直白，多以恣肆的情感取胜的话，那么冯晏的《光的细沙》则幻化出另一种田园光晕，细腻而温婉：

我竟然开始依赖阳光，此时
暗淡的写意色彩还习惯于
深居在苇草中间，有一束
太阳的光在江面泛起
如细沙，在我身边慢慢飘下
难怪已经适应冰凌的食指
突然感到有水晶滴落

光的细沙，从沾染我白色棉衣
到米色呢裙、淡黄色围巾
渐渐浸润我暗处的思维
呼吸的意外，直到头发
手臂以及肌肤的每一寸
在光的细沙中静默
最好退到世纪前的文字里
让慢占领时间，占领无语
或如四季对待土地那样
请光慢慢渗入，从植被的躯干
泥土中的枯草，直到
身体内部的感知，或者

那些共性与个性的需要

细数变化，情绪的每一个颗粒

都拥有不同的质地

如云如锦，或灿烂如辉

我已习惯于安静在沙中

视秋天与春天的替换而不见

那条临水的彩带原来是路

多少辙印穿梭记录这些时日

江水在并排的反复造访中

畅流又凝固，我已经习惯

在沙中深入。或濒临江边

随光的细沙一起来看水的深处

全诗节奏舒缓，感受细微，于微小处氤氲出人生的大智慧，从"泥土中的枯草"体会到"身体内部的感知"，如果抛弃掉情感的具体所指，颇有张爱玲那句著名的情感表述的神韵，抵到尘埃里去，然后开出一朵花来，如此的优美感受。同时也能体会到松花江在诗人的笔下宛如陶渊明笔下的南山，悠然之中慢条斯理地细细品味其中的悠闲之境。

自然风景是组成城市的重要空间内容，新诗要理解城市，风景是必然的媒介。于是有了诗意化的风景描述，如邢海珍笔下的哈尔滨是"松花江上一抹灵性的烟云/在梦境和落日的余晖里轻淡而优雅"（《我在绥化》），哈尔滨寒冷的冬天在记忆中幻化，"呼出的蒸气模糊了未来，回忆的形象/让眼睛感到刺痛。树木，雪地/黑白的单调掩饰了面庞和星辰/掩饰了变化，和变化中的统一：世界的缩样/被反射保存的空间，和空间的寒冷/但总有无数的人，吵嚷着，聚散着/总有阳光泼向冻僵的窗户。雕像，拱廊，门/楣/藤蔓和石碑，在车灯和大厦的反光中向上飘/起和马车花园一起，构成第二个城市"（马永波《哈尔滨的十二月》）。张静波的《哈尔滨手札》

以十二首组诗来展示哈尔滨时令上的十二个月，细致入微，以一座城市为符号，很好地诠释了春夏秋冬的人文含义，充满童话的梦境和田园的气息。肃杀的寒冬"周围是光秃秃的城市。雪埋藏了两只脚/没有鸟儿的树丫，使冬天感到格外空疏/缺少爱情的花瓶仿佛形同虚设"，而春天的城市则是"丁香的温馨隐隐地在空气中弥散，像初恋带/来的氤氲/夜市繁闹。路灯下的脸庞不时地闪动/那些黑黝黝的树枝和湿漉漉的花瓣"，浪漫的中央大街在夏天则是"爱意在月光下迅速地蔓延/六月是一件多么美好的外衣"。张静波在《记住太阳岛》（《人民文学》2005 年第 2 期）中记载的太阳岛有着"梦幻般的釉彩/任一江春水调色出两岸碧绿而凝重的色调"，是一个"女孩蹁跹成蝴蝶和花朵/月亮悄悄地爬上寂寞的红顶屋/流星雨划过一片青春的白桦林"的梦幻之地，是"灵魂漂泊的家园"。

这种乡土田园的构图一直是城市牧歌的最好写照，也是基于农耕文明的意绪和现代城市病背景下所引致的人们对美好生活的乌托邦想象。

第二节　漂泊的灵魂：哈尔滨的历史深度

1967 年，法国哲学家福柯在一次演讲时提出了"另类空间"的概念，主要是指不同于一般日常生活空间的异质性城市空间，比如墓园、监狱、禁地等，这些另类空间有着不同于日常城市空间的独特性，同日常空间并存于一座城市中，从而凸显出来，形成城市空间的异质性。福柯对这种空间的研究赋予一个新的名词，叫"异形地质学"（heterotopogy）。时光变迁，在哈尔滨的城市文化构图中，中东铁路、正宗的俄式西餐、中央大街、索菲亚教堂、巴洛克建筑等，这些表征城市往昔的文化意象在很长时间以来成为哈尔滨区别于其他中国城市的最为异质性的意象，也是这座城市最为耀眼的文化标志。虽然为殖民文化，但因为就此而赋予了这座城市"东方小巴黎""东方莫斯科"等响彻大江南北的称号后，百年以来欧风美雨的洋气在国人"崇洋媚外"的现代心态中这座城市"高贵"

了起来，而渐渐忘却了被殖民的历史底子。那些另类的城市公共意象在剥脱了民族和国家的屈辱感之后，内涵的转移使得这种别具一格的异质性成为这座城市得以脱颖而出的标志性存在。相对于当下的工业文化和消费文化打造的哈尔滨，这些已经失去其原初性价值的城市意象却在另一个想象的哈尔滨中焕发出炫目的光晕，尤其是墓园、教堂、西餐厅、呼兰河等迥异于现代化城市日常空间的另类空间，为新世纪的汉语新诗所津津乐道。

作为以侨民起家的城市，哈尔滨在一定意义上注定是过客的匆匆栖身之所。无论是对因中东铁路的修建而来的俄罗斯人，还是因 19 世纪末到 20 世纪中期欧洲大陆盛行的排犹思潮而逃亡的犹太人来说，哈尔滨虽然在他们最为艰难的时候以宽容的胸怀收留了他们，他们也曾落地生根，但终究不是最终的归属，国际风云的变幻使得他们无法在这块异域的土地上"子子孙孙无穷匮也"地繁衍生息。各种各样的政治或文化的因素促使他们离开这座城市后，长达一个世纪之久的居住生活还是给这座城市留下了漂泊的痕迹，供人们追忆往昔的时光流年。

墓园。在福柯的空间理论中，"公墓"是一个特别重要的意象，"是一个文化空间，但又不是一般的文化空间，而是文化空间中的异域。只要我们想到安息在墓地中的人曾经生活的年代、城市、乡村、社会、民族、语言、信仰都不相同，我们每个人或每个家庭都可能有长辈或亲朋安葬在墓地，就可以联想到公墓是怎样的一种异域空间的集合体"。① 在这个集合体里，人们以纪念的名义连接过去和未来，从中构想已逝之人的情感和想象自己的归宿。"在历史记忆里，个人并不是直接去回忆事件；只有通过阅读或听人讲述，或者在纪念活动和节日的场合中，人们聚在一块儿，共同回忆长期分离的群体成员的事迹和成就时，这种记忆才能被间接地激发出来。"② 从现实意义上说，墓园对于生者的意义远大于死者，生者

① 吴冶平：《空间理论与文学的再现》，甘肃人民出版社 2008 年版，第 121 页。
② 莫里斯·哈布瓦赫：《论集体记忆》，毕然、郭金华译，上海世纪出版集团、上海人民出版社 2002 年版，第 43 页。

将其作为一个激发记忆的公共空间来考量，比如莫斯科的新圣女公墓，众多的艺术家、政治家、军事家、文学家等从沙皇俄国到苏联的著名人物济济一堂，成为斯拉夫民族追忆往昔的最为恰当的空间。

　　作为曾经的移民城市，哈尔滨有着远东最为庞大的犹太人墓地，也有规模壮观的俄罗斯人墓地。这两个族群在营构出哈尔滨辉煌的历史荣光的同时，作为长眠的异乡人，这些墓园也让这座城市的历史铺满了沧桑的落叶，凌乱而秋凉。李琦在《外侨墓地》中说：

> 雪落缓慢，让人相信
> 这是回忆往事的速度
> 尤其像命运的进程
> 风寒天凉，安慰正以雪花的形式
> 轻抚来路遥远的
> 安息之人
>
> 俄国人，波兰人，犹太人
> 活着时，他们出入在
> 哈尔滨的大街小巷
> 死去，这片说汉语的土地
> 替他们藏起绵长的遗憾
> 还有跌宕离奇、犹如编撰的经历……我来看格里亚
> 年迈的俄罗斯男子
> 他酗酒，潦倒，却始终心怀浪漫
> 他曾用俄语教我说：故乡
> 这母语中最动人的词
> 曾把他一家人的命运灼伤
> 他却至死，深信着这个词的光芒

　　如果说后人对墓园的凭吊能够激发他们的情感记忆，让长眠的

灵魂有所寄托的话，那么，对于这些背井离乡的孤魂来说，连凭吊他们的也往往是和他们毫无情感牵绊的旁观者，没有亲情依恋的墓园让历史再一次漂泊起来。没有了情感的墓园，也就成了灵魂的遗址，供人们遗忘的遗址。如李琦在另一首诗歌《遗址》里说："遗址总是让人心动/残破、遥远、若隐若现/过去的生活穿越时代/曾经的大事/如今只见尘烟""凭吊遗迹/让人心思荒凉/谁比岁月站得更高？/怎样的飞跑/最终能逃离时间？//前朝往事，如同一场预演/从前的怅惘今日的迷茫/一切如此结束/一切正在开始"。在追思和拷问中探寻生死、过去和现在、怅惘和迷茫等人生永难寻找确切答案的命题。墓园里，斑驳的石质墓碑容易让人想起恒久，而那些永不褪色的烤瓷相片则让人想起青春永驻的可能，当后人祭奠的花朵沾着湿漉漉的雨水亲吻着死亡的魂灵时，桑克在《墓地》里的一番言说，也许道出了每个漂泊疲惫者的心灵所愿："你冰冷的不锈钢床榻，/你阴冷的蓝火焰的温馨，/你的空阔和孤寂。/我都想到了，以及你窄门之后的景色。/那里一定比我这里更适宜人居。"

教堂。在老哈尔滨的地盘上，大大小小点缀着六十多座各式各样的教堂，世界上几乎所有的有名教派的信徒都能找到与神灵沟通的场所，东正教、基督教、犹太教、伊斯兰教等，不一而足。因此在"流亡者的城市"的称号外又增加了"教堂之城"的称谓。从信仰的角度说，在曾经政教合一的社会文化里，教堂是西方民族灵魂的归属，但却是汉语文化的异类，事实上，经常出入于哈尔滨教堂的，仍然是那些流亡在这座城市里的犹太人、白俄等西方人。因为它的存在，漂泊在异域土地上的人们也有了家的归宿感，当时侨居的俄罗斯诗人涅捷尔斯卡娅有诗写道：

> 我经常从梦中惊醒，
> 一切往事如云烟再现。
> 哈尔滨教堂的钟声响起，
> 城市裹上洁白的外衣。
> 无情岁月悄然逝。

异国的晚霞染红了天边。

我到过多少美丽的城市，

都比不上尘土飞扬的你。

言辞恳切处，教堂的钟声召唤出了尘土飞扬的家乡味道，也为噩梦连连的过往铺垫了遗忘的晚霞。事实上，经常出入于这些教堂的，还是那些流亡至此的犹太人、白俄等外来者。哈尔滨光复后，随着这些人群的逐步撤离，教堂文化也逐渐衰落，乃至关闭。诗中谈到的这种灵魂的家园也只能是暂时的。随着20世纪50年代哈尔滨所有教堂的钟声销声匿迹，虚幻的家的感觉也就荡然无存了。从此以后的教堂就如国人去欧洲旅行，大多以旁观者的身份去看西洋景一样，成为这座城市的一座以建筑艺术或绘画取胜的风景。至多，成为诗人笔下追忆过往、感世忧怀的标的。诗人路也在《哈尔滨》中感受着流风的袭扰："此时，从我站立的这个位置，望得见/索菲亚大教堂圆顶，有大列巴面包的形状/它听得懂西伯利亚的风声/那俄语的风，那带颤音的风/吹彻远东。"索菲亚教堂最初是一座随军教堂，曾经被焚毁，后重建，曾为一个公司的仓库，今天成为哈尔滨的标志性建筑，凡旅行者必看的景点。因为不是原生的宗教，来自西伯利亚的殖民者的入侵如寒潮掠过，流亡者的脚步如风，教堂的钟声在如风的历史中曾在哈尔滨的上空混响出浓郁的"神灵"的信仰之音，同样，岁月流转，逃离者的脚步亦是如风。于是哈尔滨的教堂开始沉默，并回归建筑空间的原始意义，并随着一波又一波所谓灭神运动的蜂拥浪起，众多的教堂已是消失得无影无踪。桑克在《哈尔滨教堂》中写道："沉没的大多数，并非为/信仰而设，一些为旅行者，/一些为拥有旧梦的人，/为廊檐之上的黄昏，/或者燕子，在残垣间穿梭。"甚至有了荒诞不经的感悟："哈尔滨有这么多上帝的遗迹是有原因的。/可能是为了我，或者谦恭地说，是为了我的新生/而准备的寂静之所，如极乐寺和普照寺旁边的/这座圣母安息教堂，它的葡萄没等变紫的时候/就被行人摘得精光，只有高处的三粒像奇迹一样/隐蔽在繁密的叶丛之中等我发现，如我正在/发现的爱与仁慈以及内心正在消减的怨气"（桑克《哈尔滨（四）》）。在失却了集体无意识的拜谒后，教堂的生命感也只能是张扬在每个具体人的心中，在极富个人化的理解中，无关信仰的建筑样式重新焕发出生命活力来。"看见阿列克谢耶夫教堂的十字架了，/在灰色的楼群之间仿佛信仰的天线。/心里一阵天真的激动，/转瞬就被提前降临的夜场音乐吸走。"（桑克《果戈里大街冬日景色》）这种焕发可以是瞬间的、消极的，自然也可以是沉重的、象征的，譬如张曙光笔下的圣伊维尔教堂。

> 圣伊维尔教堂
> 尽管你早已被你的教众遗忘
> 或你们同时被上帝遗忘
> 尽管在岁月和风雨的剥蚀中
> 你的墙皮脱落，尖顶
> 也不复存在——当初它曾
> 衬着夕阳高傲地挺立——
> 但外墙上的马赛克镶嵌画
> 却仍然鲜艳——不是出自
> 《圣经》中的故事，而是一个童话——
> 我曾屏住呼吸，注视着你
> 时间的废墟，或祭品，一个时代
> 垂死的疤痕。但最终会有什么留下
> 供我们沉思和凭吊？或许
> 你的存在，只是为了一首诗？
> 而这首诗的存在，又是为了什么？

相对于欧洲大陆教堂的信众拥挤和诵经朗朗，诗中对教堂的描述是一种被遗忘者的形象，而最后的追问让教堂在时光流逝中的诗意想象又扭结成虚无的征象，无果无因，恍如一梦。冯晏的《从萧红故乡开始》描写那座仿巴黎圣母院样式的天主教堂："萧红故居旁一座灰色的古旧教堂/总是沉默着目送风雨和眼泪"。这里没有期待复活的希望，只有离人的眼泪和渴望安慰的伤感，这让人想起小说家阿成在《教堂与人》中对犹太人命运的总结："到了犹太人做礼拜的时候，整座教堂里挤满了犹太教的信徒，男人们在一楼，女人们在二楼，站在刺槐木讲坛后面的神父常常会说得泪流满面，继而，所有的人都开始哭泣起来。犹太人是一个散居于世界各地的民族，他们给我的感觉似乎总在流泪，在哭墙面前流泪，在教堂里流泪。这似乎是一个悲痛的民族。"宗教源于人间无法解脱的从肉体到精神的苦难，这应该是不差的。在无法穷尽的生存之思和生活的诘难面前，人们唯一能做的也许只能是祈祷，然后默默地忍受生活所赋予的一切。否则也只有如潘虹莉在《果戈里大街的秋天》中所形容的，"教堂的钟声/打点着咖啡的味道"，或者是《圣阿列克谢耶夫教堂的午后》中刹那间的顿悟："泅渡的沉默是隐约的闪现/疏落的惊诧散开和鸽群一起飞动/赞美之词　从窗棂溢出穿越灵魂的孤岛/圣阿列克谢耶夫的取舍　让语言安静/心灵的硕果低过天空的云/　低过天空下随风荡漾的青草的味道"。将宗教存在的根由化解到具体的日常生活中，不知生焉知死，还是回到了汉语文化的价值系统中。

露西亚西餐厅。尽管现在西餐、咖啡厅在国内各大城市甚至小县城也是不新鲜的，但能够融入一个城市的生命中，并成为构建文化空间之物，哈尔滨当之无愧。它的俄式西餐、大列巴面包、秋林牌的俄式红肠，至今是这座城市的饮食名片。法国思想家亨利·列斐伏尔认为："空间从来就不是空洞的：它往往蕴涵着某种意义。"① 在西方，咖啡厅是属于哈贝马斯所说的"公共空间"的，三五好友相聚，谈学术，聊文化，话日常，等等，于是乎有了巴黎塞纳河左岸的那个非常有名的历史悠久的咖啡区，这有点类似于中国传统的茶馆，只不过是参与人群的不同，前者多为文化上层，而

---

① 转引自包亚明主编《现代性与空间的生产》，上海教育出版社 2003 年版，第 83 页。

后者则相对多的是普罗大众。这种文化在近现代也曾传入中国，流行于上层文化圈子里，甚至成为当时时髦的文学表演的舞台，比如田汉的《咖啡店之一夜》、温梓川的《咖啡店的侍女》等，民国文人张若谷就有专门谈到咖啡店的散文集，他这么说道：

> 除了坐写字间，到书店渔猎之外，空闲的时期，差不多都在霞飞路一代的咖啡馆中消磨过去。我只爱同几个知己的朋友，黄昏时分坐在咖啡馆里谈话，这种享乐似乎要比绞尽脑汁作纸上谈话来的省力而且自由。而且谈话时的乐趣，只能在私契朋友聚晤获得，这决不能普度众生，尤其是像在咖啡座谈话的这一件事。大家一到黄昏，就会不约而同地踏进几家我们坐惯的咖啡店，一壁喝着浓厚香醇的咖啡以助兴，一壁低声轻语诉谈衷曲。——这种逍遥自然的消遣法，"外人不足道也"。[1]

但对于哈尔滨的咖啡西餐厅来说，相对于游人趋之若鹜的具有百年历史的华梅西餐厅，汉语新诗在构建城市的西餐文化时，露西亚的名字更为响亮。这座咖啡馆曾经的主人是一位名叫达维坚果·尼娜·阿法纳西耶夫娜的俄侨。几乎和哈尔滨同龄，气质优雅而高贵，一生未嫁，亲人离散，在"文化大革命"中遭遇非人的磨难，晚年孤独而凄凉。因为这座咖啡西餐厅的背后映现着这样一位见证这座城市兴衰的老人的身影，咖啡已经不是咖啡，西餐也就不是西餐了，而是一个在咖啡的香气氤氲、牛扒飘香之时，同窗外的绿叶，午后的阳光一起，沉思城与人的空间。于是我们看到桑克的《露西亚西餐厅》，写在无聊的景物和食物的陪衬下，由一页日记所想到的历史回忆："她混迹于当地人中，/衰老，孤独而自怜。/曾求救于锋利的餐刀，/但餐刀对她并不了解。//我为她担心，/为当地人及我羞愧。/但我表面若无其事，/仿佛老派的绅士。//壁炉是装饰，不能生火。/而墙呢，也是仿砖贴面，/空心里没有一丝热

---

[1] 张若谷：《咖啡座谈·序》，上海真善美书店1929年版，第6页。

气。/我走出去，混入人群。"相对于老人曾经历的冷漠和非难，历史的厚重让今天同样为当地人的我也觉得心凉。李琦在《六月某日，露西亚笔记》中写道："这间房子和墙上的照片/散发着上个世纪中叶的气息/房间并不宽大，却引人走进/从前的风云，一段复杂深邃的历史/屈辱，宽恕，人生的悲哀和苦楚/此刻，早成为故人的女主角/裙裾窸窣，似乎悄然出场/而墙角那架已静默太久的老钢琴/忽然就像通了灵，好像正从/一双无形的手指下，流淌出/最深的悲伤和最动人的美//是的，一切都会成为过去/包括这个六月的下午/可是，那'过去'会站在那里/不动声色地看着我们。"追思历史，露西亚咖啡厅里那架40多年没有弹奏的钢琴蕴含着太多的人间音响，或嘈杂，或悠扬，或相思，或惆怅，在那样一个略显逼仄的空间里，一切都如高处的尘灰吊子，或如放久了的酸酸的咖啡气息，荡开去，恍若远处缥缈的乐声。也就有了潘虹莉的《露西亚》："露西亚有多少这样的夜晚/犹豫和哀伤/让时间的针刺痛飞翔的翅膀/那么多的眼睛/仅剩下孤独/生活被吊在夜色里/滑稽优雅而庄重/仅仅是这样，露西亚/在枝叶茂盛的日子里"，枝繁叶茂下针刺的哀痛，晶莹的血珠映衬出漏过树叶透下的光线，手指在嘴里独自舐舐的凄凉，露西亚绿叶的颜色也就永远枯黄，尽管盛夏的时候也是那样的苍翠欲滴，覆盖着不起眼的门帘。其实，除了露西亚西餐厅，哈尔滨的很多西餐厅都曾经是这座城市心灵交汇的节点，比如被小说家阿成在《和上帝一起流浪》中绘声绘色描述的敖德萨餐馆、马迭尔餐馆，等等。

呼兰河。相对于松花江的滚滚江水，呼兰河只能是涓涓细流。但也就是这涓涓细流因为孕育出一个离开就永远没有回来的文字精灵而显得圆润许多。无论是《呼兰河传》还是《生死场》，乃至于《小城三月》，鸟语花香的后花园，慈祥仁厚的爷爷，那个水浆足以埋没呼兰小城历史的水坑，还有永远幽怨不知归处的《小城三月》中的翠姨，遥远的异域让故乡愈益鲜活。这是冯晏笔下的萧红："离开后却留恋着/有后花园的故乡——呼兰/冬天，这座东北小城一直躲在/萧红的芳名中取暖，雪花、严寒/以及被黑土藏起的绿色/在逝者的灵魂中辉映，快乐/或者悲哀"（冯晏《从萧红故乡开始》）。也有路也说的萧红："顺着江水，跟着爱情，漂走了/一直漂到青岛、上海、东京、北平、西安/武汉、重庆/最后搁浅在香港，在浅水湾/从此，每个爱文学的人的心中/都有了一个呼兰"（路也《哈尔滨》）。现代人的电影是很难理解萧红从人生到作品所透射出的漂泊意味的，无论是《从异乡到异乡》还是《黄金时代》，着笔于表面猎奇的情感故事的电影，自然无法带领观众了然萧红沁到骨髓里的孤独无依和颠沛流离的命途。对于世人而言，"河是呼兰河，江是松花江/萧红的照片安居于文学史中/赵一曼的名字留在一条街上"（邢海珍《哈尔滨的方向》），空洞而无物。由之，想起诗人李琦《哈尔滨纪事》系列诗篇中从背井离乡寄居哈尔滨的犹太人的沧桑历史中对历史的另一种感悟："什么能有岁月这么富有力量/一些重大的事件，最终/不过变成一条简介或注释/曾经的不可一世，包括/被定义的正确甚至伟大/烟消云散，而绵延流传的/永远是文明、尊严、辽阔而柔软的爱/还有，看上去纤弱单薄的那种美"。显然，对很多人来说，萧红纤弱单薄到足以成一条寥寥数语的简介，但那力透纸背的孤寂和流浪却如朔风里的雪花，坚硬而晶莹，等到能懂的人才会消融得无影无踪。

这正如诗人们所喜欢的哈尔滨街道，"如果散步，一些街道或建筑的命名/完全可以让你惊心动魄/一曼街、靖宇街、兆麟公园、尚志大街/他们是这个城市最悲壮的记忆"（李琦《哈尔滨纪事》）。街道连接着过去和将来，过去就如那条"旧时的街""僻静而肮脏/旧式的俄罗斯建筑和黝黑的树木，以及/一间间新开的美容厅和小吃店/挂着漂亮的招牌和清冷的生意/一本没人翻阅的旧杂志——/历史，逝去的繁华和悲哀/在白昼和变化的街景中沉积/如果你愿意，那些老人会告诉你/流亡的白俄贵妇和穷音乐家的轶事/但现在衰老了，他们和这条街/在初冬麻痹的阳光中/像中了魔法的石头，坐着/沉默，孤独，而且忧郁"（张曙光《一条旧时的街：外国街，1989，11》）。而将来呢？这座城市似乎还没有找到理想的归途。

第三节　消失的记忆：该怎么思考未来

"福柯说，追溯使当代人焦虑的根源时，更多的不在于时间而在于空间，在于人们对组成空间的诸种要素进行重新分配。"① 在消费文化主导的城市空间中，在广泛"异化"的空间重组的背景下，"消费讲出了现代生活的异化特征，并主张这便是异化的解决手段，其许诺说，自恋者所需要的有魅力的、漂亮的和个人名望等诸如此类的东西，都可以'恰当'种类的物品和服务来得到满足。因此，在现代社会条件下，我们所有的人尽管说生活的周围都是镜子，但我们还是在寻找一个没有瑕疵的、在社会上有价值的自我的形象。"② 另外，从心理学上说，"每个城里人在心里都有'我属于哪里'的影像"，而且人们"总会拿新的环境来对比心中的那张影像，两者的相似之处越少""对新环境就会越冷漠"。③ 于是我们看到 1898 年英人霍华德在《明日的田园城市》中针对当时大工业社会所带来的城市病给人们带来的从精神到肉体的生存危机而提出建设"田园城市"的梦想，这是一种诗意的空间化理解。面对 20 世纪初柯布西耶式的"城市是居住机器"的无生命力的城市美学理念，诗人发自内心的批判感受自然要彰显出来，这种彰显沿袭的依然是传统的崇古贬今的固有做法。张曙光在组诗《哈尔滨志》中描述说，见证过全部城市历史的火车站"曾经美丽，如今却成了/一个不确定的符号，不断的改建，使它变得/庞大而丑陋"。"一天天变得陌生，/就像城市的坏脾气。但我相信，它的出现/并非偶然。新艺术建筑，一幅展开的时间画轴/带来数以万计的侨民，和一座新兴城市——/欧式风格，一度繁华，然后以同样快的速度/消失。

---

① 吴冶平：《空间理论与文学的再现》，甘肃人民出版社 2008 年版，第 119 页。

② 安东尼·吉登斯：《现代性与自我认同》，赵东升、方文译，生活·读书·新知三联书店 1998 年版，第 201 页。

③ ［美］理查德桑内特：《肉体与石头——西方文明中的身体与城市》，黄煜文译，上海世纪出版集团、上海译文出版社 2006 年版，第 372 页。

毕竟有足够的往事可以炫耀——/譬如，芭蕾舞和夏里亚宾的音乐会。/有轨电车。或一个朝鲜青年的手枪/洞穿日本帝国的心脏。这一切终结/或正在终结。"李琦也在《我童年的哈尔滨》中写道：

大片的樱桃树，大片的丁香
白色的篱笆里，一幢幢黄房子
常传出手风琴伴奏的歌声
到处可见的灌木、到处可见的鸟儿
秋天，浆果累累
松花江清澈宽阔
一场雪后，满城银装。那种白
一直延续到下一场大雪的降临

那时，哈尔滨人优雅、漂亮
去歌剧院、去话剧院
许多市民熟稔地谈论着演员和剧情
抒情的城市，异国的情调
有许多热爱唱歌弹琴的人
好像，住在这样的地方
就该做这样的事情

如今，那些住过樱桃和丁香的地方
早已住满了人群
不再有篱笆和黄房子了
卡拉 OK 代替了昨天的歌声琴声
一场雪，还未落地，已变得浑浊
几群鸟的到来，甚至
能飞进报纸的头版新闻

20 世纪 80 年代李琦的《松花江唱晚》"那是水/那是丝质的土

地/爱人，那是我们命运的象形"，充满了歌咏的浪漫情调。新世纪初潘永翔的《松花江》"雄性的松花江/突破苍鹰翼下的阴影/在春季的某一天/与父亲不期而遇""芦苇　柳树　水鸟/召唤着朴素的情感/羽毛的记忆/在晨昏中凸显""你的浪花岂止染白了/父亲的头发/也染白了兴安岭的雪峰"（《地火》2001年第4期）。这些也还是曾经的乡土叙事的美丽景象。但工业化文明所带来的负面影响并不能因此而遮蔽掉现代城市所沾染的异化色彩，哈尔滨并不总是在这样一种负面的、解构的城市认同中，让富有历史文化痕迹的城市回归日常的真实，让未来乌托邦的城市梦想得到消解。比如冬天的哈尔滨松花江"江边的人越来越少，夏日归臭气统治，/而现在则归荒凉。明天是个例外，/窘迫的情人将在这里互诉没钱的衷肠"（桑克《哈尔滨（一）》）。中央大街也是另外一种样子，"中央大街的人，我把他们/无序的行进称作游行。为一点卑微的/欢乐而进行的游行"（桑克《在中央大街》）。在《哈尔滨（二）》中，则是"夏天短暂，打个盹就殁，/而冬天过长，犹如厌倦的一生。/洋房渐渐少了，拆了一些，/而没拆的，也是虚有其表"。但随后，在文乾义的《江边景象》里是，"江水黑瘦，收缩成碎块，/沙丘的裸体，肿胀不堪。"江边滑旱冰的孩子"朝向半个夕阳，身影错落，起伏，/进入暗红色的火焰。/风把地面上干燥的叶子吹起，/像纸钱跟随他们的脚步"。在桑克的《江边景色》中"微风颤栗着拂来，江水的臭味，我怒，我捂着鼻孔"，充满了死亡的气息和万劫不复的罪孽。

第四章　哈尔滨写作与汉语新诗

第一节　都市诗：哈尔滨写作的意义

都市新诗是汉语新诗中的重要写作流脉，是汉语文学从农耕的抒情形态向现代叙事形态转变的重要成果。在百年现代汉语文学的发展历程中，我们确实需要阶段性承认。"城市从来没有为中国现代作家提供像陀思妥耶夫斯基在彼得堡或乔伊斯在都柏林所找到的哲学体系，从来没有像支配西方现代派文学那样支配中国文学的想象力。"① 但这显然不是最终的结论，汉语文化的复杂多元性决定了汉语文学长期处于"中间物"状态，过渡身份和实验性也就是都市新诗的必然标签了。或者说，较为成熟的都市诗歌大多诞生在北京、上海这类现代文明相对成熟的城市里，并局限在有着丰富的海外生活经历和语言阅读经历的诗人群中，是"大学教授，银行经理，舞女，政客以及其它小'布尔'的适切的形式"，② 比如郭沫若、李金发、戴望舒等。而且，20 世纪 30 年代之后，在战乱、穷困、意识形态的要求等特殊的时代格局下逐渐式微。

新时期以来，以经济为中心的社会文化格局营造出了几个特殊的、近乎充分现代化的城市，都市新诗的创作也就自然而然地重新孕育、生长，赋予城市以诗歌的身份，尽管依然比较稀少，但仍然如雨后彩虹，值得珍惜。这其中，遥居冰雪北国的哈尔滨值得关

---

① 李欧梵：《论中国现代小说》，《中国现代文学研究丛刊》1985 年第 3 期。

② 向林冰：《论"民族形式"的中心源泉》，北京大学、北京师范大学等编：《文学运动史料选》（第 4 册），上海教育出版社 1979 年版，第 425 页。

注，这座城市独有的美学风格吸引着诸多诗人来书写冰雪雕塑、教堂、欧式街道等，这些兼具历史沧桑感和现实启示的城市意象，不断映现在诗歌中，让哈尔滨成为国内为数不多的几个以诗歌获得认同的城市。孕育出了众多形成诗歌史构架的作家、作品，李琦与《冰雕》、张曙光与《岁月的遗照》、包临轩与《霁虹桥》、单世臣与《二十四节气》不仅代表汉语新诗某一个时代的创作风格，而且为汉语新诗的"哈尔滨写作"提供了典范性意义。从诗歌出版上说，获得诗歌史认同的民刊《诗参考》《剃须刀》，包括主要由哈尔滨诗人支持的，杨勇、杨拓在绥芬河主编的《东北亚》，或在这里萌发并辐射、影响当代汉语新诗，或在这里结出累累硕果，都在城市与诗歌的互文中获得繁华。

哈尔滨新诗的"在地"写作以其鲜明的地域性色彩、开放的国际化写作姿态以及"诗是经验"的综合性创造，使哈尔滨成为当代汉语新诗都市写作的重镇。

第二节　现代叙事：城市诗的哈尔滨面影

城市是文明的体现，都市新诗的题材注定是远离第一自然的，沉浸在人造世界当中的人类创造性力量的优卓展现。"城市生来就是没有诗意的，然而城市生来又是一切素材中最富于诗意的，这就要看你怎样去观察它了。"[1] 20 世纪的诗人、小说家兼杂志主编的施蛰存在其主编的《现代》杂志上撰文，指出《现代》上的诗"纯然是现代的诗。它们是现代人在现代生活中所感受到的现代的情绪用现代的词藻排列成的现代的诗形"，而"所谓现代生活，这里包括各式各样的独特的形态：汇集着大船舶的港湾，奏响着噪音的工场，深入地下的矿坑，奏着 jazz 乐的舞场，摩天楼的百货店，飞机的空中战……甚至连自然景物也和前代的不同了"[2]。从农耕

---

[1] ［美］马尔科姆·布雷德伯里：《现代主义》，胡家峦译，上海外语教育出版社1992 年版，第311 页

[2] 施蛰存：《又关于本刊的诗》，《现代》第4 卷第1 期。

文明让位于现代机械文明，现代城市的各种元素是解读世界存在方式的重要载体，从长远来说，甚至是颠覆性的大格局变迁。这在现代化的初期，因为新鲜材料的引入，认知方式的重新建构，带来了极度丰富的诗意资源。在汉语新诗发生期，郭沫若诗歌对技术现代性意象的推崇就引起闻一多的注意："在他眼里机械已不是一些无声的物具，是有意识有生机如同人神一样。机械的丑恶性已被忽略了，在幻象同感情的魔术之下他已穿上美丽的衣裳了呢。"① 这种乐观进化论的情感指向是都市新诗里重要的一翼。

在漫长而波折的现代化叙事中，国际化、标准化和宏大叙事成为城市想象的主要方式，"千篇一律"是现代化城市追求一致的功能化表现。在强大的工具理性控制下，城市生命之间的差异性和辨识度越来越孱弱。现代化的负面体验逐步浮出水面。城市作为居住空间的功能越来越远离地域条件的限制，时间赋予生命的差异性美感逐渐消失。诗歌的生命是以个性化、差异性和陌生化为前提的，在与自然万物的关系中，天生是反现代性中大一统观念的，也因此而很好地承担起了辨识和保留城市差异化元素的责任。

哈尔滨诗人群很早就开始摆脱虚无缥缈的彼岸叙事，抛弃过于乐观的乌托邦情节，脚踏实地地观察和考量居住之所，以"回望"方式洞察城市面孔。张曙光的《哈尔滨志》对哈尔滨街道，张静波诗歌对太阳岛、索菲亚教堂的细述，桑克以冷峻而又忧伤的笔调书写的哈尔滨，等等，往往留恋于非现代化的恒久质地。近几年开始写诗的杨河山，则用语言的雕刻刀不厌其烦地打磨、重塑微观诗界里的哈尔滨，来建构"建城诗"。比如以减法、回溯的方式重构非工业文明下的哈尔滨历史物象，借此思考人与栖居之地的深刻关系，一种素朴的天人合一的自然观，"当我以递减的方式/抹去我面前的风景，我发现，这里真的美好/许多但同时也孤寂了许多，这时，我需要抹除我自己了，/我已经在这个世界上虚度了许多时光"（《我以递减的方式抹去我面前的风景》）。写洗涤掉宗教凝重

① 闻一多：《〈女神〉之时代精神》，《创造周报》1923年6月第4号。

感和肃穆色彩，只是承载城市历史记忆的各色教堂，映现出沾染日常烟火的静态之美；写冬天经常被雪沐浴的各式各样的城市细节，写哈尔滨并不久远但却历经沧桑的"建城史"。"红军街上的大和旅馆/曾入住过这个城市的侵略者，战犯，以及形形色色的军人""遍布这座城市的/415座古老建筑，仍然精美，只是更加破旧，/等待着修复。是的，时间流逝，许多事物已消失，/只有寒冷而漫长的冬季保留下来"。或者说，杨河山的诗能够以特有的感伤和忧郁系结这座城市的历史和现实，从个人化的视角深入哈尔滨城市文明的薄弱和优卓处，聆听城市生命内在的节律所带来的静态震撼，以冷静的叙述包蕴丰沛的故乡情愫。哈尔滨诗人这种反思型的书写城市的方法，增益了当代城市诗的思想深度，也在呈现多姿多彩的城市印象中贡献了诗歌的样式，见证一个细致而讲究生命细节的诗歌哈尔滨。

利奥塔认为，现代的大都市生存状态改变了人类生活的诗意田园，"它将压缩、抑制人们复归家庭，将人们推向旅游和度假。它只认识住宅，它压制家长，它把家长权压制成平等的公民权，压制成受雇佣者，压制成一份债单和文字的、机械的和电子的公用档案。它丈量登记各种领地，打乱它们的秩序。它打碎自然之神，破坏它的归途，不给它接纳祭品和享受优待的时间。另样的时空调谐占领了自然之神的位置"，如此一来，"'实用主义的'忙碌驱散了古老的家庭单子，细心地进行匿名记忆或存档。非任何个人的，无传承的、无叙述的、无节奏的记忆。记忆受理性原则控制。理性原则蔑视传统；在理性记忆中，每人都尽量寻找并将发现足够的信息以便能够生活，一种毫无意义的生活"。① 面对无法逆转的城市建设浪潮，诗歌以敏锐而超越性的感觉捕捉到了那些能够带给人们永恒的情感记忆和生命安稳感的时空意象。在物质与精神、变化与永恒的二元辨析中，试图重建迷失在构造类型化群体城市中的城市意义。能够承载哈尔滨记忆的建筑成为诗人们共同表述的物象和情感

① 利奥塔：《非人——时间漫谈》，罗国祥译，商务印书馆2001年版，第210—211页。

承载物，比如伴随城市起步的霁虹桥、中央大街，比如各种各样的教堂、犹太人和白俄人的公墓，城市的"过去"以复活的样式勾画着城市精神的未来，也重构着城市的存在方式。就如张曙光在《回忆》里所写的："那所老房子，有着宽阔的门窗/和吱呀作响的楼梯——/踏上去，一股呛人的辣味/提醒我们来自泥土……往昔的笑声响起/时间在这里静止，一株天竺葵/或一丛丛丁香，探出栅栏和六月/蕴含着遗忘岁月的/全部温馨的气息"，一副在现代化面前"脱魅"的幸福图景。文乾义如此描述《他居住的城市》："他写过一首很短的诗，是关于一条/建于1900年的老街，一共八行。……之后/他没有写过和这个城市有关的任何东西……这是一座容易感冒的城市，街面上的药店很多/他曾说过这个城市'美丽而野蛮'的话，他并不/解释。前几天，报上开展渔网是不是衣服的讨论/他没有参与。他想：晾渔网毕竟不等于晾衣服"，以反讽的方式忆念哈尔滨建城的初始印迹，来嘲讽现今城市的脆弱与无趣，甚至是无知。始建于20世纪初的霁虹桥在包临轩的笔下充满孤独和落寞，一个历史的沉默者，"像一个幸存者""见证着从历史深处延伸过来的铁轨"（包临轩《霁虹桥》）。

　　"早期的文化将变成一堆瓦砾，最后变成一堆灰土。但是，精神将萦绕灰土。"① 因铁路而筑城，哈尔滨并没有关内厚重的农耕文明的田园感伤可以追忆，这种"怀旧"的诗意构图也就停留在俄罗斯文化、犹太文化、闯关东文化，以及并不悠久的本土文化上。但也恰恰是这种历史的短缺，让哈尔滨诗歌反思型写作呈现为一种现代性文化范围内的自我反思，而不是非此即彼的否定性批判，既不同于江南春雨的人类"初始性写作"，亦不同于中原文明的农耕皈依，单纯而沉静，在相对轻松的记忆中，另一座富有乌托邦色彩的哈尔滨卓然而立，属于过去，同样安慰着现在和未来。

---

　　① 路德维希·维特根斯坦：《文化与价值》，黄正东、唐少杰译，北京联合出版公司2013年版，第4页。

第三节　复杂而综合：哈尔滨新诗的写作

自 17 世纪以来，有了海明威、萨特、波伏娃、毕加索、《法兰西》杂志的作家们，以及浸染历史风云和情感记忆的咖啡馆、酒吧等，才筑就了巴黎塞纳河左岸的文艺圣殿，以至于"左岸"成了文艺或者知识分子情调的专有代称。作为一种精神生产的场域，"互相对立的作家或艺术家在一定范围内的共同之处只是他们都参加了为推行文学或艺术生产截然相反的定义而进行的斗争。他们是构成场的相互作用关系和结构关系之间差别的典型体现，他们在方法论上也许永远也不会相遇，甚至互不知道，但在实践中却被将他们联系起来的对立关系牢牢地确定住了"。① 无论是"和而不同"还是互相沉浸于辨析的诗学争执里，多面而复杂并相互包容的诗人群是任何一种诗歌思潮的支柱性存在，也是众多文学样式在成熟期必然呈现的景象。新时期以来，哈尔滨拥有众多创作思想互补、审美追求相互映照的诗人群。一条条诗学的河流分分合合，不同的诗学思想相互碰撞，百舸争流，孕育出活跃而丰富的新诗森林。

从 2004 年张曙光、桑克、吴铭越等人创办《剃须刀》这个民刊开始，以之为中心，包括后来的《诗歌手册》，逐步聚集起一批写作倾向大致相近的诗人。一方面，这个诗人群的诗歌创作多呈现为绵密的逻辑叙述，遵从现代汉语的语法结构，顺势而为，诗歌结构多表现出层叠性和开放性的美学特征。另一方面，对细节的充盈性描摹一直是 90 年代以来《剃须刀》诗人群较为着意的写作倾向，也是对汉语新诗的重要贡献。在写诗如说话一样的日常絮语中，彰显着汉语新诗形式上的自由性和舒展性的语言质地。在如何体现诗的本质上，也走向更为深入和致密的智性隧道，多着力于增强诗歌语言的表现能力而非技巧的张力，用尽可能丰沛的语言所指映现能指的

---

① 皮埃尔·布迪厄：《艺术的法则：文学场的生成和结构》，刘晖译，中央编译出版社 1992 年版，第 266 页。

音色。在这种写作路向上，形成了以张曙光的诗为代表的卓有成效的写作群体，如文乾义、桑克、朱永良、杨河山、袁永苹、张伟栋等。无论是《剃须刀》时期还是后来的《诗歌手册》时期，都将这种基于语句表达和意义完整性的写作引向深入，同时指向复杂的思想维度。比如写公交车，在杨河山的笔下，日常习见的公交车上的陌生乘客，在经过平淡的描述后，蜂拥而来的是层叠的哲理性推想："每一辆都缓慢而沉重。这一车一车的人要去哪里？／为什么会乘上这拥挤而酷热的公交车？"在看似琐细的生活中推演出生命存在的困境（《蓝色公交车中的乘客画像》）。《急诊室》写医院急诊室的场景，一个慌乱逼仄而又充满温情的地方，诗人非凡地用非洲草原动物毫无遮掩的生存状态和生存的残酷来比喻急诊室里各种人物的关系。"是的，此刻唯有我们陷入沉默，好像在野兽群中。／我们相互依靠，并不害怕，黑暗中／望着对方，这一刻感到温暖。"诗歌的结构大开大合而又收放自如，并落脚到对生死临界点各种关系的运思上。如此写海洋，海如人生，"让人想象，海中都有些什么。谋杀？攻击？／孤独寂寞？幸福或痛苦？这巨大的／谜团，更让人感到困惑"（《海》）。杨河山的诗歌善于运用诘问、存疑的句式，做自我审思的洞察，在人、自然、城市等从细微到宏观的题材关系中，层递性地考量存在的意义。袁永苹在《空房间》里始终忠实地描述一个房间里出现的繁复景象，以想象这个已经虚空的房间里曾经有的日常生活，以及延伸出来的日常温暖，诗篇最后说"这房间里装着爱"，以实映虚来凸显内在纤细而深入的情感空间。

语句逻辑能够再现修辞的现实，在绵绵不绝的推理性想象推动下，能够在诗中将抽象的概念具象化，以个人化的视角重构历史生活现场的真切感，从看一本画册的思绪中，映现一条街道曾经活色生香的样态。"萨伊别尔采里坐在中国大街（现中央大街）／拐角处，而格尔施戈琳娜在弹奏钢琴"，以及客死异域他乡的"他们尚有呼吸，而在第216页，出现了他们的墓碑，／雕花的黑色大理石刻满了铭文，／记录着发生的一切。此刻，他们很安静，／并且快乐，埋葬在这座城市的郊外，／他们死了，但尚有呼吸，我看见画册在我的手中/翕翕抖动，如一片风中的树叶"（杨河山《读一本哈尔滨犹太人画册》）。用绵密而层出不穷的浪涌般的追问去丰富和考量诗与世界、人与存在、自我与他者等各种景象，"我们如何理解，所有的树木，这么久站在同一个地方，/这意味着什么？整个下午，我望着这些树，/感觉它们正全部聚拢过来，轻轻述说时间与永恒的秘密，/以及不能行走的痛苦，以及欲望，而所有这一切/仅仅出于我的猜测，或者出于我对我自己的怀疑"（杨河山《猜测》）。用给双亲打电话的起始，在犹豫中构想出他们的日常生活，"新闻联播的时候打？/他们已经入睡。/白天呢？被各种事缠着"，如此三番，将亲情的现实感和即时感退缩为明信片上的间接想象，来展示一次细致入微的情感波动（桑克《8511农场》）。张曙光的《生活在此处》则客观描述早晨起床后的一系列思维活动和生活真实，如由落枕、立顿红茶、篮球等串联起来的思维过程，明晰而不琐碎，具体而不拖沓。

在追求直达诗意经验和语言表述的纯洁性上，包临轩的诗值得关注。比如《清晨》，将"早七点的太阳"和"初出家门的少年"以及"清晨透明的蓝/想起了草原"等具有"原初"体验的事件和意象联系起来，让诗意所指坦诚晾晒。《这些年》一诗对生活意义的嘲讽，"这些年/我专注于采集新闻/发布于版面和网络/是否被读过/它们都会迅速风干/无声地死去"，有着玻璃一样的语词透明度和建构思想的金属硬度。他的《北纬45度》将北方冬天的冷峻、江雪行人的孤独、孤单欲飞的航船，用冷峻而简洁的言词描述出来。"大雪地掩盖了无尽的沧桑/和城市纠结的心事/蓝天，这无遮拦的巨大冰镜子/揽照了无数事变，却/不发一言"，诗篇对"寒鸦和喜鹊"与孩子们嬉笑的对比使用，加剧了诗歌的主题张力，繁华落尽后的虚无指向，道出了"独钓寒江雪"的寒冬情致。这也许是他的哲学修养赋予其洞察世界的锐利眼光，他的诗篇融汇着哲理的冷静和意象的鲜活，比如他这样写冬天："大地沉睡，衰草像一撮撮稀疏的头发/冬天，就这样冻僵了自己/长眠，有着愈发浓重的晦暗"。有冬天肃杀的景致，亦有心理感受的沉重。

与包临轩相对照的是冯晏的诗，尤其是其新世纪以来的诗作所呈现出的诗学经验和修辞方法，有其独特的表现样式。比如独立意象的凸显，依靠意象间的相互映衬，而非逻辑连接词的释义而实现表达，比如写《立春》，通过"雀鸣""短笛""裂缝""冰河""钥匙"，以及被久困的各种思想上的动物意象，来展现冬天即将过去的万物复苏景致。"远处，我听见沙哑的灵魂骑上一只野兔，／绒毛翻动枯草，／穿过我献给荒原的耳朵"，又将春意萌动的最为细致的变化显现出来。她的《航行百慕大》《镜子》《五月逆行》等诗篇，是一种语词跟随思绪流淌出来的结果，而非语词对思绪的修饰或者遮蔽，那种或碎片，或突兀，或起伏有致的语词构造方式，在形成个性化的语言结构的同时，也使得诗歌阐释具有了深度，甚至是尖锐。后现代的语言观念和诗歌技法在她的手里，有着优卓的表现。很早就开始写诗，并有着丰富的诗界写作交往经历，刘禹的诗注定在思想深度上有着重金属的质地，他的自印本诗集《试衣间》里，有《物质的悲哀来自人》这样的时空穿越的精神超越性感叹："孩子们在街上／花园里，阴暗的小屋中／一样成长"，也有《蜉蝣》这样的因物起兴的隐喻性写作，诗歌的实验性和先锋性，以及在修辞上呈现的金属质地引人注目。

汉语新诗也是汉语诗歌的一部分，其悠久的诗歌传统自然是汉语新诗写作过程中的重要组成部分。"兴观群怨""熏染刺提"等介入人生和现实的诗歌外化功能向来被重视。在这方面哈尔滨的新诗人则有着不菲的表现，深深影响着汉语新诗整体格局的构造。鲁迅文学奖获得者李琦的诗以其真挚的亲情描写，赢得无数的诗坛荣誉，她在《帆·桅杆》《守在你梦的边缘》《李琦近作选》等近十部诗集中，营构出桑麻书香的传统伦理情致，并以敞开和明丽的书写风格对抗着同时期主流的"黑夜书写"，在边地风情的倾情打造中，实现了对传统家庭观念、人伦情愫的现代性转换，拥有广大的读者群。以此观之，马合省的"苦难风流"，赵亚东以飘荡河系列为代表的"农耕"书写，梁潇霏的温婉情愁，张雪松那种深入生活现实的哲理散文诗，郭富山诗歌世界里对人生的"逆反性"思索和阔达的人生境界，蒋玉诗歌中对童真、纯美和悠然意境的表达，等等，共同构建了哈尔滨写作的丰富性格局。

无论诗是最无用的职业，还是世俗功利前的无效性写作，诗歌都是远离世俗的。相对于关内，哈尔滨诗人群很少有闲有余裕的学院派诗人，大多是公务员、商人、农民、下岗工人、教师甚至是赋闲在家的失业者，很少是专业性的写作者，也恰恰正是因为有天赋或者爱好诗歌，而赋予了汉语新诗写作的纯粹性和自为性。"我们今天无法想象，没有学生和知识分子或艺术家的倾慕者当观众，电影探索会是什么样子，同样，我们无法设想，没有聚集在巴黎的落拓不羁的文人和艺术家这个公众群体，19世纪的先锋派文学和艺术怎么能够产生和发展，尽管这些人穷得买不起什么，但他们为特定的传播和认可机制的发展进行辩护，这些机制无论是借助论战还是丑闻，都能为革新者提供一种象征资助的形式。"[1] 是的，正是这些来自不同经验场的诗人之间的对话和交流，办民刊、出杂志、做诗歌旅行、进行各种各样的诗歌沙龙和对话，使得哈尔滨的写作呈现出开放性、复杂性和对话性的良好创作氛围。

第四节 结语

一个共识是，知性写作让汉语诗歌从内在本质上赶上了现代化的步伐。从单一抒情的浪漫主义和反映论的现实主义让位于综合性、复杂性表述的经验性写作，尽管有时"生不逢时"，但汉语新诗或潜或明地绽开着知性的花朵。何谓经验？对胡适写作新诗有着重要影响的美国哲学家杜威提出，艺术即经验，"经验本身具有令人满意的情感性质，因为它拥有内在的、通过有规则和有组织的运动而实现的完整性和完满性"[2]，这是实证主义哲学、分析哲学主导下的现代认识论对经验的理想诠释，也是理性与逻辑构造的现代思维的主要

---

① 皮埃尔·布迪厄：《艺术的法则：文学场的生成和结构》，刘晖译，中央编译出版社1992年版，第266页。

② 约翰·杜威：《艺术即经验》，高建平译，商务印书馆2013年版，第45页。

内容。对于诗歌来说，所谓经验的完整性，表现为语言叙述的完整性、诗人表达的完整性和受众阅读的完整性，或者也可以说，相对于农耕文明时期浪漫主义的象征性、代言性的言说方式，现代新诗的语言形态是一个闭合的、自为的系统，有开端、发展和结束的意识流动过程，或者说是一个个人视角下整体隐喻的持存方式。因此，以叙述或者叙事为基调的语言形态是符合汉语新诗的主流选择的。虽然胡适在新诗早期就提出新诗的经验主义，但战争和救亡的时代主题使抒情必然成为新诗创作的主潮。40 年代西南联大诗人群的偏安一隅和丰富的中外文学交流经验，远离时代喧嚣的机缘，让"诗是经验"的话题重新涌现出来，被一些敏感地捕捉到新诗内在肌理的诗人所成就。以袁可嘉、唐湜等人的诗学理论为基础，形成了以艾略特、里尔克和瑞恰兹的"诗是经验"理论的引入和汉语化，有了较为成熟的理论积淀，但很快在时局的遮蔽下，尘封在历史的记忆中。及至新时期，宏大主题的潜意识终于映现出个人书写的面孔，朦胧诗的个人体验让"诗是经验"的冰冻历史开始解冻。20 世纪 90 年代，汉语新诗在经济大潮的冲击下，重拾边缘性的孤独境遇，进入中年写作的沉思语境，追求复杂而富有深度的写作成为重新浮现历史的创作追求，张曙光、西川、马永波、韩东、杨炼等以丰富的文本创作来诠释"诗是经验"的历史印迹。

在这方面，哈尔滨的新诗写作是引领汉语新诗写作潮流的。一方面，大部分诗人都是在中年以后获得诗歌写作盛名的，如张曙光、李琦，有些诗人甚至是新归来诗人，如包临轩、张静波，有些是中年之后才开始写作的，如杨河山、潘红莉，很少有少年成名者。他们有着足够的人生阅历的积累，对社会关系、自然、宇宙的认识有着更为沉静的历练。在写作题材的选择上，也能突破狭隘的家庭或者个人情感的束缚，走向更为深远的人类命运、人生终极命题以及阔达境界的营造。在表现主题的辨析性、矛盾性和复杂性上做文章，修辞的明晰性和充足性，观察事物的多样性，表现方式的沉思性，等等，就是将这一传统延续到新世纪以来的写作。比如钢克的《通灵七日》写七天的思绪，时间、空间、各种各样的梦境以看似杂乱而又有序的方式呈现出来，在意识流的流淌里，思考生存与个体的方式，在时间纵的指向中，融合尽可能丰富的哲学内容，充满诘问和知性的辨析。杨河山的诗能够很好地处理静态物象的多变性和丰富性，可以用五十余首的篇幅来写月亮，有"总是被什么遮蔽"的写实月亮，有像"芦苇，或蒲公英"等植物一样的超验性表现，也有"像一面木质手柄的雕花镜子"一样的月亮。还可以用不同的感觉来彰显火车变迁的身影，有"记忆中遥远而深情的鸣笛声，/高高竖起的大团灰色烟雾，和亮着的三盏电灯"的火车，有1969年的火车，并因之而想起这列火车上的人，"想必早已衰老，或者死去"，有1978年的无轨电车，"不断有人进入车厢，/车内很拥挤，混合着橡胶水或者某种/腐烂水果复杂的气味。在雪的背景下，/或者雨中，这本不存在的事物如此真实"（《对上个世纪一辆无轨电车的描述》），等等。

另一方面，从职业上说，哈尔滨写作的骨干诗人大多受过高等教育，在新闻机构、高等院校或者行政管理机构任职，有着相对富足的阅读量，文化视野较为开阔，人生阅历比较丰厚。"艺术作品的意义与作用全在它对人生经验的推广加深，及最大可能量意识活动的获致。"[①] 一般来说，经验需要时间的积淀，必须依靠足够多的春秋积累的识见去支撑。在这方面，哈尔滨诗歌长袖善舞，沉稳而从容。喜欢选择焦点性的意象，展现出另一种样式的集体经验，以众眼凝视的方式来洞察世界，最终实现艾略特所说的"非个人化"的客观性表达，比如写中央大街，在桑克是嘲讽，"中央大街的人，我把他们/无序的行进称作游行"（《在中央大街》）。在张曙光是感叹，"沉默，孤独，而且忧郁"（《一条旧时的街：外国街，1989，11》）。比如雪，潘红莉的"雪"和命运、枷锁有关（《赞美雪》），朱永良的"雪"则是"活下去的依恋"（《12月25日的雪》），等等。

---

① 袁可嘉：《谈戏剧主义——四论新诗现代化》，《论新诗现代化》，生活·读书·新知三联书店1988年版，第32页。

第二编

第五章　论李琦的诗

自从 1977 年诗篇见诸报刊的几十年来，李琦的写作是勤奋并卓有成效的。出版了诗集《帆·桅杆》《守在你梦的边缘》《李琦近作选》等近十部，散文集《从前的布拉吉》和《云想衣裳》亦可以看作其诗意思想的另一种诠释。《冰雕》一诗被认为是 20 世纪 80 年代中期汉语诗歌的代表性作品，其词清丽，意境清纯，哲思深邃，地域色彩浓厚，很好地将那个年代素朴、沉思的精神以地域性的象征符号彰显出来。2010 年获得鲁迅文学奖，在一定程度上反映了其诗歌的影响力。黑龙江居于塞外，地域的边缘意味着文化的边缘，白山黑水的边疆风景给了诗人无上的灵感，在一定程度上限制其诗歌影响力的同时，也正是这种边缘，使得她的诗歌不容易为外物所动，远离中原的喧嚣，秉承诗意的召唤。新时期以来的汉语诗歌诗群林立，诗人代序更迭，更新和反叛成为常态，但这些似乎和她都没有关系。相比而言，从青春的歌唱到中年的醇厚，李琦以其一贯的诗学坚持和不落俗套的小众审美，沉淀着别样的诗歌景致。就诗歌评论界对李琦诗歌的关注来说，迟至世纪之交才有比较集中的表现。[①] 也正是发现的迟滞让人们感悟到了边缘的残酷，而阐释的相对孱弱也激发起探究的好奇。

---

① 比如张景超、温汉生的《物化时代里返璞归真的诗——李琦创作论》(《文艺评论》1997 年第 4 期)，1998 年林莽为李琦的诗集《最初的天空》所写的序言《李琦论》、罗振亚的《雪夜风灯——李琦论》(黑龙江人民出版社 2001 年版)，等等。

第一节　家庭抒写：伦理亲情的温柔抚摸

李琦诗歌的核心意象是家庭，写少男少女的青春爱情，在价值和情感选择上多是正面和积极的，偏于传统和保守。从 20 世纪 80 年代的《帆·桅杆》到《最初的天空》，包括获得鲁迅文学奖的《李琦近作选》，家庭都是占据重要篇幅的选材。第一，以温情的姿态写家庭人物的静态肖像。如写"一生喜欢读书/常年蓝色的布衫""把自己变成了一本书"的祖母（《我一百零三岁的祖母》），写"内心澎湃，外表平静/逃跑的根基，流人的天性/喜欢走路，向往异乡/肌体里藏着大风和波浪"的祖父（《我喜欢在世间散步》），亦有难以抵抗流年的母亲，"总是觉得，母亲她该步态轻盈/少年时，看她打羽毛球/手臂那么一张，脚步轻移/就像树叶通了灵//如今她居然这样走路了——/看着脚尖，神色紧张/在哈尔滨结冰的路面/她的脚，走到了晚年"（《看母亲走路》）。寥寥数语，寄托着时光易逝的生命感悟。这些从细微处着笔的白描，莫不充盈着丰沛的情感。第二，以柔情的笔法写和谐富足的家庭关系。描画恩爱夫妻的琴瑟和谐，写母女的浓重亲情。"一场人生里/谁和谁的肩头/能这样相依紧紧/穿过冷风/交替担起护佑的天职"（《妈妈》），写恋人的两地相思，"多少恋人在树下絮语，/多少伴侣在江边漫行。/我们，却又隔着千万座大山/我在这寂静的校园，/你在那遥远的军营……"（《春夜》）"日子从信封里爬远/我们成了故人/信在追记我们//重读这些信/我重又听到/来自身体内部的某种回声/我重又成为六月的枝条/温柔的雨丝、洁白的云朵//沿着你烫人的信逆向前进/是我红晕初上的春天。"（《读你从前的信》）写亲人间的离愁别绪，"临别前，我把掉落的扣子，/轻轻给你缝上。/离分手的时间很短、很短了，/我，仍把线穿得很长、很长……"（《缝》）写情人间的相濡以沫，"拉住你的大手带我走/在那深深眼睛的注视下/我是你永远的小姑娘/雪那么大你真像/童话中白色盔甲的将军/将军　我是你麾下的惟一士兵/跟着你/我们走暖了十个冬天//十年了你我已是亲人/十年的日子/柔软暖和像那件红格子衬衫/十年是一出不谢幕的长剧/我经久不衰地扮演/你的女儿/你的母亲/你日新月异的情人/十年学会写一个'家'字/每根手指上/都飘着你的气息/亲爱的/今生我就是要缠住你//下一场人生在哪里/那时我们或许不再是夫妻/来世的冬夜还会有大雪/要是有一双手伸来/我就会泪水蒙蒙地/认出你"（《冬夜》）。写舐犊情深。"呵，孩子，将来/我一定给你讲起/那关于你的无数甜梦/告诉你，当初/我们是怎样/一边辛苦地工作/一边待着/用你的啼哭和微笑/来丰富这壮丽而充实的人生"（《梦》）。以至于"因为你我超越了世俗的羁绊/因为你我竟重又纯真/因为你我竟守财奴渴望金　钱般的/那么迫切地想做一个好人/因为，/你长大了会评价母亲"（《因为你》）。第三，在处理男女两性关系上，当众多诗人争取与父权文化相抗争的平等权利，以对立的姿态和有罪的观念来看待男性文化时，李琦在诗歌中却塑造出一朵美丽的"攀援的凌霄花"，愿意"为一个属于祖国的男子/做一个永恒的支点"，并因之而自傲，"这是只有白云一般纯洁的女人/才配占有的向往"（《她》）。"平生第一次，我用烤箱/做出了香甜的蛋糕/我捧着成果向他走去/情愿像个仆人那样　为爱人操劳"（《我们有了第一个家》）。东汉班昭在《女诫》中说："阴阳殊性，男女异行……男以强为贵，女以弱为美。"在剥脱男强女弱的封建化含义后，这种基于男女生理差别和性格特征而生发出的两性和谐格局，不能不说是汉语传统文化中的精髓，这是接续中断了很久的汉语新诗的女性诗人的书写传统。可以说，在当时代诗歌纷纷离开描述家庭的两性和谐，而去追求所谓解构的快感，强调对立的重要之时，李琦对传统家庭田园的构建就是具有个性和价值的，也就有了特别的时代意义。当舒婷在《神女峰》中说"与其伫立千年/不如在爱人的肩膀痛哭一晚"的时候，同样的时空的石头在李琦的笔下却呈现出另一番景象，"与其变为石头/不如用石头的意志/去追寻我们的亲人/或者，走进他们的功勋/或者，用我们柔软的手臂/搭一座凯旋的大门。"（《望夫石》）这是一种主动积极而富创造性的处理两性关系的心态，以成就的姿态所表现的伟大之爱。美国社会心理学家弗洛姆认为："对人类存在问题的真正全面的回答是要在于人际和谐，在于彼此之间的融合，在于爱。"①"爱可以使人克服孤寂和疏离感，但同时又能使人保持个性，保持自身的完整性。在爱中会出现这样的悖论形态：两个生命合为一体，又仍然保留着个人的尊严和个性。"② 李琦诗歌中对家庭颇为"另类"的正面书写，在很大程度上是在重新唤醒潜藏在男女意识深处的忘我与付出的渴望，揭开了被现代人视为"束缚"的家庭意象的另一种面纱。世纪流转，现代的娜拉们以迅疾的姿态一股脑儿地将家庭弃置，但却迷茫于前途时，李琦的书写如一盏灯，始终在温暖地呼唤着迷途的路人。

家庭曾是传统汉语文化的基本组织形式和生命价值的旨归。但在现代化等同于西化的概念中，传统家庭这样一个承载着众多乌托邦梦想般的词汇亦成为社会前进的绊脚石。西方基督教观念下的家庭概念成为中国家庭走向现代化的皈依。"基督教神学中的个人主义逐渐影响了基督教国家的政治，同时，个人不朽的希望也减少了人们在他们子孙中所寄存的那种希望——这种希望以前在他们看来和个人不朽的道理极为相似。现代社会虽然还是父系的，虽然家庭依然存在，但是比起古代社会对于父亲关系的重视，已经不如了，而且家庭的作用也比以前大大减少了。现在，人类的希望与志向和《创世纪》中的那些家长是截然不同的。他们希望通过他们在国家中的地位，而不是通过拥有众多子孙来成就一番伟大事业。"③ 因此上帝说："爱父母胜过爱我者，不配做我的门徒。"

于是从近代以来，传统农耕家庭在域外"娜拉"们的控诉声中渐渐演变成与自由、人权、民主等现代社会相对立的概念，巴金《家》里的封建专制也好，"问题小说"里的包办婚姻也罢，在丧失审慎理性分析的情境下，"家庭"成为社会变革的焦点。"父权

---

① ［美］艾里希·弗洛姆：《爱的艺术》，李健鸣译，上海译文出版社 2008 年版，第 25、26 页。

② 同上。

③ ［英］罗素：《婚姻革命》，靳建国译，东方出版社 1988 年版，第 20—21 页。

的发现导致了女人的隶属地位"，① 两者结合在一起的时候，如何摆脱家庭的牵累，洗脱父权文化所厘定的女性身份就成为女性诗歌不变的话题。甚至，当女权的概念提出时，如何塑造一个没有男性文化或者取代男性文化的极端世界，也成为女权文化追求的境界。半个世纪之后，20 世纪 80 年代以来的女性诗歌依然高擎对立的大旗，舒婷在《致橡树》中栽下的"木棉树"，翟永明装饰的"独身女人的卧室"，伊蕾扮演的"独舞者"，等等，汹涌的女性诗歌中男性一直是缺席者。也许是响应刘易斯的这个判断，"妇女文学没有起到它应有的作用，很大程度上仍是一种模仿文学。这是出于一种非常自然而又极为明显的弱点：妇女在创作中总是把男子一样写作当做目标，而作为女人去写作，才是她们应该履行的真正使命。"② 女性诗歌在"自顾自恋"的私语化路途上愈走愈远，于是王小妮在《不要帮助，让我自己乱》中说："让我向我以外笑/让我喜欢你/喜欢成一个平凡女人/让我安详盘坐于世/独自经历的/一些细微的乱的时候"。伊蕾写独舞者"心灵的苦难伸出舌尖/从指缝间流出/和长发一起飞舞/从肩胸上滑落/每一块肌肉都张开口"（《独舞者》）。甚至发展到陆忆敏的"汽车开来不必躲闪/煤气未关不必起床/游向深海不必回头"（《可以死去就死去》）这样虚无缥缈的厌世情结。

记得社会心理学家弗洛姆运用《逃避自由》一书的篇幅来阐释现代自由给人带来的困境："前个人状态社会既为人提供了安全保护，又限制了人的发展。现代人摆脱了前个人状态社会纽带的束缚，但并未获得积极意义上的实现个人自我的自由。也就是说，他无法自由地表达自己的思想、情感及感官方面的潜力。自由虽然给他带来了独立与理性，但也使他孤立，并感到焦虑和无能为力。他无法忍受这种孤立，他面临着两种选择，或者逃避自由带来的重负，重新建立依赖和臣服关系；或者继续前进，力争全面实现以人

① ［英］罗素：《婚姻革命》，靳建国译，东方出版社 1988 年版，第 20—21 页。

② ［英］乔·亨·刘易斯：《女小说家》，见谢玉娥编《女性文学研究》，河南大学出版社 1990 年版，第 18 页。

的独一无二及个性为基础的积极自由。"① 对于"全面实现"人的积极自由来说，"重新建立依赖和臣服关系"也许更为现实和具有可操作性，虽然这里的"臣服"并不是恰当的。长期父权文化的压抑，让女性渴望得到自由，从家庭关系、社会关系等关系中获得理想的独立，偶尔矫枉过正，也是自然的。但"人是社会关系的总和"，人的社会性决定了任何人的存在感都必须依赖特定的人与人之间的关系。没有了关系的网结，必然产生从时空间的孤立到自我认识的孤独，最后引致生命的虚无。"人从与自然的原始一体状态中获得的自由越多，愈成为一个'个人'，他就越别无选择，只有在自发之爱与生产劳动中与世界相连，或者寻求一种破坏其自由及个人自我完整之类的纽带，与社会相连，以确保安全。"② 20 世纪 80 年代以来女性诗歌所呈现的状态显然违背了人类"诗意栖居"的愿景。

经历百年的季节轮换和代际更迭，在一再强调打碎和转型的"抛弃性"价值选择后，事实证明，汉语社会文化的核心价值观念并没有照搬西方的个人中心模式，也不是传统的宗法制家庭模式，而是在两者之间的徘徊和犹豫中莫衷一是。在旧的秩序已经打碎，新的秩序尚不知为何的时代，价值观的迷失自然是应有之义。当"欲望写作""身体写作""私人话语"成为汉语新诗趋之若鹜的时代题材时，审美意义上的诗情画意的缺失不禁让人扼腕。

有茫然失措，自然就有理性哲思。在否定简单的二元对立成为共识之后，人们开始寻找传统和现代的一致性。"一个真正良性的现代社会，不在于形成一套与传统完全不同的新道德，而在于传统道德在现代生活当中有很好的维持。传统道德维持得越好，可能这个社会相对运行得越好。……那么，我们无论是谈社会诚信的重建也好，社会同情的培养也好，我们可能会面临一个问题：中国社会最基本的道德单位到底是个人，还是家庭，还是某种群体？""我

---

① ［美］埃里希·弗洛姆：《逃避自由》，刘林海译，国际文化出版公司 2007 年版，第 5—6、19 页。

② 同上。

认为最基本的问题在于，应该明确确定中国基本的道德单位是家庭。以家庭为中心，是一个比较能有效克制恶性个人主义发展的基础。如果没有一个基本的道德主体承担单位，如果只是像西方那样，明确规定就是赤裸裸的个人，然后大家在赤裸裸个人的基础上建立一套行为规范，这在中国社会是不对的。因为儒家的基础和基督教的基础不一样，基督教不是以家庭为中心的，在上帝面前人人都是赤裸裸的个人。"[①]

同为龙江作家并擅长书写北方女性的张抗抗在一次接受访谈时说："我觉得男人和女人物质构造就不同，这是先天因素决定的，否认这种差别几乎是不可能的。这种差别不仅仅表现在女人很柔弱、男人很刚强等一般的层面上，还体现在他们的思维方式很不同，处理事物的方式上也不同，也就是说，很多想法很不一样。他们之间确实有一种难以沟通的沟壑，完全填平这种沟壑比较困难。"[②] 既然如此，如何在新的时空背景和价值观念上重建新型的男女关系和家庭模式，也就是包括诗歌在内的文学塑造的重要内容。如果从这个角度来重新看待李琦一贯的诗学选择的话，说是坚守，不如说是昭示。或者说，在新的文化环境中，李琦的诗歌为处理男女两性关系和重新厘定家庭在女性自我认同中的作用提供了值得深思的范本。

第二节　阳光书写：女性诗的另一副面孔

记得才女张爱玲是善于写各种姿态的月亮的，她善于此，多缘于那个遗老遗少的家庭文化，以及略微自闭的性格，如果说喜欢月亮还是因为对黑暗的抗拒，而包含希冀的话，那么时间如流水之后的 80 年代，没有月亮的黑夜却成为诗歌疯狂追逐的星星，这多少让人有点猝不及防。自 80 年代中期翟永明的《女人》组诗、唐亚平的《黑色沙漠》系列发表后，"黑夜意识"成为女性诗歌集中抒发的内

---

① 甘阳：《以家庭作为道德重建的中心》，《21 世纪经济报道》2012 年 1 月 29 日。
② 张抗抗：《女性身体写作及其他》，文汇出版社 2002 年版，第 102 页。

容，"每个女人都面对自己的深渊——不断泯灭不断认可的私心痛楚与经验——远非每一个人都能抗拒这均衡的磨难直到毁灭。这是最初的黑夜，它升起时带领我们进入全新的、一个有着特殊布局和角色的、只属于女性的世界……女性的真正力量就在于既对抗自身命运的暴戾，又服从内心召唤的真实，并在充满矛盾的二者之间建立起黑夜的意识。""黑夜作为一种莫测高深的神秘，将我与赤裸的白昼隔开，以显示它的感官的发动力和思维的秩序感。黑夜的意识使我把对自身、社会、人类的各种经验剥离到一种纯粹认知的高度，并使我的意志和性格力量在种种对立冲突中发展得更丰富成熟，同时勇敢地袒露它的真实。诗由此作为一种暗示力量灌注我全身，使我得以维系一种经久不散的灵魂的颤栗，从而与自我之外的他物合为一体。站在黑夜的盲目的中心，我的诗得顺从我的意志去发掘在诞生前就潜伏在我身上的一切。"① 可以说，"黑夜意识"开启了一个女性沉思默察自我命运的历史、现状和将来的切入点。"渴望一个冬天，一个巨大的黑夜"（翟永明《独白》）。"两个白昼夹着一个夜晚/在它们之间/你黑色眼圈保持欣喜，我在何处形成/夕阳落下敲打黑暗/我仍是痛苦的中心"（翟永明《憧憬》）。在黑夜中发现潜藏的欲望，在黑夜中舔舐男权文化所带来的创伤，等等。

对于完整的诗歌人生来说，只有黑夜是不完整的，也是不合理的。与诗歌的主流走向相比，李琦诗歌的格调是明朗的、阳光的、从容的，恍如黎明初显时的缕缕阳光。当诗人整体哀叹诗歌境遇步入黑夜的深渊，哀悼诗歌盛世不再时，她可以理性而乐观地看待诗歌与时代的关系，因而是从容和乐观的。诗歌和诗人"注定是孤独的、寂寞的。时代不再提供如多年前那么一个特定的、需要诗歌的背景了，所以，诗人们从曾有的喧哗与奔腾中定格，变成了一眼井。这是坏事么？我看不是。经历了一些骚动、分化，尤其是经过了商业大潮的冲刷、各种时髦主义的过滤，诗人的队伍提纯了、精干了、更具有创造力了。高谈阔论变成了潜心思索。集团式的冲击

---

① 翟永明：《黑夜意识》，《磁场与魔力》，北京师范大学出版社1993年版，第5页。

变成了个人的写作。流派不那么众多了，旗号也不那么招摇了，诗人们撤出了江湖。他们安静地折回斗室，守住一盏寂静的孤灯，老老实实地写自己的诗。也许，恰是在这被忽略被忘记被伤害的时候，诗人反倒隐约听到了那来自诗歌王国的神圣的召唤。"① 尽管也是一盏"黑夜"的寂静孤灯，但李琦营造的却是阳光的味道，这在一定程度上也和"诗歌是贵族的""诗人天生是孤独的"等诗学理念相契合。我总觉得，她是为数不多的能够正视诗歌现状的诗人之一。也正是这样的雍容心态，同样的题材在她的笔下焕发出了另一种生命。当人们痛诉空间阻隔对婚姻的创伤时，在她的《两种难过》里却显得哀而不伤，"结婚就是/变成一只木筏/在思念的河流上/日夜兼程"，说"那个人的话越说越短/最后只剩下了'我一路平安'""你一路平安时我正整理寂寞/说男人就是天生的漂泊/说不该哭不该忧虑/说来说去家里窗帘都学会了说话/一飘一飘　唤你回来//什么时候你才变成老人/与我厮守着子夜与黄昏/当我们打捞往事的沉船/抚摸已成干果的今天/我或许又有了另一种难过——/再看不到你鸟一样飞远的身影/再没有铭心刻骨的相思/再读不到/那亲如阳光的家信"。或者说，恰恰是时空的阻隔成就了相知相守的情感厚度和深度，这一点不亚于耳鬓厮磨、长相厮守的缠绵悱恻的情感，耐得住时间的积淀。

　　诗人创造语言，从原初的经验赋予语言以新的生命。李琦诗歌的语言是敞开的，意境是阔大的，从喜爱于日常琐事的叙述中，见证一番哲思的美丽。以小见大的宏大叙述模式在这里焕发出了新的生命，以一斑窥豹的技法，能够通过细节和微小处书写宏大的社会文化的壮阔画卷。比如写《石头道》，"石头道呵，/论年龄你比爷爷还要老，/爷爷，早已躺到大地深处，/你却还在这儿伴随着朝阳夕照……/踏上你，就象迈回那久远的岁月，/又看见那华丽的马车嘚嘚儿飞跑……"时空在穿梭间将石头道街——这样一条位于哈尔滨中央的大街，浸染着厚重历史的街道跃现纸上，将沧桑的岁月写

---

　　① 李琦：《寂寞中的诗人》，《文艺评论》1995 年第 4 期，

得轻倩而有跃动的活力。在《丁香》中，戴望舒笔下缠绵而幽怨的意象被赋予另一种韵味，浓浓的亲情下，不复有"丁香空结雨中愁"的愁绪，"爷爷生前的时候，/种下一株丁香。/他，远远地去了，/丁香，悄悄地生长。//二十年了，它伸出越来越多的臂膀，/擎着孩子们的欢乐，/挨着明媚的春光。温馨的五月，/撑一把淡紫色的花伞，/给人们一片清凉。//啊，郊外的墓地，/睡着我亲爱的爷爷。爷爷啊！我知道，在那里/你一定睡得很安详——/因为，你给活着的人们/ 留下了一片绿荫，/留下了阵阵芬芳。"这种借物言志的方法也许显得有点俗套，但在这种"古旧"形式的背后，映现出的却是情真意切。她可以将母女亲情和人生糅合在一起，"这人生苍凉/这人间辽阔/一个简单的循环/却深奥成哲学——/人类绵绵不绝/爱情源远流长/其实就是因着/这人世间总有小女儿/穿过茫茫岁月/去穿她们母亲的衣裳"，日常生活的细节处见人世真理，相对于抽象的说教，这是颇富情趣的。甚至，一只花瓶也能够映现出世界的瑰丽来，"我最喜欢的这只花瓶/永远只装着/半瓶清水//有人奇怪，它是花瓶/为什么不装着花/我说，它装着花的灵魂//我经常出神的望着它/花就在我的眼睛里长了出来/动人而尊贵的花/就像童话里最美的公主/一经露面/就闪烁着震慑人心的光芒//有一天，我用它装满了雪/这是最没力气/在尘世开放的花朵/雪在我的瓶中化成了水/那伤心的凉/带着一种从天而降的纯洁"（《我最喜欢的这只花瓶》）。也许有人会说，这种写法稍显陈旧，但谁能否认这类诗歌能够让我们从着眼个人的视角挪移开，看看周围的风景，唤起这个社会久违了的美好情愫呢？

只是阳光般的澄明还不够，李琦的书写是唯美的，有着沁人心脾的智性雨露，温润而开朗，比如在《死羽》中写道："忽然发现/这烟竖起来/多像一个人哪/一个人其实就是一支烟吧/不管是什么牌子/最终皆是灰烬"。写四月的爱情，"呵，四月/只要活着，/就永远不会把你忘却——/地上，我们把两颗心缔结在一起，/天上，星星正依恋着皎洁的明月……"（《呵，四月》）写茶，"望茶/我的家安静清洁/泡茶的时候/我把每根手指都洗得干净//望着这黄绿色的液体/想着五光十色的人世/在这喧闹的城市/在你们的各色饮料中/我的心是一棵茶树的心"(《望茶》)。看白菊的性格,"单纯而热情　一尘不染",虽然凋零,但依然"像个睡着的孩子/自然松弛地垂下手臂/窗外　大雪纷飞/那是白菊另外的样子"(《白菊》)。在《海与我之三》中,在感悟海的时刻,"独自站在海水里/独自/才不寂寞//舒展的风柔化了我的心/我成了一枚/清新鲜软的海蛎了//在海边想起/为数不多的几个人/能这样思念/来世/也能一眼认出你们//空望海鸥/海鸥你好美丽的羽翅呵/海鸥你从未想变成人么/一个人说该长大了再看海/如今真是长大了/长大了就是当你望着大海/心舒展成风儿的时候/也在微微疼痛"。写两小无猜的情感,时空交错之后的感叹,"捕蜻蜓的岁月已变成了茶叶/泡开了才知道/少长一双翅膀的意义/望着窗外不语的景色/我懂得了为什么/总是捉不到那/第三只蜻蜓"(《手镯》)。淡淡的笔法写忧伤的情感,"不用腰缠万贯/沿着河水,我想/就住进一家/数到九就能到达的客栈//何其幸运/老板是一对相爱的恋人/年轻,笑容干净/庭院露天,不染尘埃/清水沐浴,香茶接风""小小的、一粒花生形状的客栈/像一本书里未曾有人注意的逗号""隔年再来,竟如隔世/客栈平地升级,看上去花枝招展/物是人非,那对恋人已经分手/分别去了各自的远方/爱情不在了,一座接受了整容的旅店/像一个巨大的错别字/在正午的阳光下/左看刺眼,右看黯淡"(《客栈》)。

马合省在《阅读一个人》中这样写道:"温暖的女人/不需要更多的光芒/专注地照亮/一朵玫瑰存身的地方/也就很好了/这诗人的梦想//正是这样/充满了事实和道理/却不再有切实的愿望/这个世界,还值不值得/我们辛辛苦苦地生活//请拉住我的手/让我替你想想/即使杀人不见血/被公认为一门艺术/也仍然会有人/宁死都不肯去做/笑里藏刀的家伙//影射我一次/我会终身成为利器/诗歌凭什么幸存/我们沐尽天下的风雨/是不是只为修复/那玫瑰深处的最初的梦乡"。作为著名的夫妻诗人,丈夫诗意盎然的叙说应该是对李琦诗歌最好的注脚。即便时过经年,李琦诗歌所营造的诗境,既有人淡如菊，亦有奢华如梦。拨开云雾见太阳，应该是读者厘定李琦诗歌在当前诗坛上意义的观感。

第三节　地域书写：塞外风情的着力者

法国艺术学家丹纳用几十万字的篇幅来论证"艺术品的产生取决于时代精神和周围的风俗"① 的因果论点，这对于因《冰雕》这样地域色彩浓厚的诗歌而闻名文坛的诗人来说，尤为恰当。"我是北方人。我从来为此感到骄傲。外出开会，碰到有人恭维：'你挺秀气，不像北方人。'一定要遭到我有理有据的驳斥：'你了解北方么？'在这块土地上，住着给我生命的母亲，住着引我前行的师长。有你——白发苍苍却依然诗心如火的蔼然长者；有你——寄来祝福与信任，却未肯留下姓名的温柔少女。还有你们——成千上万我熟悉的平凡而普通的劳动者；还有你们——整个生命都在未来，光鲜若橘子的北方的孩子们。住着我的岁月、给我血脉给我素质给我诗情的大北方啊！多少次当我怅惘、迷茫时，我总是愿意走进那苍莽的雪野里，一片静穆中，我仿佛听到一个雄浑却低沉的声音——'孩子，你向前走吧！'奇怪，我总能在北方的天空与土地之间听到这声音，我又总是受这声音的感召，真的向前走去了……"②于是，我们阅读到曾经的"哈尔滨"，诗情画意，鸟语花香，"大片的樱桃树，大片的丁香/白色的篱笆里，一幢幢黄房子/常传出手风琴伴奏的歌声/到处可见的灌木、到处可见的鸟儿/秋天，浆果累累/松花江清澈宽阔/一场雪后，满城银装。那种白/一直延续到下一场大雪的降临"（《我童年的哈尔滨》）。也品尝到塞外边民酒香的豪放，"启开它吧/我给你带来一个烈性的北方/一片蓝得海洋般的天空/一片黑得流油的土地/喝下它/那热辣辣的一瞬/

① ［法］丹纳：《艺术哲学》，傅雷译，凤凰出版传媒集团、江苏文艺出版社2012年版，第95页。

② 李琦：《我·北方·诗》，见《从前的布拉吉》，中国国际广播出版社1997年版，第157页。

也许，会暖热你一生的记忆"（《冰城大曲》）。以及黑水冰雪的地域所赋予的刚烈性格，"倾尽陈酿的酒瓶/被酒瓶爱好者珍贵地收藏/然而谁会去多想/它与陈酿相守的岁月/还有那些、曾被把守的烈性"（《陈酿》）。李琦在《雪的赞歌》中说："大概因为生长在北国，/我是这样喜爱这银妆玉色——/像少女的初恋一般纯洁，/如婴孩的眼睛一样清澈……"由之，她写北方的天寒和北方人的热情如火，"一个外乡人/在这里迷路了/茫茫的雪野中/乡愁和生存的希望/开始了硬邦邦的冻结//恍惚中/他象是被一位/骂他'死沉死沉'的少女背起/而后，有人揉搓着他的四肢/用那忽然变得温顺的白雪/姜汤、烈酒/还有热炕/还有羊皮大氅/硬是这些大咧咧的北方人/把他已跌进死亡线的身躯/又拽向早晨的太阳/又拽向静夜的新月//他又走了/不知这个外乡人/带走的是北方的温暖/还是北方凛冽的严寒"。饱含深情地诵读"北方"："北方，象亲爱的妈妈/每一片雪花/都是她的爱和叮咛//呵，我们也羡慕/江南/莺啼婉转/柳绿花红/可是，如果可以交换/我们仍不肯交出/我们凛冽而迷人的寒冬"（《我们的冬天》）。曼妙的雪花在她的诗中，"身姿轻盈/无与伦比/这梨花的前世/千万只白鸟的羽毛/琴弦上最微妙的颤音/一瓣一瓣飘落/它是另一个世界里的歌声"。而在《野花谷》中则谈及了这片土地的沉重历史，"淘金的汉子和穷苦的妓女/一样的背井离乡/粗劣的烟草和粗劣的胭脂/绵长的乡愁和绵长的悲伤/男人和女人/最后/变成墓地荒凉//当年粗糙地活/潦草地葬/如今，魂魄变成野花/隆重开放"。写海拉尔河的深邃，"这必是河流原初的模样/水流湍急，两岸荒凉/夜色覆盖下的河水幽深/就像要把什么东西深藏"（《海拉尔河》）。写"抚远之远"，"那种从亘古遗传而来的气韵/让这静谧的边陲之地/弥漫着一种/从容和浩荡"。写酒醉赫哲族小饭馆，"酒杯泪流满面/佳酿生出双脚/带领我们随波逐流/一条乌苏里江/在杯盏之中/宽袍大袖，两肋生风"（《酒醉赫哲族小饭馆》）。写"巨大的寂静如万马入梦"的饶河，"一面临水，三面环山/乌苏里江的心腹之地/回溯的大马哈鱼在此生儿育女/花草勾魂，蜜蜂成群/二十八条河水在此扭动腰肢"。写斑斑驳驳的白桦林，

"大片的白桦/像一群从天而降的仙子/脚步刚刚站稳/就急于广袖飞扬，舞姿翩跹//满树变黄的叶片，像满树淡金色的小鸟/如同刚刚栖息，又像正欲飞离/兴安岭逶迤的山谷里/这超凡脱俗的树种/风流倜傥，传递清洁的气息"（《我见过最美的白桦林》）。在李琦诗歌里，甚至可以描绘出一幅完整的龙江风俗画。

李琦的地域书写又不局限于生活的黑龙江。她从北方边缘的地域情结出发，扩展开去，将边地情愫辐射到另外的边缘，于是，边缘也就有了辽阔的含义。比如写南方边寨女子的淳朴，"这个寨子的男人，多有福气/他们有鬓间插花的女子为伴/用手搂起，澜沧江洗过的腰肢/勤劳骁勇或者聪明/都会被一双双葡萄样的眼睛注视/就是含辛茹苦、就是出门远行/疼爱和牵挂他们的/也有一颗颗水果那样/汁液饱满的心"。写西南边疆的神秘"古镇"，"一切是这么和谐/银器、木雕、神秘的东巴文字/铜壶、雪茶、家织布上的花纹"。写彩云之南，"云南，一个适合凝望的地方/无论你站在山冈上看下面的草原/还是你在湖水旁，遥望天边"（《高原的高》）。写蒙古草原上六百个孩子演奏马头琴的场景，"稚嫩的演奏/却是古老的忧伤/苍凉之气/迅速弥漫整个广场"。写缮写湘西边寨的沈从文，"把这条江的故事讲得最好的人/收起心底的波澜/不再说话/他变成了岸"（《谒沈从文墓地》）。她的长篇叙事诗《死羽》又是对大西北人与情的宏大叙述，"我""小麻雀""苦爷"的生死之恋，"铜奔马蹄下的飞燕""世纪缄默的烽燧"，无不浸透着西北高原的肤色。

记得德国存在主义哲学家海德格尔给诗下过一个定义，"诗是一种创建，这种创建通过词语并在词语中实现"，而"诗人命名诸神，命名一切在其所是中的事物。这种命名并不在于，仅仅给一个事先已经熟知的东西装配上一个名字，而是由于诗人说出本质性的词语，存在者才通过这种命名而被指说为它所是的东西。"[①] 李琦诗歌对边地风景的描述和沉思恰恰是对这种地域的另一种诗意的命

---

① ［德］海德格尔：《荷尔德林诗的阐释》，孙周兴译，商务印书馆 2009 年版，第 44—45 页。

名和创建，丰富着人们对北方土地的温婉想象。

记得鲁迅文学奖在阐述李琦诗歌获奖的缘由时说她的诗"在一种灵动的日常书写里，隐藏着一种通透的生命哲学，也浸透着一种内在的知性情感和洞察世界的温润力量"。如此，李琦的诗歌自然值得一读！

第六章　静默地谛视世界

——论张曙光的诗

第一节　90年代的诗歌选择

知道张曙光并进而阅读其诗歌是在十多年前。那时，据说他的那首《岁月的遗照》为当代诗歌烛照出一场甚为喧嚣的"舞台艺术"。那场至今仍然充满谜团并时不时地在诗坛泛起微澜的"盘峰论争"，让一个无辜的宾馆进入诗歌史的同时，也直接演变出当代新诗创作的两大阵营，所谓知识分子写作与民间写作的面红耳赤的口水迸溅。从以"会议"这样一个开展文学运动惯用的时空媒介开始，到论争双方诗学态度的截然对立甚至带有"阶级斗争"谋略的处理方式，这些几乎和中华人民共和国成立后历次新诗运动相似的套路并没有给沉寂的诗坛带来根本性的变化，诗歌的"死水"里并没有飘出悠扬的歌声。至今为止，我总觉得这是一次"有预谋"的诗歌策划活动，无论是试图揭示"内部的诗歌真相"还是对知识分子写作倾向的厘定，最终彰显的道理似乎都和诗歌的关系不大。口水遍布的地方终究缺少安静的思考，只能是焦躁难耐的虚弱聒噪。

其实，我一直在怀疑，总觉得他这样一个低调而又喜欢安静的诗人，怎么能表达出如此喧嚣的意愿？近期，仔细阅读了他新近出版的《午后的降雪》和《一个夏天》两本诗集，感觉张曙光对自己诗歌的要求应该是严苛而低调的。比如在《午后的降雪》中，入选诗篇的创作时限是从1983年直到2001年，基本上是按照时间发展的顺序编排的，书后附有完整的创作年表，大致可以看作诗人对自己诗歌写作的一个小的总结。但对诗人来说，这么重要的诗集却少了被评论者视为代表作的《给女儿》和《1965年》，即便那个曾被视为某种写作方向的"旗帜"的《岁月的遗照》也只是里面普通的一篇，被埋没在"时间"的流水里，并没有获得特别突出的位置。磨去岩石上的尖锐之角，以凸显厚重的石之本色，这符合张曙光为人、为诗的性格。

翻检他的旧作，印证了我的猜测。他是一个冷静观察诗坛喧嚣的思索者，而非狂热的当局者。"在一些批评和赞扬文章中都把我列入了'知识分子写作'的行列，但这无疑是一个误会：我从来不曾是这一理论的倡导者，尽管我一向不否认自己是知识分子，正如我不否认一切诗人也都不可避免地具有知识分子的身份一样。再进一步说，我认为这一理论有着一定的局限性，虽然我能理解这一观点是在怎样的具体环境和语境中产生的，也能理解在我国很多理论和观点是在一种无可奈何的情况下——倒并非由于政治因素——而更多的是针对写作中的一些偏差甚至是不应有的偏差提出的。"他对于另外一种写作倾向同样有自己的感悟："民间立场""这一概念的提出并非出于推动汉语诗歌发展的良好愿望，而只是建立在个人功利性的目的上——而这最终同所谓'民间精神'是完全相悖的——因而它既不具有任何科学性，更不是对诗坛状况的客观总结。""坦率地讲，这场论争带给我相当程度的失望，甚至是一种无法掩饰的厌恶。我原来总是以为，尽管在诗学上存在着分歧，但这仅仅是由于观点不同，是出于个人的喜好和趣味，至少大家可以坐下来平心静气地讨论问题。而诗人，在相当程度上应该摒弃成见，更多地去考虑诗歌自身的问题而不是其他。但事实并非如此。由于一些人的不正当的做法，使得诗坛成了一个名利场，或像武侠小说中的江湖，一句话，一次排名，甚至一本书就会引出轩然大波。一方面，可以对别人的成就视而不见，抓住一些皮毛问题大肆攻击；另一方面，还可以利用自己所掌握的媒体册封所谓天才（这多多少少使人想到了当年爱封天才的林副统帅）。这样不但无益于诗歌的发展，最终会搞乱诗坛，导致更大的混乱。"① 张曙光甚至在一篇文章中将诗坛比喻成一间闹鬼的房子，其中既有诗歌创作之鬼，也有诗歌评论之鬼。

之所以这么长篇大论地引用张曙光对那场论争的观点，在很大程度上并不仅仅是旧话重提，而是一方面试图抹去人们对他的诗歌的某些先入为主的认知，抹去附着在上面的虚浮来看待他的诗歌，应该更为贴近诗歌的本体。另一方面，这也符合我对他的诗作的阅读感受。其实，这种考量似乎也是当前新诗评论的一个困境，急于为诗歌创作命名，急于创建所谓的阐释体系，急于从逻辑推理上探寻新诗的堂奥。事实上，一旦有了定义的标签，也就人为地遮蔽了新诗的诸多丰盈的东西，诗歌从此就变"瘦"了，条理化之后的诗歌意义也就成了抽象化的概念。但在现代阐释理念的规范下，似乎不如此做，又无法展开相关的论述，古代诗论中那种"品""滋味"等浅尝辄止但却含意深刻的概念很难在现代的诗学论述中找到位置。这实在是一件让人纠结的事情。

第二节　一个人的诗学世界

海德格尔在《荷尔德林与诗的本质》中说："十分明显的是，诗的活动领域是语言，因此，诗的本质必得通过语言的本质去理解。这样，随后的情形就了然大白了：诗是给存在的第一次命名，是给万物之本质的第一次命名，诗并不是随便任何一种言说，而是特殊的言说，这种言说第一次将我们日常语言所讨论和与之打交道的一切带入敞开，因此，诗决非把语言当做手边备用的原始材料，毋宁说，正是诗第一次使语言成为可能，诗是一个历史的、民族的原始语言。因此，应该这样颠倒一下，语言的本质必得通过诗的本质来理解。"在处理存在经验和语言的二元关系上，存在的诗性内涵是成就语言的初始，这也是诗性经验的最重要意义所在，诗歌之

---

① 张曙光：《90年代诗歌及我的诗学立场》，《诗探索》1999年第3期。

所以能推动和丰富语言，其根源就在此。张曙光的诗歌也是在这个意义上丰富着现代汉语的词汇，陌生化的个人体验丰富着语言对存在的感知。比如那首《月亮》，"我乘车经过西大直街/在阴影的巨大废墟上升起/二十世纪的月亮//苍白得像梦游者的脸/轻轻叩击/会发出瓷器般的声响//使我想起生命如此脆弱/一个人静静躺在车轮下/月亮目击过无数次的死亡"。从目睹一场车祸的具体场景出发，夜晚的阴影和死亡的阴影相融合，死者的苍白有了月光冷冷的映衬，如梦游者的恍惚，生命的脆弱相衬于月亮永恒的、并无表情地谛视过的无数次的死亡，这是一个旁观的、冰冷的月亮。这个"月亮"不是李白笔下的"相思"之物，也不是白居易诗中的团圆之意，也不是韩东在《明月降临》中那种"在空中/在所有的屋顶之上/今晚特别大"的意旨，更不是陈东东那个"荒凉而渺小"的月亮（《月亮》）。在人类对月亮的众多感知中，增加了张曙光的影子。这是一种强调"在场"的瞬时诗意体验，相对于汉语诗歌的"原型化"意象，张曙光的诗歌对月亮在不同时空场域中内涵的赋予体现还是惊人眼目的。再比如他的那首《时间表》："早上七点钟：起床，然后/洗脸和漱口，然后吃早饭/稀饭或一杯牛奶。八点钟/上班，挤公共汽车或是骑/自行车，然后走进办公室"，就是一个生活的流水账，事无巨细，甚至包括上厕所、接电话等生活细节，和其他诗歌客观描述生活的鸡零狗碎不同的是，诗人在诗歌的最后营造了一个可爱的梦境："哈欠，九点半或十点，上/床，抚摸，亲热，打着鼾/进入梦乡，哦，生活那么/充实，美好美好美好——/他微笑，然后再一次微笑/在中午强烈的光线中，他/走进墙角的那面镜子，在/虚无中消失，像一个句号"。恰恰是这样一个能够营构出虚无的镜子之梦，与之前描述的充实到烦冗的生活场景作了两相对比，实质与表象的差距，诗歌的内在思辨张力也因此而得以彰显，从思想深度上说，显然是超越任何一首所谓客观描述生活流的诗歌的。在诗歌中，有时候他还会创造出文本的虚像，比如《夜读卡瓦菲斯》，就借一个雨夜，看似在读卡瓦菲斯的诗集，但却由诗集封皮上宠物的一排"整齐的齿痕"，想到了具体的宠物之死，"现在它长眠在楼下的花园里/那里在下雨，也许早就停了/一道窗帘隔开我和世界——/但寒冷仍会渗进我的灵魂/我在橘黄色的灯光下读着/那本橘黄色的书，心情就像/雨中的花园，变得湿漉漉的。"

荷尔德林在阐述诗人感受世界的时候说："诗人带着原始感受性之纯净心境而感到自己在整个内在与外在生活中被攫住了，他看一看周围的世界，于是如下这些东西便使他感到惊奇，感到陌生：他的全部经验，他的知识、直觉、记忆、艺术以及表现在他内部与外部的自然——一切似乎是第一次出现，因而便以不确定的、未想到的、融化在纯事务与纯生活中的东西看成是给定的，他不应以任何肯定的东西为起点，他早先认识到的那种自然与艺术不应在语言形成之前起作用。"诗人面对世间物象的这种"第一次出现"，成就诗歌存在的意义。依靠直觉的诗意判断在张曙光的诗歌中还体现在对同一意象的多义性理解上。比如他对"诗歌"这个意象的理解，这是一个人们惯于运用理性思维去阐释的定义型词汇。但在《现代诗歌》这首诗里，诗人却用看似风马牛不相及的图景构造出了诗歌内在的层层关系。诗人以"雪"来喻指"诗意"，"雪就这样下了起来/像渴望，或一个蹩脚的比喻。/你在纸上把它们招来/用语言的符咒，却无法使它们/变得温驯，或遽然终止。/我曾向往——在年轻时——得到一个气球/那疲惫而明亮的载体/它们在时间和历史之外。如果你能使/地球仪倒转，我们/是否会重新变得年轻，穿过/干净的街道和平整的草地/去会见旧时的恋人？/死者们是否会从墓地中站起/白色的尸衣像新婚的礼服？/教堂的尖顶，唱诗班的歌声/以及，化装舞会华丽的面具/空气中有一种危险的气味/像中世纪，一个修士穿过幽暗的长廊/去会见一名见习修女"。在这首诗中，诗人谈及了诗歌中的很多层次的关系，比如语言表述的困境，在真正的诗歌面前，任何一种比喻都是蹩脚的，语言的承载力也是弱势的。从"在场"的时代语境中去质疑诗歌承载历史使命的可能性，无论是中国的"恋人"还是西方的"修女"，当代语言似乎都无法真实地再现他们。诗人在这里强调了现代诗歌的个人经验和时代经验的独特性，剥脱诗意表述上的历史蒙蔽，重新纠缠于语言和诗意的困境中。写于 20 世纪 80 年代的一首《诗歌》中，诗人这么描述道："在我们这个时代/诗歌不过是一声声呻吟、伴随着每一记沉重的皮鞭/蟋蟀们在求偶，小狗尖声叫着/我想到我的诗/应该是一块石头——/曾经筑起特罗伊德城墙/斯巴达克斯在上面磨过刀剑"。80 年代的诗歌在政治或文化的外在压力和引诱下，继续发扬代言的角色，这在诗人看来是被迫的，因此只能发出呻吟的声音。面对主题宏大和诗情激昂的诗歌理念，诗人期望自己的诗是一首不满历史智慧和文化积淀的沉甸甸的石头，沉浸在生机盎然的具体生活中，冷静但意蕴深刻。时间流动到 90 年代，诗人笔下的"诗歌"意象有了新的景象，题目同样为《诗歌》，"是否有一天，这天空，街道，以及两旁/夜色中闪亮的槭树和白杨，这些旧建筑/（厄运的幸存者，仍然留存着不复存在的/时代的完美或并不完美的风尚）将离开我/或我离开这一切。而在另一些凝视的眼睛里/它是否仍然美丽？仿佛时间纠正了/所有的错误，此刻我们谈论着的/古老的技艺（抚慰我们疲惫的心灵）/是否会受到嘲讽，像那所传说中闹鬼的房子/只是引起少许的好奇，或一些惶恐？"充满怀疑和不安，甚至还有一点点的落寞，这符合 90 年代以来诗歌被边缘化的命运，这样一个长期占据汉语文化核心位置的文体，忽然之间成为诗人书斋里孤芳自赏的心灵栖息之地，无论是诗人还是读者争相议论着诗歌的诸多问题，负面的否定的评价俯拾皆是。诗人曾将当代诗坛视为"一间闹鬼的房子"，诗歌的命运在这里还真是发生了质的变迁，于是我们看到在诗人随后写作的《诗》中，诗歌就成为日常事件的陈述了，"拉开这只抽屉，看到里面/几张明信片，寄自大连"，然后逐步检看抽屉里的每件东西，忆往昔，追思细节，一番思绪的波澜起伏之后，最后说，"哦，多么丰富的意象/现在要做到的只是把这一切/倒入一只黑色的塑料口袋"。这里的诗呈现的只是一种过去杂乱景物的映现，一种由静物想象的往昔之美。

　　20 世纪末，那个已经沉睡在海底好几十年的，名字叫作"泰坦尼克号"的船，因为被赋予悲情的感动和惊天动地的爱情而家喻户晓，男女主人公淋漓尽致的爱情之旅成为一个时代情感的象征，在其沉没百年的纪念中，3D版的《泰坦尼克号》重新唤起人们久违的记忆，电影院人头攒动的景象映现出的恰恰是现实爱情理想的枯槁。诗人则跳出世俗认知的圈子，在诗歌中呈现出历史故事的另一番景象，在《一个比喻》中，诗人写道："这不过是一个玩笑，上帝开的/只是为了好玩，或给那些狂妄者/一点小小的惩戒。海水平静，使人想起/五月的夜晚，这正是萌发爱情的/时刻。星星在水面上洒落/像一朵朵盛开的花。哦，多么动听/我是说席琳·狄翁的歌声，它引导着/我们，像赛壬。当然，这是/一个比喻，就像上帝，或那艘/在不经意中触怒上帝的船"。诗中的赛壬指的是古希腊神话中一个有着人的头颅和鸟的身体的怪物，经常浮现于海洋中，故又名海妖，常以优美的歌声引诱船员，使他们丧失心智，迷失方向，从而触礁身亡。在《荷马史诗·奥德赛》中，英雄奥德修斯让水手们用蜡封住了耳朵，才躲过了赛壬的歌声诱惑。在这首诗中，诗人赋予"泰坦尼克"号事件另一层含义，那就是上帝对人贪欲的惩戒（船长为了追求高速，早一天到达目的地，获得报纸的头条，忽视了海况，撞上了冰山）。席琳·狄翁的主题曲在悠扬的声调中，极具诱惑力，如赛壬的歌声，但这并不能让诗人就此沉溺于幻觉的爱情畅想中，而忽视由"泰坦尼克"号沉没所带来的人与自然关系的反思，比喻虽轻倩，但主题深刻，名利的欲望如赛壬的歌声一般诱惑着脆弱的生命。另一首《泰坦尼克号的沉没》可以看作是对这种"比喻"的进一步深化和具象化，"一艘大船，它从虚无中驶向我们/带来了一些意外的礼物"，但"当我们漫步在石砌的街道/平稳得像甲板，但天知道，还会有多少座冰山/突然在我们面前出现，击碎/人类用骄傲和自负精心/铸造的神话"。

响应启蒙、救亡等时代主题的中国当代诗歌是迷恋于"人事"的，从朦胧诗到第三代诗歌，其论题的境界和题材的选择都是围绕个人的悲苦、国家民族的宏大叙事或者反崇高、反世俗的"人事"来做诗学认同的。这种强加给诗歌的外在力量和意图总是推动着诗歌急匆匆地"往前走"，诗歌很难从容地审视自身和思考诗歌与外在世界的关系，也就出现不了陶渊明那样的"悠然见南山"的优游诗境，更谈不上王维"空山新雨后，天气晚来秋"的妙语之境了。一般来说，为满足阐述社会人事主题的需要，在写法上，直抒胸臆是最为常用的，最典型的应该属北岛、舒婷为代表的朦胧诗人了，这种写法最为让人焦灼的表现就是诗意"风景"的偏枯，橡树的多姿风采演变为单一的情爱定义，而那个意义丰韵的"钥匙"在梁小斌的笔下也只成了迷茫的代言，这些都为时代所取义。清初诗论家叶燮在《原诗》中说："文章者，所以表天地万物之情状也。"郁达夫在写于1928年的《卢骚的思想和他的创作》中说，卢梭的《忏悔录》"在自然发现的一点上"是"留给后世的文学上的最大的影响"。日本学者炳谷行人在论述卢梭的这种自然的发现时说："正确地把握住了风景通过对外界的疏远化，即极端的内心化而被发现的过程。"这种现代意义上风景的发现一方面强调被发现的风景主体的意义，另一方面又强调在描述风景的客观化的过程中，在看似"写实主义"的笔法中，突出风景再造性的重要，"写实主义并非仅仅描写风景，还要时时创造出风景，要使此前作为事实存在着的但谁也没有看到的风景得以存在"①。而这种发现和创造的"风景"，成为诗意飞翔的重要翅膀。因为身居龙江大地，白山黑水的地域风景对他的诗歌创作的影响是非常明显的。"哈尔滨这座城市对我的写作有着很大的影响。它四季的鲜明变化，它的容纳了异域特色的风情，它的欧式建筑，在其他地方都是难以找到的。……这座历史很短的城市具有国际化的色彩，包容性很强，没有传统文化的因袭和重压，后者至少对我个人的写作是重要的。简单说，这些特点使我的写作保持了纯正的风格和世界精神。"② 张曙光是善于写风景的，他在《风景的阐释》里说："对风景的误读是一种政治性谋杀/重要的事情是避开惯常的姿势/或长久注视着一

---

① ［日］炳谷行人：《日本现代文学的起源》，赵京华译，生活·读书·新知三联书店2003年版，第19页。

② 张曙光：《生活、阅读和写作——答钢克》，西渡、王家新编：《访问中国诗歌》，汕头大学出版社2009年版，第68、69、65页。

把椅子，直到它变得陌生/并开口讲话。我们的全部工作/是让这一切完美，像一份顶呱呱的早餐。"以内心的静穆思索或者移情的方式来赋予风景诗意化，这是张曙光笔下彰显风景的视角。因为身居北方，对"雪"的风景的塑造自然是其诗歌中浓墨重彩的一笔。雪也可以说是张曙光诗歌中的核心意象，他试图赋予雪这样的意象："死亡和寒冷，更多时候是死亡。因为它在严酷的同时也美丽，它给生活同时带来痛苦和意义。"① 在他的笔下，"雪"展现出多姿多彩的风格，可以是诗人寂寞季节的陪伴，"季节进入季节像从一扇门/进入另一扇门，现在/长椅上落满了雪，你仍在等待/直到夜晚召来了寂寞的灯光/在日子溃烂的口腔里/一切都在迅速成长/房间空旷——/雪地上有很多声音"（《季节》）。有时候是诗人兴奋惊讶的灵感："这场雪突然降临，仿佛/一个突如其来的思想/带来了惊喜，忧伤，或几分困惑。"（《得自雪中的一个思想》）甚至是一切，包括自己："古老的饰物，一本读腻了的书，被蛀空的意象/无法知道会带给我们什么/又一次，我面对午后生命的苍白/并在无限中延展：寒冷，淡蓝色的忧郁/我厌倦了这一切，包括我自己/但哪里是它们的终点，或新的起点——/欢悦，洁白，像我们曾经拥有过的灵魂？/现在它那样疲惫，鱼缸中一条倦于游动的鱼/哦，主呵，赐我以这样的词语：像雪中的树/盘旋，上升，以巨大的枝干擎起晴朗的天空。"在这首诗里，雪带来苍白的寒冷，忧郁的天空，一望无际的茫然，进而作者怀疑灵魂的去处，在疲惫的生命下，诗人渴望得到如挺立在雪原中的树那样昂扬向上的力量，支撑起晴朗而非忧郁的天空，在雪的背景里，思想舒展、畅达而顽强。在《冬天》里，"雪"从看到麻雀的短暂过渡到生命的漫长，时空的相对变化，雪也就有了地老天荒的寓意，"又下雪了/我在雪地上大步走着/跨过二十几个冬天/奇怪地想了那些麻雀/想到生命真长/冬天真长"。雪在诗人的笔下鲜活起来，这种鲜活既没有历史的因袭，也

---

① 张曙光：《生活、阅读和写作——答钢克》，西渡、王家新编：《访问中国诗歌》，汕头大学出版社 2009 年版，第 68、69、65 页。

没有诸如冰清玉洁、晶莹剔透等意义的定型，而是"这一个"，斐然着，飘逸着。

从地域上说，哈尔滨是边缘的，从文化精神上说，历史的短暂让哈尔滨失却厚重的文化灰尘变得生机勃勃，无论是清爽的夏天还是沉寂到落雪有声的冬夜，我似乎都能感觉到张曙光在诗歌的召唤下注视着这里的日月光影。张曙光是善于写季节的，温婉而沉静。在看似日常语调的冷叙述中，融汇着哲学的问讯，清晰而深刻。他曾如此写《春天》："雨水淋湿了公园和赤裸的树木，/空气中弥漫着云杉淡淡的香气。/灌木丛吐露微弱的红色/几片枯黄的叶子，展示/上一个秋天最后的残迹。/白色的微光。两个少女/走过，她们没有雨伞。/静寂。这一切使人想到了什么/尽管春天似乎还很遥远。"既没有春暖花开的欣喜，也没有万物复苏的生机勃勃，有的只是对春天静物般的展示，缓缓地铺开，雨水、云杉、香气、叶子及至少女，层层叠叠地融汇到寂静的默然里，青春之"意"在沉静的叙述之外，期待中的春天早已妖娆，现实中的春天和情感的春天何时才能翩翩而至呢？在另外一首《春天》里，这种期待的感触则是另一个样子，"哦生活！耗去我们多少/激情和生命/当春天隐匿/在花丛中，像一辆/旧式卡车，没有人发动/我想念着你/我渴望死亡，像/渴望一次新生"。将死亡的气息带进春天的寓意里，没有激情和生命的春天自然不是作者所期望的，莫如凤凰涅槃般地再生吧。在《春天的巢穴》里，诗人表述的春天则饱含着对现代都市爱情的怅惘，"股票的行情每天都在上涨，还有江水/而爱情不是，它被搁置在货架上/落满灰尘。也许，对于我们的生活/它是不可挽回的奢侈品/……一次欢乐的为了告别的聚会，或写一封/简短的信：亲爱的，我将不再给你写信/虽然我仍然爱着你　仍然，就是这个词/这结局令人伤感而愉快"，春天的巢穴里却有了绵绵不绝的"悲秋"情结，遍布灰尘的爱情，聚散的纠结，为告别而写的信，等等。但诗人通过对"仍然"一词的强调，又为情感的生生不息做了注脚，情感在现实中的死亡，迎来的却是情感驻留的"心中的春天"。写冬天——《回忆：1967 年冬》，"1967 年/那一年在中国/

诗人们早已绝迹/我读着《诗人之死》/不时往炉子里面/填入一两块木柴"，那个"文化大革命"进行得如火如荼的年份，诗人的浪漫和理想都是不合时宜的，诗人和诗意随着诗人的自杀和诗集的焚毁而荡然无存，一如寒冷的冬天，真正的诗意只能隐藏在炉子和木柴的生活隐喻中，因此有了《冬日纪事》中"我最终学会了缄默。/我知道在冬天里无话可说。"

第三节　超越个人化写作的诗学

诗缘情也好，诗言志也罢，古老的汉语诗歌传统都是性格外向的，"愤怒出诗人"，无论是浪漫主义还是现实主义，诗歌总是要承载自身之外的东西。白居易在《与元九书》中说："自登朝来，年齿渐长，阅事渐多，每与人言，多询时务，每读书史，多求理道。始知文章合为时而著，歌诗合为事而作。"这已经成为汉语诗歌传统的一部分，承载"兴、观、群、怨"功能的诗歌经常言说着别家园地的绚烂与多情。一方面，在一个以"齐家治国平天下"和"达则兼济天下，穷则独善其身"为最高修为和人生目的的文化氛围里，诗歌自然无法"孤独"地吟唱自我。自从汉语诗歌步入现代诗歌的领地以来，现代意义上"个人"的发现和对传统"载道"观念的解构，从价值层面为诗歌开创了新的表现天地，诗歌可以"独语"地歌唱一己情欢了。另一方面，从文言到白话的语言的变革也促使汉语诗歌从根本上重新界定诗意的内涵。胡适的"作诗如作文"，郭沫若的诗歌专在"抒情"，袁可嘉的"新诗戏剧化"，废名"新诗的内容是诗的，形式是散文的"的名言从更深层次的意义上道出了汉语新诗从文体到内容的变迁。汉语诗歌的诗学认识从外在音韵、节奏的外向型特征转向以"内视点和想象"为特征的内向型性格。

对于这种转变，每个诗人都有自己的理解，从而彰显出现代新诗的缤纷多彩。汉语诗歌的这种内向型性格在张曙光诗歌中的表现，不少人喜欢用"个人化写作"来表示。对于这种带有强烈的对抗性色彩的概念，它的存在是需要特定的时间和空间内涵来做背景的。朦胧诗之后，诗人们终于可以畅所欲言地写自己的诗意感受了，不必再局限于时代的主流话语之下，于是乎，众多旗帜和理论蜂拥而出，似乎就此可以告别传统，一切以我为中心。其实，如果离开朦胧诗，离开自20世纪40年代以来逐渐强化的集体表述意识的话，个人化写作将会是一个伪命题，所以用个人化写作来表征90年代以来的诗歌写作倾向或者说界定一个诗人的创作，具有鲜明的"在场"经验的同时，也难免会遮蔽诗歌中某些超越此一概念的更为宝贵的东西。另外要说的是，"个人化写作"为当代新诗带来的负面效应已经显现，过度私语化的语言构造，过度浸淫于"一己情欢"所带来的诗歌表述视野的窄狭，等等。2009年北岛在《缺席与在场》中说："诗歌与世界无关，与人类的苦难经验无关，因而失去命名的功能及精神向度。"显然，当代汉语诗歌被弃置于社会文化一隅，除了社会文化本身的原因外，和诗歌的这种写作倾向显然是有关系的。

个人化写作的标签是不能够真实地表征张曙光诗歌的。

和90年代以来诗歌的私语化或者说个人化写作相比较的话，张曙光的诗歌显然是开放的。无论是在思想的开放性还是题材选择的开放性上，乃至诗歌语言的营造上，张曙光都显示出和时代相对间离的意识。他抛弃了诗人独尊的独语式写作范例，开始拉进其他的声音，刻意营构诗歌的对话性。在他的诗歌里，既有和莎士比亚悲剧的主人公哈姆雷特的对话，也有同卡夫卡的聊天。我们来看他的这首《哈姆雷特的内心独白》，"我的全部故事不过是一场悲剧/在舞台上我惊奇地发现/另一个我，就像发现/另一轮月亮。一位王子，丹麦的王子/为了亚麻色的头发，和/一双紫罗兰的眼睛/发疯（他情愿在里面淹死自己）/真可笑，在颓圮的古堡的岸边/我说出了莎士比亚的哲理/to be or not to be，噢上帝/我可没有时间去思索/这么复杂的问题/我不过是干了几样时髦的玩意/击剑，狩猎，酗酒/玩几个女人。但上帝作证/我从没有听到过/奥菲莉娅的名字/由他去，人生不过是/一个虚构的故事/或刻在水上面的历史/于是，在另一个时间和舞台上/我变成了另一位/哈姆雷特王子"。从接受者的角度来看，这首诗有着层层叠叠的含义，第一个层次的含义是，12 世纪牧师萨科索奉丹麦国王之命写的关于丹麦历史的书中所记述的关于阿姆莱瑟斯的故事，一个饱受被叔父杀父娶母的仇恨折磨的孩子，利用自己的智慧复仇的故事。这是莎士比亚创作《哈姆雷特》剧本的原型。第二个层次的含义是，莎士比亚笔下的哈姆雷特，一个充满思索和忧郁情绪的贵族形象，莎士比亚对枯燥的历史叙述赋予了丰润的生活之色。第三个层次的含义就是张曙光在这首诗里所要表达的，一个异域的读者在另一个时空的重新赋形。"to be or not to be"一个让莎士比亚笔下的哈姆雷特跃然纸上的伟大拷问，在这里成了一个可笑的命题，那个令人唏嘘不已、纠结惆怅的哈姆雷特的生活也不过是"干了几样时髦的玩意""玩了几个女人"，对奥菲莉娅的美好情感消失殆尽，于是"一个虚构的故事/或刻在水上面的历史"一样新鲜的哈姆雷特王子萌生了。在《第六交响曲：田园》中，诗人则营造了好几层的对话场景，有妻子和女儿，"妻子和女儿在厨房里谈着话/我听不清她们在说些什么/也许是在谈着外面的雨"。有我和贝多芬，从听觉到视觉，从屋内到田野的我和贝多芬，"但我同样听不见雨声/我淹没在贝多芬的旋律里——/此刻他正在田野里散步"，并延伸到陶渊明，"从他的心中/流注到手指和琴键/陶渊明没有听到过贝多芬/贝多芬自己也不曾听到/他已经聋了/他只是用手指同琴键交谈/用心灵同世界交谈/他谈了很久，一百多个夏季/而陶渊明更久/他在东篱下采下的菊花，仍然/使天地间充满/色泽和香气"，最后在想象中回到现实，"我将从田野中归来/带着一身的芬芳/去到妻子和女儿那里/同她们谈一谈晚饭和天气"。

如果说青春更多的是好奇、感叹和抒发的话，那么人到中年之后，沉思、怀疑和追问则成为思想的标志。诗人说："大约是从上世纪 90 年代初开始的，注重在诗中表达更为复杂的经验，也开始关注语境的转换，诗歌中出现了沉思性的调子。"① 如果按照时间

---

① 张曙光：《生活、阅读和写作——答钢克》，西渡、王家新编：《访问中国诗歌》，汕头大学出版社 2009 年版，第 68、69、65 页。

的线索来梳理张曙光的诗歌的话，伴随着岁月的流逝，追问的声音越来越铿锵，而且这种追问不仅仅停留在疑问的简单层面上，而是有着层层逼近和推理的逻辑深度。比如写于2006年的《命运》："我自以为足够冷酷，足以忍受/命运的打击，但是我错了，/我真的错了。于是我发问——不止一次/是否真的有神明或上帝存在/创造并且主宰我们？而死亡/是否真的是生命的终结/抑或是一次重新的开始？/如果灵魂将会随肉体的消亡/而消亡，那么我们所做的一切/最终有什么意义？当我年轻时/我曾相信生命会无限地延续/或只是从一种形态转变为另一种——/就像在玫瑰的凋零之处/仍会开出灿烂的玫瑰——/现在我却开始怀疑了/因为我的发问和祈祷/从未得到过任何的回应。"从青春时期相信冷酷可以忍受命运打击开始，一步步展开对神明、上帝、生命的终结、意义等人类和个体命运的终极问题的拷问。在《终局》里，先是以肯定的口吻说，"有些事物我们必须承受/譬如爱情，责任和背叛/还有死亡。""但当一切结束/我们将会在哪里谢幕——/在空荡荡的舞台，面对/空荡荡的剧场，虚无而黑暗？"以这样的问句做结束，匠人在声明中苦苦追求和逃避的东西一下子幻化为虚无，思想的力量由此而升腾起来。写于2006年的《忧伤的自行车》，写在梦中对故乡和亲人的怀念，看到一座房子，但却丢掉了钥匙，进不去房子也就无法见到亲人。"我看到里面亲人的身影在晃动着。/但似乎过了很久，我才再次想到它/我握着手中的钥匙，而它已经丢失——/然后又一次在梦中出现，仿佛/它是一个幽灵，一匹马儿，带我回到/我的故家，回到我少年时的日子/然后消失。它固执地重复上演着/这一幕，是在向我暗示着什么？"这把记忆的钥匙在拥有和丢失之间，在开启和锁闭之间，在梦想和现实之间回荡，暗示着什么呢？亲情的怀念？自我的迷失？可以是钥匙开启后的一切，也可以是钥匙丢失后锁闭的一切。在同一年写的《老年的花园》中，作者的发问更为充沛，其中有对时光易逝的无奈，"是否应该感到绝望？如今我的两鬓/已被岁月染成白色，就像落满了雪"；有对一向奉为生命所至的怀疑，"沉迷于诗歌，这门古老而衰落的艺术/更多是幻象，耗去了一生中美好的时光/却带给我什么？可曾使我的生命变得/完美，或给了我某种安慰？"亦有对一切的怀疑，"是到了应该改变一切的时候了。/结束或重新开始。但哪里是我的开始？"写于 2003 年的《致杜甫》以问句开头，"为什么赞美你？仅仅是因为/你虚构了一个混乱的年代/（甚至同时虚构出你自己）/并在想象的战乱和流离中，用诗句/铸就你的愤怒和忧伤？我们无法/验证历史的真实性。而在时间的尽头/一切终将被遗忘，或还原成/一个遥远而残缺的旧梦。但此刻/玫瑰仍旧是玫瑰，无论你/把它看作灰烬，或其它什么"。这在质疑中展开的疑问同样走向了虚无，灰烬的世界。再比如诗歌《纸房子》，通过勾画一个纸房子的故事，"事实上，它只是被画在纸上/用淡淡的颜料，加上/好奇，和一点点幻想""'这是个好故事，有趣/但并不真实'。真实是什么？/它只是一个词，确切说/是一个比喻，相对于/虚假，而不是幻想？/那么抓住它，就像抓住了/地铁车厢中的拉环/在列车启动和加速时/保持着你身体的平稳？"通过这样的层层追问，最终诗歌实现了"这一切/只是发生在梦里。或只是一张照片，很久以前/拍下，被一只漫不经心的手/放在一本关于时间的书中"。在《旧金山》一诗中，作者通过对旧金山光怪陆离的生活的简单描述后，对于这样一个盛行同性恋、脱衣舞，而不知道书店的地方，诗人有了自己的疑问，"它们可以把我们/载向任何地方，抑或是天堂？"难怪诗人喜欢阅读"沉思性的，形而上的，新奇的，仿古的，以及极复杂和极简单的"作品。①

---

① 张曙光：《生活、阅读和写作——答钢克》，西渡、王家新编：《访问中国诗歌》，汕头大学出版社 2009 年版，第 68、69、65 页。

第七章　论桑克的诗

记得一次和诗人张曙光先生通信，告知他我有一个研究计划，想集中论述几个黑龙江籍诗人的诗，请他从局中人的角度给我提点建议。张老师很热情，也很兴奋，说黑龙江籍诗人，尤其是在哈尔滨这座城市里，拥有众多的诗歌好手，只不过他们作诗论文向来低调，并不刻意宣传和推销自己，喜欢在寂寞的角落默默前行，但诗歌文本着实不错。如果说张曙光先生的一番慨言给我展现了一个诗歌的富矿的话。那么，毫无疑问，桑克当属此一富矿中的佼佼者。

桑克，20世纪60年代末出生于黑龙江的一个农场。对诗歌有着宗教般的热爱和虔诚，"我喜欢写诗。我写了25年。我写了很多。以后我还会写，直到我死"，这是他在第一本诗集《雪的教育》的序言中的表白，语言素朴，但铿锵有力，时间是2004年。这种信念让他有了丰硕的创作成绩。著有诗集《午夜的雪》《无法标题》（与人合作）、《泪水》《诗十五首》《滑冰者》《海岬上的缆车》《桑克诗歌》《桑克诗选》《夜店》《冷空气》《转台游戏》《冬天的早日班车》，等等。另外还有译诗集《菲利普·拉金诗选》《学术涂鸦》《谢谢你，雾》，等等。

第一节　叙事：有节制的抒情

20世纪90年代以来，叙述或者说叙事成为新诗喜欢呈现的状态，"娓娓道来"的说话风而非"音韵铿锵"的节奏感是诗歌彰显存在的重要标志。这自然是对中华人民共和国成立之后，汉语新诗从政治抒情诗到朦胧诗一路走来的过于滥情的反驳；也和汉语新诗对相关西方哲学思潮的引入并消化有关系，张扬所谓情感的零度是一种新鲜的写作技法，这是汉语诗歌面对传统和时代现状所采取的主动适应性策略。应该说，以陌生化和原创性经验为生命旨归的诗歌找到了理想的处理时间压力和边缘化时代命运的表述方法。但正如颇为睿智的诗人孙文波所说："'叙事'的确是现在不少诗歌作品的特征，但为什么'叙事'？叙了事就能带来作品内在的品质吗？根本不是这么回事。单纯地强调某一方面，不可能使诗歌达到'好'的标准。因为'好'是综合指数。所以，即使是'叙事'，还应该看到叙的是什么事，怎么叙的事。"①一般来说，诗歌在本质上还是抒情的，西方新批评理论就将诗歌的语言归为情感类的语言，叙事并不是诗歌最为擅长的表述方式，相对于小说的专职叙事，诗歌的叙事只不过是一种技艺、方法论层面的东西，必须强调其诗歌属性，怎么呈现出不一样的抒情样式，这应该是诗歌叙事的核心之处。如果说小说、散文的叙事在于把一件事情说清楚，尽量消解表述上的歧义，注意细节的描述便是这类叙事的重点。但"诗留恋细节的描绘，究竟应该达到多么大的程度，我们已经说过，诗的任务并不在于按照显现于感官的形状，去详细描绘纯粹外在的事物。如果诗以此为主要任务而不使这种描绘反映出外在事物的精神联系和旨趣，它就变成冗长乏味了。"②当90年代以来的诗歌将叙事作为诗歌表现的质素时，如何才能避免"冗长乏味"呢？正如诗歌因人而异一样，这种属性的体现在不同诗人那里也有着相应的变化。在这方面，桑克的诗歌探索是有其原创性和启发性意义的。

　　叙事情感的收敛与充盈。相对于其他诗人对"智性"的追求，桑克的做法是用平淡叙述的笔调、充盈丰沛的情感内容，或者从本

---

　　① 孙文波：《我理解的90年代：个人写作、叙事及其他》，见《中国诗歌：90年代备忘录》，人民文学出版社2000年版，第15页。
　　② ［德］黑格尔：《美学》第3卷（下），商务印书馆1981年版，第32页。

质上说，桑克的诗是当代诗人中诗情颇为充沛的，当他自称是最后一位抒情诗人的时候，他面对的绝对不是将来的荣耀，而主要是对诗歌现状的总结。比如他的那首《衬托》：

> 应该下雨，然而没下。不仅没下，反而刮风。
> 甚至晴朗，辽阔，肆无忌惮。讽刺我的心脏。
>
> 丁香已落，我未闻其香。落红也不曾见到。
> 不知被何风劫获。
> 只有雨，才能配合此刻；只有雨，才能让我沮丧。
>
> 我就应该倒霉，正如我就应该悲伤。
> 我尚未提及仇恨——它也在，缩在皮肉之后，
> 小心算计，磨着快刀。
> 饮血——它的学问，燃烧。

看起来诗人是在絮絮叨叨地说一些和下雨有关的事情，并做出一些过于理性的判断，"应该下雨，然而没下"。但在字里行间却充满着情感的抒发和宣泄，"丁香空结雨中愁""只有雨，才能让我沮丧"，处处让人感受着就要喷薄而出的情感，但在写作的用词和句子上显示出超常的节制，情感充盈而不宣泄。在另一首被多种选本视为其代表作的《公共场所》里，这种处理抒情与叙事的手法愈益纯熟：

> 那人死了。
> 骨结核，或者是一把刀子。
> 灰烬的发辫解开，垂在屋顶。
> 两个护士，拿着几页表格
> 在明亮的厨房里，她们在谈：三明治。

这种火候也许正好，不嫩也不老。
一个女人呆坐在长廊里，回忆着往昔：
那时他还是个活人，懂得拥抱的技巧
农场的土豆地，我们常挨膝
读莫泊桑，紫色的花卉异常绚丽。

阳光随物赋形，挤着
各个角落，曲颈瓶里也有一块
到了黄昏，它就会熄灭
四季的嘴，时间的嘴正对着它吹。
阴影在明天则增长自己的地盘。

药味的触角暂时像电话线一样
联起来，柔软、缠绵，向人类包围：
谁也不知道什么戏公演了。肉眼看不见
平静中的风暴，相爱者坐在
广场的凉地上，数着裤脚上的烟洞究竟有多少

　　整首诗叙述的是医院这样一个公共场合所发生的事情，看似平常，但都和生死悲情有关，在淡然而略带伤感的叙述笔调中，有人追忆情感的浪漫情愫，"那时他还是个活人，懂得拥抱的技巧"，有人则不以为然，护士因为职业的关系，见惯了生死，也就麻木和漠然了，因此能以"三明治"的日常闲聊来看淡生死，莫泊桑、紫色的花卉、熄灭于黄昏的阳光，还有那个随药味到处氤氲的病痛，相爱者的幻想和温情，逝去人在家属心中的阴影，如电话线的网，网络住每个身处其中的神经。能在如此平淡的语调中囊括如此丰富的情感内容，着实需要下一番功夫。
　　日常叙事的穿透性。诗人、散文家李广田在评价诗人冯至时说："诗在日常生活中，在平常现象中，却不一定是在血与火里，泪与海里，或是爱与死亡里。那在平凡中发现了最深的东西的人，

是最好的诗人。"① 和 90 年代以来的诗歌主流一样，桑克诗的表达内容也多为平常所见，归属于日常生活审美化的浪潮。在处理这些题材的过程中，深度写作成为众多诗人选择的方向，在实现题材的庸常时，表达方式上能够呈现出立体的美感，进行着智慧穿透性的言说。在这方面，应该说 80 年代诗人杨炼提出的"智性空间"的写作模式堪为经典，桑克在这方面的作为同样值得关注。比如他在《暮秋札记·田野》中，如此描述深秋的田野：

> 路边，波斯菊孤独开着。
> 其他的早都谢了。湿度增长自己的势力。
> 灰尘因此本分而安静地贴着地皮。
> 稻田收了一些，束成一顶一顶的拿破仑帽。
> 如果添上夕阳的光晕，或者彻底抽去颜色，
> 它们就是一列一列起伏的山岭。
> 黄或灰，稻草的纹理仿佛山脉的褶皱。
> 而未收的稻田，孤单地局促一隅，
> 那么一小块，似乎证明秋天
> 尚且停在唇边。

在实现对深秋田野油画般的素描后，运用象征的技法来彰显素描背后的思想力量，将秋天的孤独感和收获之后的落寞感透视出来，还是很有味道的。他在《夜歌》中写具有百年历史的"霁虹桥"，从一个日夜颠倒的光影变幻中感悟生死的诡异，"霁虹桥，一会儿一无所有，一会儿充满亡魂。/而小教堂，一会儿生出小树，一会儿生出玫瑰。/我在街上独舞。/第一遍鸡叫，或者 Morning Call，我就死去。/绝不迟疑，死去——等着再次复活。/死是容易的，复活也是。"在《海岬上的缆车》中，"哆嗦而干净的秋天"下，汹涌的海水衬托下的孤独与虚无，"我，一个人，抓住这时

---

① 李广田：《李广田文学评论选》，云南人民出版社 1983 年版，第 269 页。

辰。/抓住我的孤单。我拥抱它，/仿佛它是风，充满力量，然而却是/那么虚无"。桑克诗歌的叙事饱蘸着温情的叙说，对受众来说，具有极好的阅读性。

第二节　亲缘叙述：品味周围的诗歌

相对于 80 年代诗歌的恢弘与阔达，90 年代诗歌是琐细的，日常生活审美化的美学观让诗歌从代言人和载道者的角色走出来，开始描绘身边的风景，琐琐碎碎，牵牵绊绊。亲缘叙述，是 90 年代以来汉语新诗值得瞩目的美学风格，桑克的诗尤为体现出这种风格。

他的诗多写身边事以及较为纯粹的个人体验。比如他在《蚊子》中写儿童时期的孤独感和离开父母的恐惧，"我坐着。草比我高。/我坐着。看不见父母。/我四处张望。父母在高草之后/割草。我张望。/我看见蚊子，聚堆，争吵。/其一亲吻我的腮帮。/她的嘴巴尖锐，我的腮帮受伤。/我坐着。开哭。/不是因伤，而是暮色。/暮色降临，蚊子争吵升级。/我看不见父母。虽然我知/就在草后。"在情感的孤独、理性的清醒之间，蚊子的争吵让幼小的诗人感悟到了暮色的悲凉和恐慌，不可谓不深。这种孤独还延伸到他对视之为生命的诗歌的理解：

> 妖精
> 我为自己写诗，为了我的悲伤有一个躲藏的地方。
> 它很瘦小，一块指尖大小的地方就够了，若是紧缩身子，
> 针孔大小的地方也可将就，若是一根青丝，
> 半边身子就得露在外面，或者是头，或者是尾巴。
> 当你路过一个古怪的山区，当你看见
> 岩缝中伸出卵形或者蛇形的东西，
> 请你不要理睬，请你继续行路。你的冷漠正是我盼望的。

这是一份甘于孤独的诗人沉思。可以"兴观群怨"的诗，在他的眼中是如此具体而低调，恰如李白的那句"举杯邀明月，对影成三人"。荷尔德林说："诗歌是无害的。"桑克的理解从另一个侧面反映出诗歌非功利的情感肌质，他在经营一个只有自己才能深深欣赏的诗歌后花园。他善写"自我"，《巫师》里写我与巫师的互通和纠缠，《热雪》里谈清明刹那间的情感奔涌和追忆，温热的清明节，突然下雪，自然天象的诡异让诗人"悲伤突袭，我落下泪来""泪是热的，烫伤我的脚趾"，由之而想起冷冰冰地缩在心中的"清明""不去墓地，也不阅读杜牧的雨诗"，相对于节日所赋予的文化感伤，瞬间的情感涌动更为真实。

他用数首诗歌写哈尔滨这座身居其中的城市。这座优美的城市在他的笔下呈现出各种各样的色彩，有时候是"一枝蓝色玫瑰，它的妖冶，/让我想起浪漫的英文拼法"（《哈尔滨（一）》），有时候是"夏天短暂，打个盹就没，/而冬天过长，犹如厌倦的一生"（《哈尔滨（二）》）。城市中的"中央大街"上游人"欢乐而进行的游行"（《在中央大街》），写布满人世沧桑的"露西亚西餐厅"，写哈尔滨各种各样的教堂，这座城市在他的笔下幻化出或感伤或优美或肮脏的各种色彩。

他写伦理亲情的诗同样动人，这些诗在他的亲缘叙述中占据着重要的位置。比如他写母亲的离去，"远离母亲，我们当真以为我们远离母亲？/后园的荒草多么深邃，仙子的恩宠远若星辰/当暮色环合，回家的路湮没于巨大的暗影/我们哭了，我们当真以为我们有一位母亲？"用荒草以及失去恩宠来写对母亲的依恋，在肯定和否定中诉说情感的悲恸。以至于在幻想中，想象母亲离开孩子的无尽悲伤，"她聆听我们的哭诉，她的泪珠超过/这个世界的高度"（《母亲的十四行》）。在《连绵的低矮的小山……》中写过往亲情的回忆，其中有"父亲，在杨树林南给烟浇水。/母亲，在摘豆角。三哥在洗/浸着机油的工作服，向我讲述陶渊明"的田园景致，还有"我出生时，他们已经辞世"的想象中"抱着一捆青色的柴禾"的大姐，"推着双轮板车"的二姐和小哥，一种"缓缓抬头，我温暖地看着"的伤感生发而来。同为龙江诗人的邢海珍说："桑克的诗，语势随和自然，在散文化的叙述中抵达一种有意而为之的自然境界。他的尖锐的思想锋芒含纳在有些软性的语体之内，有'绵里藏针'的效果。在意义的表达中，诗人不是直抒，而是找到可进入感性空间的门，读者从这个门走进去，并在诗人能指的游戏中扩大诗的意义。"① 这里所谓"软性的语体"和"感性空间"叙述的也许就是桑克诗歌这种充满想象力、具体而又深邃的美学风格吧。

桑克诗歌的亲缘叙述自然不失其整体诗学风格的幽默和讽刺。在《周一例会》中，借用一场普通得不能再普通的例会来言说日常生活的丰富诗意，林林总总，在看似平淡的叙述中，充盈着黑色幽默的智慧和嘲讽的辛辣，"你看这位作家写的都是什么玩意儿？/希波肉串具有广告之嫌。小张不耐烦地/纠正：不是希波肉串，是希波战争。/邱主任瞪眼：在战争中，人总会变成肉串。/这种英国式幽默岂是你能懂的？/小张写过十年朦胧诗，仍旧只是小张，/如果不是看你帮我写了这些工作总结/以及专题报道，我早把你一脚踹到发行科。"将小官僚的自作聪明和心胸狭隘、睚眦必报的面目运用轻倩的笔触描画出来。

第三节　温婉笔墨：沉思人生的书写

读过桑克的诗，谁也无法忽视字里行间的温婉反讽，讽而不伤，刺而不疼，但却能让人陷入沉思中，这应该是一种思想的力量，而非单纯的技艺之术。在《转台游戏》中，他将习以为常的"换台"写得妙趣横生，"换台，从汉语到英语。/演讲者鬼画符，听众流泪。/黎以战火，评论员微笑，/将之喻为英超。我愤怒，/他脸色突变：不能忘记丧命。""冒牌学者信誓旦旦，而农夫/谈论稷下学宫或者预测未来。/世界总是这么诡异，/一拨线就留下雪花纷纷。"从简单的同一时空或者具体的实事出发，讽刺世间众生相，尖锐而不尖

---

① 邢海珍：《读桑克的诗》，《文艺评论》2009 年第 2 期。

刻的笔调中，将鲜明对立的真实与虚假，谎言边地的场景描述出来，而最后的"一拔线就留下雪花纷纷"则充满着哲理的意味，世事纷杂，喧嚣杂陈，了犹未了，最后皆不了了之。《我的拇指》运用拇指的意象来讽刺自由和民主的缺失，"我的手盖着一篇文章/关于自由，关于权利/关于我的拇指明明长着/我却瞪大眼睛说它不在"。他如此写《历史》，"现在，就可以写史。/不必等到明年。现在，就可以写写/时而神圣时而卑贱的历史。/复杂意味修订，而简单意味/远见卓识，如窗外之雨，/大小似可预测，然而有谁敢说：/我测得不差毫厘？//那就写吧。写去年史。/写前年史。写昨天，写每一个下雨的时/日。/何论流血的时日，何论世纪之初/那每一次内心的起义。/颠覆，政变，阴谋，街谈巷议……/无穷无尽的猜测仿佛无垠的长夜，/让我惊异，让我突然张口结舌。"这是一种新的蛰伏于诗人内心深处的诗性的历史观，饱含对所谓客观历史的讽刺，喜欢的则是前年去年昨天今天的可触可感的现实，相比这点，传统的历史充满抽象的非议和无端的想象，这让诗人无奈而又莫名，于是惊异并"张口结舌"，历史的虚妄性和现实的具体性在诗人心目中的哲学选择一目了然。这种历史观延伸开去，我们在《咏陶潜》中看到作者基于新的历史观所触摸到的别一种陶潜：

《咏陶潜》

我吃蕨薇，但我不是
伯夷叔齐。我看不见首阳山，
看不见好莱坞。
我只看见新闻纸上的新闻。

我早晚要死。
不能托体山阿，变成灰烬；
不能留存名声，没有什么意义。
解释消逝得更快。

云来也罢，雨来也罢。
秋去春来，民国共和或者明清。
写诗的依旧写诗。公堂之上，
没有爱的权柄依旧是权柄。

没有抱怨。欢乐是存在的。
细细梳理，竟有那么多。
那么多那么卑微的欢乐。
读书，游戏，看雪花的六角形。

记不住人面，记不住六角形的
组合。记不住新城之下的北京
或者哈尔滨。
记不住活下去的微小的欲念。

启蒙已经破蔽，只余
小小的个人的悲欢。只余幻象的
风花雪月。花疯了，月一脸血色。
我一脸铁黑。

天生的，自然的。
连林或者独树都是一无所见。
见了又如何呢？风不是虚无的。
虚无的是作者。

是作家，是现在比未来幸福的
气球，我的维尼熊气球
好像是活的，跟在我的屁后。
我走到卧室，它就靠着枕头。

我对维尼熊的眷恋。
我知道是暗风鼓动着它。
我看不见的东西太多了：
首阳山，好莱坞，陶渊明。

在这首诗中，我们看到了克罗齐"一切历史都是当代史"的诗歌表现。陶渊明因性格而难以为官，自然无法"兼济天下"，只好服膺于"独善其身"的"穷命"，归隐山林。诗歌取"归"的行为，而表现当代新诗在内容上的变迁，"启蒙已经破蔽，只余/小小的个人的悲欢。只余幻象的/风花雪月。花疯了，月一脸血色。"陶渊明的诗呈现的是"无我"之境，"悠然见"的只是南山。诗人更深一层，"天生的，自然的。/连林或者独树都是一无所见。/见了又如何呢？风不是虚无的。/虚无的是作者"。如果和诗中的"我早晚要死。/不能托体山阿，变成灰烬；/不能留存名声，没有什么意义。/解释消逝得更快"相联系，那么陶渊明的归隐在诗人这里重新得到了复活，并被赋予从诗歌到生死与现实生活相同一的意义。桑克的反讽有时候能看出"油滑"的底色，幽默的语调。譬如《早春的地理学》：

突尼斯，突尼斯。
富有美感的咒语。

起起伏伏开罗的戏，
忐忑不安我们的心。

卡在了的黎波里，
班加西多么着急。

仙台的鹅毛雪，
福岛的冷却水。

金陵的梧桐，江北的湿地，

谁有咸心唱那无盐的结局？

2011. 3. 18. 10:15

这首诗囊括了2011年3月发生的各种国内外焦点事件，非洲突尼斯、埃及和利比亚的动乱，日本地震所带来的巨大灾难，南京梧桐树的命运，还有哈尔滨江北的湿地不断被现代化的窘境，而因为听信谣言，国内疯狂购买食盐的闹剧更是将人类文明的乱象呈现出来。

《还需要什么赐福》用"一头为正义献身的猪"来象征历经的沧桑，回归故乡的战士情怀，"还需要什么赐福/我们已经拥有我们该有的，无论紫荆花开放的/思想，还是被水轻轻梳理的忧郁""战争之后，我将拄着杨木拐杖，捧着金属的/荣誉证章，返回辞别已久的故乡/我来不及赞美和歌唱，面对连绵的山岭废墟一般的洁净"，忘记自我，无欲无求。

T. S. 艾略特在谈到文学的批评原则时说："诗人，任何艺术的艺术家，谁也不能单独地具有他完全的意义。他的重要性以及我们对他的鉴赏就是鉴赏他和已往诗人以及艺术家的关系。你不能把他单独地评价；你得把他放在前人之间来对照，来比较。我认为这不仅是一个历史的批评原则，也是一个美学的批评原则。"① 桑克自然摆脱不了90年代以来诗歌的审美选择。比如语词"祛魅"的运用，在《走钢丝艺人》中，从走钢丝艺人的角度解构被无限赋予了各种意义的职业。在外人看来，一个凶险而勇敢的职业，但在走钢丝艺人看来，只不过是生来如此的平常，"夏日炎炎，他们吃着/刚从冰箱里取出的冰激凌/而我则用汗珠证明我/不怕热和出名的勇气""地毯上的花纹，我常把它/想象成小琴姑娘的怀抱/跌下去只

---

① ［美］约翰·克劳·兰色姆：《新批评》，王腊宝、张哲译，文化艺术出版社2010年版，第87页。

不过是一次享受/这就是我在高空中面带笑容的秘密//关于我的议论随风入耳/我关心技术部分，而道德/信仰，或者很难懂的人文主义/他们并不比我知道得更多""任何一击都是致命的/保险绳是个虚构的慰安妇/她根本不能让我忘记硝烟弥漫/反而时刻提醒我什么是刀刃上的旅行""他们给我薪水，给我掌声/和阴险的蛊惑：'勇士这两个/贴切的字，你当之无愧'。/其实我命该如此/他们纯属过分担心。"而他的《无神论者》写一个无神论者眼中的教堂景象，一个旁观者的娱乐姿态，"我步行两个街区，上教堂/不是为了尊敬那个传说人物，/仅是为了异国情调：旧式风琴/电视机里的牧师，把若干手指/捏成一只夜莺的形状。更多的人/圣诞节来，坐着的士，那天晚上/只有这儿，才有演出。硕大的/雪花，埋葬了许多灰尘，还有/动物狂欢的影子。/当我叹气痛苦，那不过是表白：/我对肉体，真的没有把握。"

在承载各种各样的诗歌体验时，我们无法忽视桑克的诗歌在语言上的创造，他的诗歌所体现出的语言的内在节奏感，意象的陌生化用法都是值得称道的。桑克熟谙英文，曾经翻译了不少外国诗人的诗，比如奥登、曼杰施塔姆等，这种比较视野中的诗歌经验为他提供了丰富的诗学资源，在《积怨》中，他就尝试将英文诗歌中的诗韵引入汉语新诗中，尽管难说成功，但也是可贵的探索。散点透视是传统汉语诗歌常用的笔法，以意象为中心进行细节展现，并进而呈现出某种意境。桑克在品味日常的诗歌中是很好地借鉴了这种手法的，比如《书架上的阴影》，"书架上的阴影。《牛津史》脸色墨绿。/我与庞德交谈。当然，用英语。他比我偏。/一小块光斑落在《杜宾的生活》。/我以为是只苍蝇。我挥手，它稳如孤山。/我循着光线，来到窗台，来到玻璃的中央。/哦，去冬的雪痕。/我扫视宗教栏，猜它后面隐藏的新月。/这些个故人，舍勒，或薇依，/午夜出来发言。/寂寞一日的陋室忽然喧嚣起来。/我说，安静。还是要安静，不仅是心。/——我从盹中醒来，荫翳移至纸箱：/黑暗揽着那些刀字，蝌蚪字，布莱克插图，/还有伤心酒鬼令狐冲。/我望着，想起自己的身世，大放悲声。"以书房为中心意象，将其物理的空间概念借用藏书的功能扩展到思想的空间，与各种思想家、宗教思想对话、交流，并因之而感同身受，"大放悲声"，从思想到情感，从想象到现实，从他者到自我，将书房写得诗意盎然，将丰硕的内容融入自然、融洽的笔触中，随意流淌出来，在温婉和淡然中透视出思想的睿智。

第八章 论马永波的诗

　　相比于 80 年代，诗歌在 20 世纪 90 年代进入了相对沉寂的时期，不像 80 年代那样百花齐放、百家争鸣，社会文化层面的影响也小得多。众多诗人的功成身退、政治风波的扰动、商品经济的冲击是导致其略显尴尬的主要因素。然而，正是这种沉寂和边缘化让 90 年代的新诗也随着 80 年代以来艺术探索的惯性发展，思想变得更为活跃，加上现实生活的复杂性、多元化，诗歌呈现方式也更为复杂，在立足现实改变的同时，对国外诗歌艺术经验进行借鉴，并以此为基础对诗歌传统进行现代选择。这不仅使诗歌传统在新诗中的呈现方式出现了多样化的特点，而且为新诗的现代化提供了更多的可能性。90 年代诗歌既关注人的本质与生存处境，又尊重诗歌艺术发展循序渐进的规律，诗中既包含着强烈的忧患意识，又闪现出耀眼的理想光辉，并由此使诗歌的厚度、广度、力度等要素均得到了一定程度的强化。

　　因此对于 90 年代的诗人来说，政治文化环境的相对宽松和互联网技术的发展为他们提供了相对自由的写作环境，思想自由度的增加。回到诗歌的技艺本身，而非受制于外在的社会内容，应该是 90 年代新诗的主流选择，因此我们发现，无论是追求叙事还是口语化，无论是思想深度的青睐还是语词去魅的素朴，90 年代以来的汉语新诗都是具有很多值得关注的新质的。孙文波在谈到 90 年代诗歌的叙事时说："'叙事'的确是现在不少诗歌作品的特征，但为什么'叙事'？叙了事就能带来作品内在的品质吗？根本不是这么回事。……即使是'叙事'，还应该看到叙的是什么事，怎么叙的事。这样，如果将'叙事'看做诗歌构成的重要概念，包含在这一概念下面的也是：一、对具体性的强调；二、对结构的要求；三、对主题的选择。这同样是'叙事'，包含在这一概念里面的，已经是对诗歌功能的重新认识，譬如对'抒情性'、'音乐性'，以及'美'这些构成诗歌的基本条件都已经有了不同于以往的认识，这些认识实际上是符合本世纪以来人类文明的发展在理解事物的意义上观念的变化的。在这里，诗歌的确已经不再是单纯地反映人类情感或审美趣味的工具，而成为了对人类综合经验：情感、道德、语言，甚至是人类对于诗歌本体的技术合理性的结构性落实。因此，我个人更宁愿将'叙事'看作是过程，是对一种方法，以及诗人的综合能力的强调。在这种强调中，当代诗歌的写作已经不仅是单纯地'写'，而是对个人经验、知识结构、道德品质的全面要求。"① 作为一种时代性的语言表征，叙事或者说叙述毫无疑问是90年代新诗的主潮，在这个潮流形成的过程中，来自黑龙江的诗人马永波是值得关注的一个。

　　知道马永波写诗已经很多年了，但直到最近才真正沉下心来读他的诗。以前，读诗的视野大多局限在20世纪80年代之前，这段时间的诗歌，因为有了时空的距离，历史的大浪淘洗过后，金玉珠贝裸呈，在有限的阅读时间里，能在最大程度上保证每一次阅读都是愉悦的眼睛旅程。因此也就相对抗拒阅读朦胧诗以后，尤其是当下时间段的作品。在众多主义林立、发表去编辑化的过度自由的年代，纷纭多姿、琳琅满目的所谓诗歌对任何一个读者来说都是不小的考验，鱼目混珠、目不暇接之处，难免常有阅读之后的一声叹息。作为一位起步于20世纪80年代，成名于90年代，至今仍处于创作旺盛期的诗人来说，时空的跨度决定了马永波的诗歌创作已经拥有了新诗历史的沧桑感，也具有了现实世界的具象性。这是我阅读之前所期待的地方，事实也恰恰如此。他的《伪叙述：镜中的

---

　　① 孙文波：《我理解的90年代：个人写作、叙事及其他》，见王家新等编《中国九十年代诗歌备忘录》，人民文学出版社2000年版，第15页。

谋杀或其故事》《本地现实：必要的虚构》《电影院》等都在很大程度上丰富了这种表达方式的内涵。

第一节 自我指涉：新诗的一种叙述样式

作为一种语言思维方式，随着实证化和语法化的白话取代文言成为汉语新诗的表述媒介，叙述也就相应地体现在新诗中了，以前不太繁盛的叙事诗开始在汉语诗歌中勃兴。从五四新诗、20世纪三四十年代的大众诗歌、中华人民共和国成立后的"十七年"诗歌、"文化大革命"诗歌的表达方式都不乏叙述的成分，而朦胧诗尽管主体意识为抒情，叙述仍然在表达中有着重要地位。进入90年代，由于社会环境、思想意识、生活水平各方面与80年代相比都有了不少变化，原来占主体地位的朦胧诗逐渐消亡，诗歌的表达方式回到以叙述为主上。一些诗人在诗中描写社会的改变，以增强诗歌的现实感。逐渐抛弃了空洞的、宽泛的描写抒情，重回那种贴近生活、精神充实的诗歌叙述。这是90年代诗歌与80年代诗歌的差别。然而过于简单的叙述让诗歌的艺术性大大降低了，诗歌的描述仅仅停留在表面技艺层面，而不是追求叙述本身所基于的特殊质感，或者说，90年代新诗的叙述已经超越了内容与形式的简单区分，实现了形式的内容化，这种变化在马永波那里，被称为"伪叙述"，以区别于传统的形式化叙述特质。"它区别于传统叙述之处，在于它重在揭露叙述过程的人为性与虚构性以及叙述的不可能性，它是自否的、自我设置障碍的、重在过程的叙述，它将对写作本身的意识纳入了写作过程之中。凭借揭示出诗是一种发明，将注意力引向文本的技术和自治，或者将注意力引向理解的问题上来。"① 也就是说，所谓的"伪叙述"是强调在叙述过程中作者对叙述本身的参与性，时刻以警醒的方式看待所要叙述的场景，以解构的视角对待传统的叙述模式，表现在文本上，就是文本的自在和自为，自

① 马永波：《对九十年代叙述诗学的再思考》，《五台山》2013年第6期。

我指涉，并不是说一定要在意义层面上有所象征，写作意图上有特定的诗歌之外的所指。毫无疑问，这种"伪叙述"概念的提出，丰富了新诗写作的可能性，随着《小慧》《眼科医院》《电影院》等诗歌文本的问世，也完成了从理论到实践的转变。

首先，非线性叙述。传统的叙述走向在时间上是线性的，有开端、发展、高潮和结局，也就是有始有终。在事件的选择上多是单一叙事，即便是另外插入别的事件，最终也会回到主要叙述的事件上去，有主有次，有先有后，以免乱套。马永波写于1997年的长诗《本地现实：必要的虚构》则打碎了这种规矩的叙述方式，有点意识流的意思。全诗描述的是一个人在生活中对各种卑微状态的思考，诗歌的每个段落各段结构和意义基本上都是独立的。诗以火焰的燃烧开头，启发后来的压抑生活不如燃烧成灰烬，但最终还是败在了岁月的无尽上。诗人在现实和理想中挣扎，"那些尚未存在的事物左右你，要求你具有/尘世的特征"。在诗意营造的身份面前迷失了自我，"一首尚未成形的诗改变你的生理反应/到底是谁在支配谁？它的未来/是你的身份。你永远不会有身份/不会将你散布在人群中的形象收集起来/一个套一个的办公室将你缩小为零"，生活的细碎时时让作者逃离诗歌，但又控制不住地从一场车祸中去思索事件的永恒，面对车祸，在公共汽车上"我想的是/如何描述一场车祸，如何让短暂的/进入永恒的。在其中控制死亡的加速度/用语调，分行，标点。怎样使不在场的/成为在场，让时间倒回去。但里面显然/没有灵魂的位置。因为无法想象灵魂/在猛烈震动中，是依物质的惯性向前。"融合了现实和想象的叙述让事件本身变得荒诞和自否。文本的意义已经涵盖了作者本身的意图表达，作为叙述语言和意象已经开始自由发展，作者的主体地位受到动摇，鱼、冰块、水、稿费、钱等意象的发展是自觉地、不受阻碍地相互关联。当以计算机为业的诗人在思考刚兴起不久的"国际互联网络，将病毒的革命激情/以光速传播""人最终将被自己的创造物所左右"的形而上命题时，现实却带来了嘲讽，"'看来你对你的专业并不怎么在行。'"我知道，我分析报表、曲线/云南的地震和领袖的逝世，股票需要理性/这与艺术不同"，面对嘲讽，诗人的最终结论还是回归到非现实的冥想上，"知识并不能使人幸福/股票大厅将理性的人旋转成直觉的人"。这些嘈嘈杂杂而又相互否定的叙述方式很好地诠释了"伪叙述"的特征，也在很大程度上符合诗人对 90 年代诗歌叙述的认识。"在 20 世纪 90 年代的汉语诗歌中，面对日益复杂的社会现实，为了加强诗歌对现实的触及能力，增强现场感，许多重要诗人不约而同地在诗中强化了叙述因素，注重诗歌话语对经验占有的本真性和此在性。"① 就如马原的"叙述圈套"一样，诗人的现场感在很大程度上打破了传统诗歌叙述的完整性和虚构的自为性，呈现出一种非线性的叙述状态。

其次，所谓"伪叙述"创造了另一种处理客观现实与诗歌真实，乃至于诗人处理真实的方法。通过叙述让诗歌真实和客观真实之间的对应关系得以疏离，在诗人在场的介入中，关系的复杂性为诗歌的解读提供了更为丰富的想象空间。其代表作《小慧》在他的"伪叙述"创作中，应该是相对简单的架构，在娓娓叙述中，充分运用穿越般的想象，将历史、现实和想象中的小慧浮现在一个思维平面上，"小慧，早上散步时我又想起了你/想起你的灵魂就分散在我周围的事物中/我有责任把它收集起来，在我心里/把它带回我温暖的家"。在经历琐碎的童年旧事的追忆后，情感的抒发到了现实的诗人和灵魂的小慧相同一的地步，"原谅我爱上了那么多凡俗的东西/钱，纸上的文字，孩子和新的朋友/胜过了爱你。你不会生气吧/你又是怎么进入我的内部的/我得用多大的力气闭紧嘴巴/防止我说出你说过的话"。最后则是诗人回到的现实，"小慧，今天的散步就到这里吧/我要回去了，回到我温暖黑暗的家中/有一天我会陪你散步到天边，不再回来/小慧，明天见。明天见，小慧"，这种虚拟的现实与想象间的情感真实，平淡的语调蕴含着的巨大情感张力，着实感人至深。

---

① 马永波：《炼金术士：马永波作品》，天读民居书院编选：《新死亡诗派》（民刊），第 2 页。

到了那首《伪叙述：镜中的谋杀或其故事》就复杂多了，自然也就将这种处理方法演绎得更为漂亮。诗篇以镜子映照人影的谋杀为开端，"首先出现的是一个人，在左下角，向中间/长大，直到充满大半个镜面，转身/碎裂声从镜中传来"。然后从真实景象过渡到对变形而扭曲的歌剧的关注，当忠实地叙述歌剧的台词、剧中苹果和老国王的意象、舞台样式以及小丑角色时，突然插入诗人的自我联想，"国王是谁取决于我们何时见到他？多功能的苹果至少可以/和牛顿、夏娃有关，将神的争斗归为万有引力/在我们这个时代，人们把麦子和牺牲连在一起"，这里的麦子和牺牲显然是指80年代海子等人的诗歌现实，这是一种错乱了时空的插叙。随后诗歌又进入了谋杀和格局的混淆，"你是说女神们安排了这次谋杀/赤着白色的足在冰雹和火焰中奔跑，尖叫/愤怒地把雷电的金球掷向人们的筵席"。随后，这种叙述又被诗人拉回到阅读剧本的另一种真实里，"第一场中出现的人物/以王子、小丑、公主、医生、侦探、我的面目/反复出现，但超不出一页白纸的边缘/落入事实的圈套。谁看见了这一切而不说出/从词语到词语的旅行，最终到达了一个/可疑的文本"，无论阅读还是诗歌都成为自否的对象，这种自否在诗歌的结尾达到高潮：

> 我出生在一个边远的县城，那里没有什么
> 故事发生。也没有歌剧可看，镜子和梦
> 只是母亲旧抽屉晦暗无光的两个词
> 惟一的电影院大部分用来开会
> （批斗会和表彰会）。我可能有过许多次生命
> 但大都忘记了。我可能还没有完全成为我这个人
> 更有可能是《镜中的谋杀者》的作者，某段时间
> 它被翻译成《哈姆雷特》。现在我是谁，干了什么
> 已无关紧要。神或小丑？现在是一个词在讲话

将整个诗篇的叙述格局和内在事件做了非真实的解构，原先的

知人论世也好，按图索骥也好，在这首诗的解读中都难以承担确定的切入的解读视角。故事的非故事化，故意削弱各个故事之间的相关联系，使得贯穿情节的主线消失了，读者无法看到完整的故事。在这次典型的"伪写作"中，包括"谋杀""故事"，甚至"镜中"，都表明它指向的是叙述过程的人为性与虚构性以及叙述的不可能性，它是自否的，自己设置障碍的。

第二节　元诗歌：一种深入的诗歌计划

80 年代末的社会转折，让长期积聚的诗歌激情在爆发的同时走向了偃旗息鼓。诗歌集体化的青春激情遭遇了寒冬的侵袭，无论是启蒙的思想脉搏，还是铁肩担道义的英雄情结，都随着 90 年代的到来成为只有特殊的时代才有的历史。批评家陈晓明在评价 90 年代诗歌时说："当一个时代的精神生活缩减到零度以下的时候，诗人的存在是荒谬的，而处在荒谬中的人们有理由怒气冲天。当然，人们可以以不同的方式来对待历史，指责、攻讦，或是叩盆而歌。"[①] 尽管视诗歌为手段和工具的时代已经过去，但依然有余绪持存，对诗歌的攻击和谩骂，否定和嗤之以鼻，都不鲜见，就连诗歌内部也出现了"知识分子写作"和"民间写作"的喧嚣，这是汉语新诗从白天鹅向丑小鸭转变过程中必然经历的心理转变和命运遭际。虽然懂得诗歌的人都知道，这些来自于外部的评价和诗歌并没有多少本质性的关系，只不过是长期形成的依靠外在政治或文化的附缀，蒙蔽了汉语诗歌本来的模样，以为镜中之花就是真实的。于是，诗歌被抛弃，诗歌和诗人都必须重新思考存在的理由，在充满自否和自我反思性的言论中，汉语诗歌似乎开始了重新出发的征程。这自然充满了无奈。于是，冷静下来的汉语新诗和诗人开始了重新构建诗学体系和重塑汉语新诗形象的工程。"个人化写作"和

---

① 陈晓明：《语词写作：思想缩减时期的修辞策略》，王家新等编：《中国九十年代诗歌备忘录》，人民文学出版社 2000 年版，第 93 页。

"民间写作"命题的提出，将诗歌从长期"他为"的工具化身份中剥脱出来，实现"自为"的原生性目的。"叙事"及其"伪叙事"、中年写作、本土化写作、客观化写作，乃至于对知识分子身份的强调，为诗歌文本的写作技法和资源梳理提供了各种可能性。"总有一些人选择了平静的方式，面对荒诞的历史境遇，他们选择了语词，不再是长歌当哭，而是机智地遣词造句，巧妙地避开思想重负，在语词碰撞的瞬间，既把自己与时代剥离，又委婉地与其拥抱。"①

台湾诗歌评论家叶维廉说："在新诗的发展里，我觉得戏剧声音和抒情声音的发展最为成功，而叙事声音则往往因为口信重于传达的艺术而落入抽象性、枯燥的说理性和直露的感伤主义。不像抒情声音的绵密丰富。"② 这句话说得比较早，如果放在 20 世纪 90 年代的汉语新诗中，这个观点将会很难成立，叙事缺席的困境已经在汉语新诗领域得到主流性的呈现。"伪叙述"的提出，马永波的诗歌是值得赞赏的。和这种叙述相关的，或者说推延出来的另一个诗学理论，即是他提出的"元诗歌"概念。这也是一个值得重视的理论性的原创性概念。所谓"元诗歌是一种突出诗歌文本构成过程及技巧的诗歌，它不让读者忘记自己是在读诗"③。这是一种新的诗歌创作和阅读理论，打破了"文以载道"的内容决定论的文学存在方式，无论是创作还是阅读都是在诗歌的范围内完成的，而不是在诗歌被抛弃后，成为思想内容的躯壳。为了实现这种诗学意图，他在创作中比较重视表述方法的运用，"元诗歌的主要技巧可以归纳为这些——关于一个人在写一首诗的诗；关于一个人在读一首诗的诗；凸显诗歌的特定惯例的诗；非线性的诗，各个诗节的阅读顺序可以打乱的诗；元语言评说的诗，即一边写诗一边对该诗进行评论，评论也是诗的正文的一部分；作者意识只是诗中众多意识之一

① 陈晓明：《语词写作：思想缩减时期的修辞策略》，王家新等编：《中国九十年代诗歌备忘录》，人民文学出版社 2000 年版，第 93 页。
② 叶维廉：《中国诗学》，人民文学出版社 2007 年版，第 245 页。
③ 马永波：《元诗歌论纲》，《艺术广角》2008 年第 9 期。

的诗；预测读者对诗歌有何反应的诗；诗中人物表现出他们意识到
自己是在一首诗中"①。尽管被称为"技巧"，但这段所表述的不如
说是对"元诗歌"的诗学概念在操作层面的细化，从创作技法、阅
读意识到打乱各种诗歌表述方式后的重新组合，等等。这些都彰显
出一种新鲜的个人性的新诗学理念正浮出水面。尽管这里面也能够
找到新诗历史上的各种精神资源，但其创造性依然是不容置疑的。
马永波的这种诗学理念试图颠覆的是现代诗学的基本架构，理性和
秩序性是现代思想认识世界的重要思维，体现在现代诗歌中，就是
诗歌表述主题的确定性、表述空间的清晰性和表述时间的线性呈
现。一切都是有内在结构的。随着心理学和语言学的发展，人们发
现，这种过于理性的确定性的存在状态并不是事物的本来，反过来
说，碎片化的、断续的和杂乱无章的时空场景往往是真实的，所有
清晰的一成不变的结构都是认识的幻想，没有结构的解构才是本
质。这也就是后现代思想产生的理论基础。所以我们看到在马永波
的诗学实践中，这种解构之后的诗歌成为其标志性的旗帜。如有的
评论家所说："叙事性看上去强调了外部社会，但公共历史被个人
经验重新编码，公共历史变成个人内心生活的一部分。这可能是
90 年代一部分诗人变得沉静、书卷气和寻求神性关怀的美学基
础。"② 除了上述的《伪叙述：镜中的谋杀或其故事》和《本体现
实：必要的虚构》体现出这种元诗歌理念之外，他的《简历：阿赫
玛托娃》《默林传奇》《奇妙的收藏》《眼科医院：谈话》等诗篇，
也都是这种理念的良好实践。《眼科医院：谈话》从现实中具体的
位于中央大街和尚志大街之间的一座眼科医院谈起，诗人不停地通
过对医院建筑的描述来引导读者的阅读，"狭窄的玻璃门蒙着黄色
的棉帘/勉强可以让你挤入，并迎面撞上/一小片室内广场：挂号室
和候诊室/这里曾是一个家庭的客厅，铺着红木地板/笑声和挂钟的
鸣声，伴随着脚步/消失在曲折的廊道之中，数不清的窗户/镶着毛

---

① 马永波：《元诗歌论纲》，《艺术广角》2008 年第 9 期。
② 陈晓明：《语词写作：思想缩减时期的修辞策略》，王家新等编：《中国九十年
代诗歌备忘录》，人民文学出版社 2000 年版，第 93 页。

玻璃，分别朝向大街和风雨"，这种概念和场景的置换随后不停地进行着，"我敲敲门，轻易地/来到一个不同的日子，一个犹太少女的/书房，她的脚缩在温暖的棉拖鞋里/鼻尖上闪耀细汗的光芒"，将建筑中过去呈现的场景和现实融合起来，在提醒读者现实中的医院的时候，诗人也不忘自己的诗意畅想，"这座楼，我想一定有一座塔堡/供人祈祷，从它绿色的穹顶上落下月光/盘旋着落入心灵的沼泽"。运用对话、注解、旁白等各种"破坏"手法来重构诗歌的时空结构。这些看似凌乱和荒诞不经的文本结构，在很大程度上是一种诗学重塑，让诗歌回归到前文化状态，是一种元意识。我们知道，后来人们认识到的诗歌文体，譬如格律形式、韵律结构以及典范意象等，都是在经过漫长的时间积淀后形成的，是经过漫长的文化积累后呈现出来的文学范式。作为一种新鲜而具有丰富文本的"元诗歌"理论，我们有理由期待它能给汉语新诗的创作前景带来更大的希望。

第三节　结语

随着工作的变迁，马永波已经离开了龙江黑土，远至江苏，在古城金陵延续着诗歌创作和相关理论的写作，但这并不影响他继承在这块地域上所孕育的诗歌感觉，继续在原有的诗歌感觉上，取得更大的创作成绩。更重要的是，他还是国内比较著名的诗歌翻译家，阿什贝利、迪金森等都经过他的译介被引入中国，尤其是在20世纪美国诗歌的译介上成绩卓著。在汉语新诗人学养普遍欠缺的状态下，马永波拥有的中西诗学资源和相对系统的学院派的学术熏陶，注定会让他取得更为丰硕的诗学成就。

第九章　沉入雪夜的静思

——论朱永良的诗

　　无论是从城市建筑的现代还是城市文化的现代上说，能够贴合"现代"这个词汇的，上海和哈尔滨恐怕是近现代中国城市中最为理想的选择了。相较于上海"十里洋场"的繁华如织，租界、弄堂等新旧文化区域的交融，哈尔滨则更为现代，20世纪初因铁路而起，风云际遇，白俄人、犹太人、日本人都曾经是这座城市的主宰，俄罗斯文化、犹太文化、日本文化等对近现代中国民族国家认同影响最大的文化类型都在一定的历史时期内成为这座城市的血脉。

　　于是，这座城市有了太多的不同于其他城市的人生哲学和命运故事。孕育出的诗歌也就鲜于常态，独具韵味了。寒冷的冬夜是安静而深邃的，这有同于哈尔滨诗人的低调和沉稳，偏居一隅但并不因之而安居，思索和关怀往往成为他们诗歌生命中最为憨重的绳索，从最初的城市文化体验出发，带着沉甸甸的构思、铸造并系结上生存、宇宙、人类、历史等宏大的锚，钩沉出一个个具体而生动的精致的诗歌之瓮。这其中，朱永良的诗歌以其丰富的阅读经验、独到的历史洞察视角和优雅安静的叙述语调尤为值得关注，因为他要"一个人，在一个庞大国家的边远城市里/在厌倦中，读着，写着，要使自己成为一个世界主义者"（《两行诗》）。

第一节　书斋里的诗意谱写

北方的冬夜是漫长而寒冷的，如猫一样蛰伏，俗称猫冬，就成了这里人冬天生活的常态。窗外冰雪覆盖，万物肃杀，屋内温暖如春，一杯茶，一本书，胸中自有春夏秋冬。无论是在现实生活里还是作为诗人的朱永良都是这样的，书斋的安静和思想的汪洋恣肆成就了他诗人的生命。有着收藏癖的德国哲学家本雅明对于书籍有一个超越性的论点，"在所有获取书籍的方式中，自己把它们写出来是最值得赞扬的方法""写作者就是这样的意中人，他们写作并非因为穷，而是因为对那些可以买到的书不满意"，① 沉浸于书海，并离开书籍，创造性地将思想的目光播撒于书房外的天空，书斋也就无边无界、生意盎然了。

既然是书斋，那么阅读的诗意经验和对历史记忆温热的非共时题材自然是写作的核心部分。在他的代表性诗集《另一个比喻》中有一半以上的诗篇是属于这种题材的。阅读是一种对话，可以超越时空的限制，而实现思想交流的自由和情感流泻的愿望，在历史经验和现实经验的交织中，重新体味人事的过去、现在和未来。在宫殿的虚妄中解读历史的诡辩，繁华和荒凉都在时间的磨损中交替变幻着，"王朝的炊烟，曾在这里/一阵阵升起，又一阵阵散尽。//当帝王失去了岁月的恩宠，/人们玩赏着他死亡的过去：/昔日辽阔而边界不清的帝国，/一块石头、一根柱子和椅子上的空间。"（《宫殿》）人们赋予塞万提斯笔下的堂吉诃德形象以众多的讽刺和笑谈，但诗人却严肃地关注他因读书而想象的爱情，荒诞不经却深入每个人骨髓的骑士精神，"你的荒唐行为丰富了人类的历史""你的悲伤成了全世界的悲伤""在你面前吸支烟，喝杯酒，/和老朋友聊上一阵，真是件愉快的事。/记得有一次，我们其中的一位试探着说：/我

---

① 张旭东：《书房与革命——作为"历史学家"的"收藏家"本雅明》，《读书》1988 年第 12 期。

们……都是堂吉诃德"(《堂吉诃德》)。这正如鲁迅笔下的阿Q,当外视时,阿Q是众多人嘲笑的对象,暗自内视自己时,无人不觉得自己有着阿Q的影子。诗人阅读历史是一种对历史所做的当代经验的重新赋予,相对于普泛的历史研究,就多了很多非理性的无法考证但却在经验的领域无比真实的探究,是个人的同时又是普泛的,个体经验和历史经验的统一,于是我们在《三个疑问》中看到诗人的智慧,孔子曾有"四十不惑"的人生感悟,"四十岁了,不要再相信别的。/别的,他说的是什么?"但丁在《神曲》中说,"到了中年,理应经过了地狱/朝向更明亮的地方,可地狱,我经过了吗?""年轻时,我曾沉湎于卡夫卡、里尔克,/他们四十多岁时各自写下了《城堡》和/《杜伊诺哀歌》。这两位布拉格的儿子/用散文和诗歌写下相同的曲调,这是为什么?"在这个开放性的追问中,在反诘历史经验和肯定文学事实的过程中,引入思考却无法提供结论,这是诗歌的存在方式。这种诗歌方式让他将波浪和书籍联系起来,在大海边"我看着一个个波浪的形状/想到自古以来的一册册书籍,/其实书籍也是大海,从不停息,/以它特有的方式展示着力量"。书籍的大海和现实的大海在巨大的蕴含面前获得同义,"不朽的波浪和书籍/并不在意是否为人们所看所知",在自为自在的意义上,又有着惊人的一致,或者说这里面也蕴含着诗人对诗歌的一种认识,但写作,不问去处。我想,朱永良作为诗人这么多年的低调生活,甘愿在边远的城市写作宇宙人生,因诗而人,而非炒作时代的因人而诗,这种自在自为的诗歌理念显然是不可多得的。

既然是书斋,狭窄单调的空间很容易让人忽视现实空间的存在,空间的孤独让人更容易集中于思想的繁荣,在记忆的时空里得以从容而清醒的梳理、判断,这种诗歌空间让朱永良对相同历史经验的重述有着个人化的深度表述,以避免让失去理性的情感声讨遮蔽住思想的深刻,有人说"诗歌是学者的艺术",① 恐怕应该归结

---

① [美]玛乔瑞·帕洛夫:《激进的艺术:媒体时代的诗歌创作》,聂珍钊等译,上海外语教育出版社2013年版,第9页。

于书斋的独特空间。朱永良将这种学者的思考尤其应用在了他对"文化大革命"的书写上，他如此写盛行于"文化大革命"时期的以反智主义为目的的"批斗会"，诗人所在的小学操场的椅子上站着老师，"写着走资派或反革命，／整个操场上站满了学生""但我既没有批判的激情，／也缺乏对老师的同情心""我有些木然，弄不懂，／但已开始学习如何仇恨""我们这一代盲目的人，／学会了仇恨过去和现在，／仇恨虚幻看不见的敌人，／甚至仇恨自己的家人"，简朴的词汇真切地叙述了除了一个小学生对批斗会的理解外，也交代出那个疯狂的年代，一种斯德哥尔摩综合征一样的时代氛围浸染出的盲目崇拜和疯狂，没有事后情感的肆意宣泄，也没有理性的哲学评说，但却在看似庸常的词汇中蕴含着巨大的思想能量，是为另一种因果逻辑的推理。他以零度情感的笔调写 1966 年红卫兵拆历史文物，"上辈人消灭了一个旧世界：中华民国，／建立了一个新世界：中华人民共和国。／／但是很明显，旧世界还没有消灭干净，／还有旧习俗、旧书籍、旧建筑……""红卫兵们砸烂旧事物的激情／吸引着一层又一层围观的人们。／／拆庙，红卫兵们在表演着一场革命，／围观的人们就是这场戏的观众"，一群无知的人认真地演着一场戏，红卫兵不知道该怎么拆，"像一群疯狂的蚂蚁，／围着庙宇爬上爬下，无计可施"，最后只好"无奈地砸掉几个饰物"，以近乎玩笑的姿态"完成了这一天砸烂旧世界的革命"，这应该是另一出 1911 年江苏巡抚程德全挑瓦以示革命的翻版，都以革命的名义做着跨越时空的荒唐的事情，历史的重复颇具讽刺的意味。在一个"历史感缺失"的后工业社会中，重新发现历史的魅影，并因之而审视生存中无法忽视的木质性因素，在很大程度上是弥补后工业文化给人们带来的认同缺失感。他在《博尔赫斯》中说："写作最终是项失败的事业。／当你老了，当你迷失在／辨不清白天黑夜的迷宫中，／你平静地接受把诗写得短些，／把自己作为歌唱的英雄，／赞美失明后的黄昏，赞美／你拥有的神秘黄金，／赞美永恒的乌有和遗忘。"写的是博尔赫斯，但所有词句无不是当下汉语诗歌的生存状态和诗人在抗拒中对传统的守护。

第二节 从爱情的青春到沉思的中年：
叙述风格的转变

20 世纪 80 年代是个激情洋溢的时代，到处流荡着诗意青春的色彩。这个时期的朱永良是善写爱情的，面对比利时画家保尔·德尔沃的《窗子》，诗人读到的是"一个女人站在窗子前，/右手处于伸出的样子，/窗子外面是风景，/山和树在不远的地方，/就像近旁的窗子一样清晰。/窗子前面站着一个女人，/她没有看不远处的山和树，/那只右手随意地放着，/背对着画家，/为风景的中心"。显然，正值青春年华的朱永良并不满足于将目光停滞于眼前的"山和树"上，他的关注点投向了对更为深远的艺术梦境的追求——"在地球上没有你我的住所。/你在我的手上开放，/我在你的心上筑巢。/在地球上你我属于谁？/你属于我，我属于你，/我们谁也不属于。/在地球上你我做什么？/艺术如同死亡，我们去死"（《命运》）。于是，在他的诗歌中我们看到了"你我的目光化作虹，/上面驶过音符、方块字和神的旨意"（《雨后》）这样目光交接的唯美定格；在他的诗歌中我们还看到，那一片泥泞的春天里悠悠的凉风也成了召唤爱情的使者，长出翅膀的肉体缓缓上升着激情，醉倒在被神变成酒的水里；看到了寂静的四月下午，一只飞进屋子的苍蝇，也能将思绪从那扇敞开的窗子带向远处；看到了五月吵闹怒放的丁香，如鲜花，如空灵，如这五月的我们自身。看到了明净的九月里，阳光是那么让人沉醉的东西，打扫过夏天的痕迹，在湛蓝的天空下幸福清醇如酒；看到了十一月的上午，收获完的田野如一张黄色底色的画布，任树、牛和鸽子在上面作画；看到了寒冷的十二月，哥特风格的教堂给予世人的温暖和宁静，在那里人的灵魂随天窗上的光映入教堂的尖顶，微妙精致的感受力静静缤纷出诗人梦一般的艺术世界，无关纷杂与吵闹，仿佛被天使托举在云里，虚幻而美妙，让我们"既逃不掉，也无法保持安静"（《仿佛……》）。

到了 90 年代，当诗歌的乌托邦梦境被生活的狰狞一掌击碎后，随着年岁的增长，对诗歌与现实的关系理解得更为深入，诗人的创作呈现出安静而"逼近的美""去抚摸陶罐上的纹饰，/辨认青铜器上的文字/，注视树木和上升着的死者，/并学习横和竖的正确写法"（《学习》）。在这些古老的智慧中，"我仿佛触到了祖先，/他脸上那不朽的皱纹"（《无题》）。诗人博览群书的知识与智慧蜂拥而至，从俄狄浦斯到博尔赫斯，从堂吉诃德到哈菲兹，从卡夫卡到里尔克，诗人借他们之口，浇灌思想的花园。在《致希波的圣奥古斯丁》里诗人愿意相信但丁描写的天堂和圣·奥古斯丁笔下的上帝之城的存在，可是当真正踏进去时，才真切地感受到它存在的虚幻与漂浮感。"那是多么的美妙和不幸：/那里没有石头，我们无处可坐，/只能如烟飘荡"，我们需要秋雨过后的风所制造的每一场凛冽，现实，因它的不完美才拥有了存在的意义；《波斯的葡萄》中哈菲兹摇晃的红酒杯与诗人杯中盛满的宝石红，如两颗星在过去与现在闪烁，跨越时间的河流，此岸 20 世纪末的中国与彼岸伊斯兰纪元八世纪的波斯，如那两杯葡萄酒，同样让人沉醉；《苏联士兵的墓地》设在了游乐园的一个角落里，浅灰色的砖墙隔开了游人的目光，园内的欢笑声掩盖了战争所带来的哀伤。一个已消亡了的国家的战士，墓碑上的红星便是他们永恒的信仰，远离战争的人们，信仰又将置于何方？诗人就这样沉湎在"萨福散佚的诗行，/孔子没有编辑的古书"中，沉湎在"无事可做的上午，/坐在安静的沙发上"，心甘情愿被上千本书吞噬的"迷人现状"。在历史的感受和反思里，寻找着变换的时代里能使自己内心平衡的力量。

新世纪之后，步入中年的诗人更加沉淀和厚实。能够捕捉到日常的细微之处，通过那些看似没有诗意的瞬间，捕捉生活的意义，经由对个人生活的命名探索着新世纪的时代内涵。长期的书斋生活和不断思考的习惯，让诗人在一行行的文字中，冷静品味着历史的巨大神秘、现实摇曳的诱惑和生命最原初的意义。在崭新的世纪里，"被《圣经》乳汁哺育的一代代人们已淡忘了，/末日审判，/这个迟迟不予兑现的诺言，/从人们的急切中显现出逃离过去的渴望"。"而那些处在太平洋上的国家，／已预先争夺起'新世纪'的第一缕阳光，／为的是让美元牢固地支撑起他们的国家银行。"（《"新世纪"》）新时代的到来，让我们清晰地感受到，人们的浮躁在一场场狂欢中漂浮，喧嚣的环境已不允许诗人"用语言使空气产生震颤"。但是诗人并没有沮丧，在这样的环境里，他反而觉得自己完成了一次逃亡，就像逃脱夏日炙烤的骄阳。"他开始凭借视觉和触觉／去感受存在的事物"，这样的方式比语言更有能力渗透生活的角落，在那些语言无法完成的地方，"他重新发现了一个世界：／／椅子、桌子、杯子，／书籍、白纸、钢笔，／段落、句子、文字……／／房间、电灯、床，／地板、窗子、门，／黑暗、明亮、阳光……"（《失语者》）无论外界怎样变换，诗人始终保持着窗边思考者的姿态，轻轻诉说着他诗歌的追求："一位智者能够漠视他的处境，／即使面临被打入地狱的结局。／比如波伊提乌，在帕维亚塔中，／头上悬着绞索，／他却平静地，／度过了死刑之前的最后时光。因为，／他将柏拉图非凡的智慧，／融入了拉丁文不朽的篇章。"（《波伊提乌》）在一个极其普通的《春天的夜晚》，诗人面对车辆驶来驶去，道路变宽变窄，灯光忽明忽暗的场景，会联想到一切事物的出现与消失，消失与出现。"活着为了什么？"诗人不禁感叹。他没有在图书馆的书架上找寻先哲们对人类存在的论述，这种看似永远不会被人找到的答案，其实就在身边："这时我看看坐在身旁的女儿：／在她的十四岁的眼神中，／有着一种纯真的宁静。"在女儿的眼睛里，诗人看到了他这个年纪早已被岁月的风沙侵蚀了的安静和美好。在《麦迪逊的大街》上，诗人坐在一辆公共汽车上，坐在对面的女子，引起了诗人唐突的注视，她没有什么惊人的美丽，诗人却仿佛看到了"古希腊的画瓶／和那些超越了时间的雕像"，也就是那么一个云淡风轻的生活瞬间，诗人"明白了美国的来源，／知道了何为西方，／何为传统"。虽仅仅是生活的偶然相遇，诗人已获得了关于美的定义和灵感；一张旧照片上的《布拉格维音斯卡娅教堂》，同样能给诗人无限遐想：这座教堂曾经站在松花江畔，将拜占庭帝国的辉煌倒映在奔流不息的江面上，诉说着俄罗斯式的肃

145

穆和信仰。照片上掩映着教堂的葱茏树木，散发着宁静的时光。教堂，被信仰之光照耀的地方，虽然已被狂暴的手在空间中抹去，却永远无法消失在时间的底片上，它将成为一段历史的见证和标志，警醒着后来的人，别在信仰的宫殿丢失、迷茫。或者，仅仅是在1977 年秋日这样一个有些特殊的时间环境里，诗人读到了一段哈姆莱特的独白这样一个几乎称不上事件的《事件》，都可以成为诗的写作灵感。一句独白使诗人从那个特别的年代里偏离出来，一段独白的意义，一本破旧文学选集的存在，都被赋予了拯救的色彩，给了诗人一场洗礼，走向的"另一座门"，是空间的另一个地方，还是心灵的另一个世界？它或许与摆脱现实的束缚有关，或许与某种真实和不朽有关，总之，这一座门通向救赎。除此之外，面对波士顿雾气迷茫的海面，诗人识破了历史在偶然与必然之间变换的把戏；在亚述史的阅读中，感叹着时间的专制和命运的不可抗拒；在布鲁克林大桥上西望时，桥上的女孩被赋予了自由女神的美丽模样；在古根海姆博物馆中，诗人触摸到了艺术、等级、美与不朽。

第三节　光阴如绵：超越时间的意义

时间是人们认识世界的基本尺度，相对于空间的瞬时性，在承载记忆事件上，时间往往是无法替代的符号，成为一个象征，体现事件，浸润情感，包容着错综复杂的人事关系。在这一点上，你很难找到更多其他的诗歌比朱永良的诗歌对时间更为敏感，也更为着意的。

在他出版于2011 年的诗集《另一个比喻》中，诗人用大量的篇幅来集中写时间：它们或者直接以客观时间的形态和属性为标题，如《时间确如……》《时间停在挂钟上》《7 月 9 日》；或者是将记忆作为时间的载体，如《纪念》《回忆 1975 年夏天的傍晚》《烧书，1966 年的一个夜晚》；或者以暗喻时间的空间形象出现，如《宫殿》《燕京图书馆》《布拉格维音斯卡娅教堂》；或者以历史人物和事件的形式再现，如《俄狄浦斯》《腓力二世之子亚历山大，临终前夜的断想》《重返农场》，等等。他的诗篇展示出各种各样基于时间意象的感悟。

很多年前，孔子在泗水河边说"逝者如斯夫，不舍昼夜"，这种时光易逝的感喟在西方的赫拉克利特的河流时间观里有着共鸣，所谓"你不能两次踏进同一条河流"。时间是最古老最直观的，也是以日常经验最为感知的形态出现的，即时间是一种直线性的存在，从过去向未来流去，日夜不息，一去不返。这种时间形态在中国被认为是儒家的时间观，因此，在《他们的话语》中，诗人感叹："孔子和赫拉克利特都借助河流，／使他们说出的话语获得不朽。／／时间把他们的话语擦得十分耀眼，／令后人在河流面前几乎哑口无言。／／人们只能不断地重复他们的声音，／屈服于自己语言的苍白，还有愚蠢。／／其实，他们的话语朴素又简单，／准确地说出了万物的本质是变幻。"时间是一条河，是咆哮着进行人生掠夺的河流，带走容颜，带走记忆，带走美好，带走痛苦，走向没有尽头的迷茫，把人卷入悲哀的漩涡，对于未来已倦于期待的人们，也找不到古老的年代在哪里（《时间确如……》）。这么一条热烈的河，携带的泥沙与石不停地堆积，犹如有人类开始的文化堆积，阳光上的阳光，尘土上的尘土，宫殿上的宫殿（《六行诗》）。每一个宫殿的存在，都是一段死亡的历史留下的墓碑，墓志铭上感叹着时间。独自漫步的夜晚，诗人思索着死亡的新鲜，岁月的短暂。终于在某一刻醒悟，时间是一条奔流不息的河，溯不到起点，寻不到终点，死亡，不过是人在时间长河里的一个节点，最终，都要融进时间的永恒中，就像"夜色融进梦里"（《死亡不过是流向河》）。

朱永良的时间感觉是敏锐的，可以细致到"五十一分钟的闲话"，以彰显"纯洁而冰冷"的"像北方的雪"一样的情感陌路（《也有的形式》）。也可以在《经过了许多日子》之后，感到"一个人就是很多人，／一朵花就是无数花"，隔断时空去幻想"从朋友的花园中看到的柔软金黄的玫瑰，／它也是一千年前开遍波斯的玫瑰和更遥远的／古罗马的玫瑰"的穿越玄机。在花园中，人们总是能看到开放的玫瑰，不管是"朋友的花园"，还是"遥远的古罗马",就像是我们在人群中,也同样可以在一个陌生人的脸上,看到"死去的朋友似乎又回来了",我们不断重逢,我们挥手告别,在生命和生活融于倦怠之时,在差别中凝固陌生,就在那么一条蜿蜒的窄道上,制造着自己的旅行;在《燕京图书馆》里,我们向它借阅暮年,借阅碎片,借阅瞻前与顾后,借阅执拗如少年,借阅使后天长成的先天,借阅变如不曾改变,借阅素淡的世故和明白的愚蠢,借阅每一张可预知的脸。图书馆的存在记录着时间,于是所有的图书馆似乎都隐含着一个性质:"神秘,寂静,而书目和书籍,从数量上总是趋向于无限,它的读者或听众则像季节般轮回不已"(《燕京图书馆》)。有时候,永恒是时间的静止和凝固——突然有一天,《时间停在挂钟上》,带走时间的钟摆垂挂着,"犹如一个人体/久久地挂在停止了的时间里",静止的时间像是冰封的深海,人们疯狂找寻希望的缺口,却在被时钟的响声惊醒的深夜,默然瞥见一地绝美的月光。《回忆 1975 年夏天的夜晚》,当一切都已入睡时,总会有人同诗人一样异常兴奋地醒着,仰望繁星密布熠熠燃烧的穹顶,静静地倾听夜色渐渐凝结的声音,光辉灿烂的星空把夜赠予世界,在这沉睡的夜晚,我——一片空幻无言的剪影,在夜之盛典中充当着神秘之王,那一刻,天空只为那一个"我"而张灯结彩。有时候,超越了死亡,也就超越了时间,也就达到了永恒——《腓力二世之子亚历山大,临终前夜的断想》让灵魂在脱离肉体的时刻,完成了对肉体生命的超越。死亡,是时间的一次醉酒,失重的灵魂吹散在风中。死亡是万物存在的《原则》,他有着永远旺盛的精力去追逐着每一个人,时间也不能给予人和树木以不朽,只有在"但丁设计的环形火焰/使有幸的灵魂向上飘升,/离开白天和夜晚,摆脱引力和界限,/沿着一部旋转的楼梯/上升,朝着模糊的高处/最终达到明净和恐惧"。像但丁这样已经成为过去的作者,如灰尘般淹没在时间里,他们风格各异的著作像墓碑一样沉默着。名声,只属于他们活着的时候,死后便不再享用。可以说,"他们的光荣是一种他们时间之外的光荣"。这种光荣是超越死亡,超越时间的,成为永恒的载体。甚或永恒通过对时间的拒绝得以完成——《度过一天多么容易》，细数分秒与时间并肩散步，不如置身在时间的角落，品味时间。看晴天的满树花开，或雨天的一片涟漪，看阳光席卷城市，看微风划过指尖，入夜电台里播放的情歌，沿着路灯铺开的影子，都是时间不经意留下的字句，留给人朗读多遍；期许《一个人的桃花源》，那里不需要时间的存在，桃花源里没有文明的发展，这种丢了东西的感觉使生活趋向真实，那些昔日的向往，那些别人眼中的活色生香，如今都会索然无味，阡陌交通，鸡犬相闻，在天地间迎风转身，留下一段剪影般的生活方式，是一种被时代剪下的美好。那时，躁动的"新世纪"也不过是个生硬的量词，不具有了实质上的意义所指（《关于"世纪"一词》）。在朱永良的笔下，时间有时候也是交织在一起的线，也是相互包含的圆，一个人与另一个人之前总有着不同的轨迹，但在某一特别的时刻，在某个特别的点上，汇合相交，构成了时间的网，网罗一切被放大了颗粒的空间。在《1970年代初，向海涅学习诅咒》里，诗人与海涅这两个不同世界的人，在课本的内外相遇，从海涅那里诗人学会了诅咒，但不同的是，海涅只诅咒德意志的皇帝，诅咒自己的国家，诅咒该被诅咒的事物，而诗人却盲目地诅咒着西方，诅咒着北方，诅咒着一切与他们信仰不同的地方。直到1977年一个秋日的《事件》，诗人在一本破旧的文学选集里，与哈姆莱特相遇，一段独白穿越时空，在某一事件的节点上与诗人的思想汇合，诗人也因此完成了一场灵魂的洗礼和救赎。

第四节 学者诗：北方冬夜的思索者

如果没有注意到朱永良诗篇中雪意象的位置，他的北方色彩并不厚重，白山黑水的地域色彩并没有为他目前为止的诗篇铺染上足够的轮廓。甚至是在写作哈尔滨这座城市的时候，他的落脚点也往往具有地域的超越性，言在此而意在彼。读书生涯或者说书斋的孤独空间赋予了他思想飞翔的可能，因此，至少到目前为止，把他界定为地域作家是不合适的。如果说非要用一个词语来说的话，学者诗，倒是恰当的。你尽可以想象一个人在北方寒冷的雪夜里，坐拥数架飘香的书籍，借一杯茶思索着时间的问题，"时间曾被视为一条河，/我们看到一代代的人/和草木像水一样流过"（《另一个比喻》），以及"时间也是火，燃烧不息，/它构成了万事万物的炼狱"。也可以想象在美国波士顿的海边，诗人假想"如果'五月花号'/当年的航线偏离向南，/而不是向北/它很可能到达古巴或者委内瑞拉，/从而建立起/另一个说英语的国家。/一阵风改变了历史"（《在波士顿海边》）这样既诡异又有思想深度的问题。从波斯的葡萄感叹时空交错所带来的莫名意味，"伊斯兰纪元八世纪，波斯的葡萄酿造了/让设拉子的哈菲兹沉醉一生的美酒。/在遍布城市噪声的哈尔滨的夜晚，/我的杯中也盛满了宝石红的葡萄酒。/然而，它们又是多么的不同：时间彼岸的波斯，二十世纪末的中国"。

"诗人应该在诗的创造中运用另一种语言，即那种能够唤起情感反应的语言。在诗的创造中，诗人必须把自己对诗的题材的情感反应记录下来，并通过这些记录使读者作出同样的情感反应"，也即是说，"当一个诗人创造一首诗的时候，他创造出的诗句并不单纯是为了告诉人们一件什么事情，而是想用某种特殊的方式去谈论这件事情""诗造成的效果完全超出了其中的字面陈述所造成的效果，因为诗的陈述总是要使被陈述的事实在一种特殊的光辉中呈现出来。"[①] 没有旧式文人的感伤格调，没有工业化城市先锋般的批判，朱永良在诗歌里更愿意在晚云静止于天体透明的琥珀、雪花飘落在隐姓埋名的风景中，和另一个自己多待些时间。生活被雪地反射出美好的色彩，诗意的旋律胜过音符，在不朽的时间、情感、记忆里往来，即使站在原地，也能体悟到更深刻的生活。诗人就这样在诗坛的边缘以自己独特而敏锐的观察力，清新而不造作的笔调，和对审美的高傲的坚守，记录着生活的枝桠，又在这些枝桠中探索

---

① ［美］苏珊·朗格：《艺术问题》，滕守尧译，南京出版社 2006 年版，第 159、160、160—161 页。

时间的奥秘，生命的价值，存在的意义。读他的诗，总会得到一种初雪融化的觉悟和一颗树木苏醒的心。诗人将内心的追求和固执，都融进了那一片片欲说还休的雪花里。他说："当我什么都不干时，/我犹如尘土。"

第十章　读札两则：冯晏诗集《镜像》与包临轩的《高纬度的雪》

第一节　"智性写作"的新景象
——冯晏诗集《镜像》读札

冯晏写诗比较早，出版过一系列诗集，比如《看不见的真》《吉米教育史》《纷繁的秩序》等，一直以探索性的诗歌写作路向为汉语新诗所关注。最近一次看到的诗集，当是商务印书馆的这本《镜像》（2016 年 11 月出版），这颇让人惊讶，同时感到惊喜。作为勤奋写作的诗人，出诗集不奇怪，但在商务印书馆出版诗集，还是有点意思的。感觉中的商务印书馆早就被"汉译世界学术名著"的理论色彩和现代汉语词典之类的语言工具书的经典性所深印着，感性的、个性的、创作型的诗歌书籍的印行，确实在意料之外。但细琢磨，以 20 世纪 90 年代以来冯晏诗篇中理性思辨、语词的哲学考究风格来说，商务印书馆的选择也在情理之中。当阅读完这本诗集，不得不说，其美学风格很"商务"，也是冯晏这几年来新的诗学理念集中展现的成就。

一

《镜像》由四部分组成，不只是诗歌创作的结集。前三部分分别是"五月逆行""渐行渐远的日子"和"内部结构"，为诗歌文本部分。基本上是新世纪尤其是近几年来的新作，是诗人新的创作思想的一次总结性展示。第四部分则是"随笔、诗歌访谈和评论"部分，是诗人诗学思想的自我阐释（《不如偏见——诗歌与时代和创造力的关系》《俄罗斯精神的纵向之缘》），评论家的论述文章，如罗振亚、刘波的《语言和哲思的精神转型——冯晏新世纪诗歌论》，敬文东的《词语紧迫诗绪或一个隐蔽的诗学问题——以冯晏的长诗〈航行百慕大〉为中心》，霍俊明的《安静的"偏见"与知性的"钟摆"——读冯晏近期诗作》，以及冯晏和诗人张曙光"关于诗歌的十个问答"、冯晏和诗歌评论学者陈爱中的诗学对话。

　　相对于一般意义上的个人诗集主要突出诗歌创作来说，《镜像》是一个较为复杂的新诗场，既有个人的诗学言说，亦有新诗宏观格局的交锋；既有诗歌感性经验的铺洒，亦有抽象诗学经验的构图。诗人的诗学思考、评论家的精细阐释和创作与评论的对话交锋互为"镜像"。

　　从具体创作入手，开启一扇能够从一个侧面综合检视当下新诗写作与诗学理论建设状态的窗口，更多地呈现为对话性的诗学构图，以此烛照新世纪新诗发展的某一种诗学理念，映现出汉语新诗创作的一种值得关注的写作路向。

　　一般来说，人类社会从农耕文明迈向现代机械文明的标志，思维流程的合逻辑性和语言的叙述本体化，表现在文学上，则是从抒情文学向叙事文学的转变，小说代替诗歌成为第一文体。这也就意味着在不可避免地告别外在的音乐性之后，以内在丰富性为特点的智性写作是百年来汉语新诗在不停实验的多种写作可能性中最有前途，也最为适合汉语新诗的写作路向。在《镜像》之前，冯晏的诗歌创作有着清晰的历史脉络，也大致遵循着 20 世纪 80 年代以来汉语新诗的美学运行轨迹，智性写作的史学趋向。"如果说早年的冯晏是凭借着女性自身所拥有的灵性在吟咏的话，那么，如今的她却正在深入开掘自己的潜能，试着向一个更加开阔的空间迈步，转向一种智性写作。"① 相较于早期女性诗人流连于性别创伤和性别特

---

① 杨四平：《在新的支点上滑翔——读冯晏的诗集〈看不见的真〉有感》，《诗探索》（作品卷）2006 年第 4 期。

征的展现，冯晏早期的爱情诗就已经展现出强烈的现代性元素、情感表现的节制、诗歌语词意义与日常习惯的间离性，在意象塑造和题材选择上，都表现出超越性别写作主流的大格局，有着强烈的"不和谐音"。在新世纪以来的诗作中，这种智性写作的"不和谐音"愈益强大，并有着更为自足的表现世界。诚然，完善而优卓的"智性写作"很难实现。因为这需要复杂的生活阅历、足够深厚的知识素养，这些是满足智性写作所必需的前提积累，以实现诗歌思想视野的开阔性、层递性和复杂性，语言呈现状态的思辨性，以及词语搭配的陌生化和合理表达意图的创造性。因此，里尔克说，诗是经验，这也就是为什么现代诗人的暮年作品往往是诗人创作最为精彩的部分。总览新世纪以来汉语新诗的创作状态，在某些创作选择上，作品的成熟程度是和年龄成正比的。

20 世纪 40 年代，面对新月诗歌过于浪漫的抒情，穆旦提出要在新诗里实现"新的抒情"，将外溢的抒情格调收敛进语词的冷峻中，试图引领新诗顺应诗歌整体格局的时代变迁。但随后的时代要求让这种综合了现代汉语语言特质和西方诗学传统新诗的前进方向走向穷途，直到 90 年代才重新受到重视，取得长足的进步，收获了不菲的成绩。可以说，"叙事"或者说"叙述"成为 90 年代汉语新诗的写作主流，是有其历史伏笔的，也是汉语新诗内在生命的血脉。依靠丰沛的想象力和语词逻辑叙述样式的新诗文本纷至沓来，在文学趋向叙述的现代大格局中，在诗歌的世界里挤出了汉语新诗的生存空间。诗人杨炼依托玄学想象的汉语语词的诗学重构，以与现代语言变革相逆反的"后锋写作"的姿态对汉语语符空间结构的重新发现，创作出《同心圆》之类的实验性作品。张曙光、臧棣、桑克、西川、翟永明、王家新等，在长长的诗人群里，都或多或少地表现出对智性叙事的偏爱。汉语新诗的智性写作在承接"新的抒情"之后，有所创造性地在新的时代质素和语言环境下蓬勃生长，现代汉语的逐渐成熟也让这种"新的抒情"有超越于穆旦时代诗歌文本的可能——叙事身份的自觉强化，情感凝练之后的思想沉郁，语词的冷峻象征，等等。日常口语也在新的语言格局中有了直抵诗意本质的可能。这些都和汉语新诗的智性写作有关。

二

　　语言对于汉语新诗来说，具有本体意义，这是常识。"一般说来，只有在观念已实际体现于语文的时候，诗才真正成其为诗。"[①]"科学的趋势必须是使其用语稳定，把它们冻结在严格的外延之中；诗人的趋势恰好相反，是破坏性的，他用的词不断地互相修饰，从而互相破坏彼此的词典意义。"[②] 这也就有了诗歌语言与日常语言之间的分野，汉语新诗也就不具有承担杜甫的诗歌那样的"诗历史"的责任，而是书写个性化的诗意感念，语词所指也就服从于私人性的表达。"在一首诗中，你对未来词语的预言能力才是真正决定你创造生命持久的秘籍""诗歌词语的强度或者说语言的重量，也是当代诗人在创作技艺中可以体现出的时代所暗示的审美"[③]，坚持在诗歌创作中实现对汉语的重识与发现，这是冯晏诗歌足够先锋，有着饱满创造力的洞见。在深刻理解时代审美需求的基础上，将新鲜而真切的诗意经验赋予失去鲜活生命力的日常语言，以期重拾诗歌引领和重构语言所指的诗歌使命，这是一种有着较高要求的，积极处理当下诗歌与现实世界关系的介入性写作。这也可以说，是在为汉语新诗的智性写作寻找语言层面的突破，以摆脱单纯叙事所带来的表述意图的浅表化。

　　《镜像》里的诗是践行这种诗学思想的。《灰空气》写雾霾下的"灰空气"给人们带来的窒息感，"即使飞来一把青铜剑，视线/依然穿不过空气。灰空气/犹如你身穿一件皮衣，你的呼吸/穿不过动物的毛孔"，这是一种锐利而贴近感受真实性的譬喻，青铜剑的锋利与空气的"空"所带来的认识惯性在这里被雾霾带来的心

---

　　① 黑格尔：《美学》第三卷（下），朱光潜译，商务印书馆1981年版，第63页。

　　② 克林思·布鲁克斯：《悖论语言（1947）》，赵毅衡译，《文艺理论研究》1982年第1期。

　　③ 冯晏：《不如偏见——诗歌与时代和创造力的关系》，《镜像》，商务印书馆2016年版，第166、167—168页。

灵恐惧所颠覆，而对皮衣的厚度和致密性所带来的窒息感的形容，则是将一种充满历史想象的残酷刑罚经验赋予糟糕的现实，以刻骨的负面体验来对工业文明发展的现实境况和人类的生存现实做深入的干预和综合展示，在打碎时空界限的阻隔后，实现诗性经验的综合性表达。《林中路》写秋天树林里的路，遍地肃杀的景象，诗人显然更为怀念春夏季节的生机勃勃，在一个已经形成共识的美学经验面前，诗人却写出了"冷风/让回忆对秋天产生了敌视""破碎的情与物，一片一片/在我周围飘落，直至落空"这样的句子，回忆敌视秋天，从一种感伤到深刻的留恋，再到破碎的情与物的出场，将秋天的寥落与荒凉从外界的物象深印到心灵最深处，这是诗歌结构表达上的立体。她所写作的暴风雪（《暴风雪》）则呈现出多姿多彩的、不同物象之间相互映衬的突兀格调，暴风雪突然而至，像"剧场里的情绪失控"，以人的个性小情绪的转换来彰显与大自然节奏的同理性，从过于冷静的叙述中，用喝了药水的天空所引致的天旋地转，过渡到月亮的吸引力所引起的地球潮汐，来昭示暴风雨的猛烈与突兀，微观的精神状态和宏观的物理样态混融如一，古老的天人合一思想在新的诗歌经验里重新浮现，这都是诗人的独异经验在处理诗歌与自然世界的关系时所赋予语词的丰沛外延，丰富了"暴风雪"作为现有语词的表现生命。在《新圣女公墓》中，"你还是看不清放弃生活，都需要哪些/在这里，气息幽深而神秘/接近精灵。两个字就能给予——无限/逝者如石林，在空间站立，低语/无形无声，犹如宇宙——守护一种踪影"，用充盈着纵向的历史深度和肃穆感，并浸染着诸多死亡思辨意味的大信息量的词汇，诸如无限、宇宙、踪影等，来处理生死之间的关系，死亡的意义就不再局限于墓地的具体景象，而有了超越性的思考，通向彼岸表述，拥有了开阔的视野，诗歌的结构也立体了起来。

　　冯晏熟读过很多书，很博杂，除了较多的西方现代诗人比如米沃什、华莱士·斯蒂文斯、曼德尔斯塔姆、茨维塔耶娃等享誉世界的诗人的作品外，还有着丰富的物理学、天文学、人类学等复杂学科的书籍，同时又有甚为频繁的全球旅行经历，对诗人故居、文本产生的空间环境、所在地域的文化有着深入而透彻的感性经验。这些都使她能够拥有厚重的历史经验，而丰富的生活阅历和旅行经验又为她的诗歌写作提供了更为具体的现实场景，这些都昭示着《镜像》里的作品是一种超越性的写作，超越生活的具象与琐碎，强调语词的准确性，但并不拘泥于细节，超越意象联结的凡俗化，也超越了某种具体理论框架的局限。在写作方法上体现综合而丰富的特点，叙事间杂抒情的相得益彰，辩驳的剖析与直陈的呈现融汇在一首诗的格局里，偶露峥嵘的浪漫主义瑰丽想象，物象之间超现实主义的陌生化系结，等等。或者可以说，现代诗歌的"各种特质在这里形成对照：远古的、神秘的、玄隐的引源与敏锐的智识，简约的言说方式与错杂的言说内容，语言的圆满与内涵的悬疑，精确与荒诞，极为微小的主题范围与最为激烈的风格转换"[1] 等诸种典型特质，大致都可以在《镜像》中寻找到。

三

"要看透一个诗人的灵魂，就必须在他的作品中搜寻那些最常出现的词，这样的词会透露出是什么让他心驰神往。"[2] 也许因为《镜像》里的诗，在词汇的选择上有着物理学、天文学、化学、生物学等众多学科领域的知识背景，甚至是比较专业的术语，甚至有"学人诗"的感觉，能够将这些通常被剥脱情感意义的客观物象以诗的面孔呈现出来，"一名成熟诗人，仅为考验，就有足够的理由投身于近乎自虐的自我教育中，使自己尽可能完成更大范围的能量补充。宇宙、宗教、哲学、科学把真理放进意象里。尽管你的创造力时常处于被思想提醒的受干扰状态，但是，思想和意象的融汇，总有一天会受益于一个更加苛刻的时代：当读者对诗歌语言的重量、创意的神秘性和结构的复杂度等有一种偏执的挑剔时，期待你

---

① ［德］胡戈·弗里德里希：《现代诗歌的结构——19 世纪中期至 20 世纪中期的抒情诗》，李双志译，译林出版社 2010 年版，第 2、31 页。

② 同上。

的创作成果不会暗淡"①。相对于当前的汉语新诗，这种诗学自觉自然是很有意义的开拓性作为，一种预言性的写作，但也会带来阅读的困难。如果没有一定的知识背景，很难把握住她的诗篇的内在意义，这也就决定了她的诗篇是小众的，并且对阅读者的修养有较高的要求。当然，任何一个真正意义上的现代诗人在写作时完全没必要考虑这个，真正先锋意义上的诗歌，现世并没有理想的读者，就连诗人本身也不见得就是诗篇的理想读者，这是由现代先锋诗歌的超验性和预见性所决定的。正如艾略特对现代诗歌的理解，某些诗歌并不具有为基于某种习惯而让读者的阅读愿望得以满足的意义。

"在对一位优秀诗人的整体审美中，我希望能看到他气质中的维特根斯坦式逻辑思维的透彻，以赛亚·伯林的现实感，毕加索式的强烈而有序的意象和视野，迪金森式的对生活的感觉，策兰式的对每一个词语实现饱和与富饶的态度"，这是冯晏对理想诗人的定义，几乎综合了现代哲学系统里最为优秀作家的最为精华的文学贡献。我们姑且不说，理想地实现这种诗观的现实可能性有多大，同时具备这些优秀素质的诗人能否存在，这毕竟需要足够丰富而扎实的阅读积累，还有足够聪颖的诗歌天分，或者说压根儿就不可能实现，但是对前人经验的尊重和吸收，以一种虔诚和谦虚的心态来处理诗歌的历史传统，至少是当下新诗最为需要补足的钙质，这从《镜像》里与诗歌批评者的谦逊交流和对众多强力诗人的尊奉态度，就可以触摸到在伟大而高深莫测的诗歌传统面前，冯晏对与诗有关的事件的虔诚和必要的敬畏感。

《镜像》诗篇的这种写作导向，决定了它只能告别线性叙述，重新塑造应有的诗歌表达惯性。也只能在扭曲日常语言和制造从意象到结构的"不和谐音"来实现写作意图的彰显。《镜像》里的诗很少有平面的单薄叙述，大多是立体的综合性诗歌结构，甚至有时

---

① 冯晏：《不如偏见——诗歌与时代和创造力的关系》，《镜像》，商务印书馆2016年版，第166、167—168页。

候也不得已地呈现出碎片化状态。在《关于穿越的描述》中，在"穿越"的词语串联下，既有穿透事物肤浅表层之后的理性辨析，"面对矛盾，在自己与世界之间"，以宗教信仰式的虔诚安然处理与生俱来的情感波澜，"忧郁和快乐，交替复发"，有如蝴蝶兰一样的忧郁与孤独，又有对现世词语的不信任所带来的迷失感，"要穿越就飞向某一次遗憾，/复原破碎的词，用我的语调"，来重新激发语词与经验的鲜活生机。还包括山水画家面临园林毁坏的无奈与伤感，电子网络化世界带来的"向真实告别"的虚拟生存，以及在现世类型化生存的迷惑中，对思想个性化丧失的隐忧，"迷茫如落叶，被迷茫覆盖是思想衰弱吗"。可以说，在六十余行的篇幅中，借用穿越的时髦之词，却能够超越其世俗意义的表层，实现综合的、多视角的对当下人类生存经验的诗意思索。《五月的逆行》则将这种立体的诗歌格局所带来的语言张力同干预现实的写法相结合，在有限的篇幅里将五月发生的看似无关的事情都有机地融汇在一起。从星象师预测到"五大行星罕见同时逆行"这样一个富有启发性的预言开始，将母亲的叮嘱与疾病、车胎的突然爆裂、埃及空难、加拿大大火，以及朋友飞机行李的延迟、诗人张曙光的赠书，甚至是引起大众关注的雷洋案，都并置出现在诗歌里，大量的意象群落和事件猝然而至，拥挤而有序。五月里发生的这些遥远的、切近的、宏大的、细微的、多种悲剧性的、破坏性的大小事件，都在诗人的想象中得以呈现，以广博而突兀奇异的思维链条来重新诠释事物之间的联系，重构时间、空间、虚构与现实之间的诗意格局，诗篇布局紧张而讲求平衡，情感抒发适度。在《航行百慕大》①中，用"船尾奔跑，一只白狐吸光了空气"来形容游船高速前进，船尾拖拽出的蓬勃浪花，以及速度带来的眩晕感，这显然是超验的，但又真切到有过航行经验的人都可以触摸、感悟得到。诸多在

---

① 《航行百慕大》是冯晏近几年来的代表性作品，引起了诗歌批评界的注意，笔者写过短文对之做细读，见《词语的风车——读冯晏〈航行百慕大〉》(《作家》2015年第11期)，诗歌批评家敬文东亦有着较为详细而深入的分析，见《镜像》里的第四部分。这里就不多作分析。

日常语言里看似不相干的意象，经过诗意经验的处理，则有着亲密的关系。这几年来，随着经济的发展，绿皮火车逐步退出运营，并成为几代人集体怀念青春、留恋美好记忆的符号。相对于对时光易逝的感伤，《绿皮火车》里的比喻是丰盈而立体的，"绿皮火车，你登上去就意味着／一段历史还持续着，或者／一段旧情感，在铁轨下／想用拐杖站立起来，或暴露着"，将对历史情感的记忆活泛成现实的触感，重新审视其需用拐杖才能支撑的残缺处，以及以暴露的态度直视在情感面前曾经自我迷醉的虚伪性。这些诗篇强调语言的实验性质，诗歌自身的自足性让语词重新获得新的意义。

就以上的点滴分析来看，《镜像》的出版应该是新世纪以来汉语新诗写作中比较值得关注的诗集。诗歌文本的探索性和实验性，诗歌作者对汉语新诗中智性写作的重新赋意，对综合性诗歌写作理念的重新诠释，对汉语新诗的写作和阅读都有着启示意义。

第二节　假寐中的城市想象
——包临轩《高纬度的雪》阅读札记①

当清晨的第一缕阳光旁逸横斜，"枕边，一枝闪耀的金菊破梦而出"（《铁骑草原》），思绪悄然间便长成横冲直撞伸向城市的触角，顽皮地触碰瓦蓝的冰，沐浴清白的雪，"凉丝丝的触觉／如景泰蓝惊艳的肌肤"（《雪后》），"巨大镜片"下的自我映照有着普适而绝美的动静皆宜的倒影。当摇曳生姿的紫丁香被倒春寒煞了风景，"像小学时代的早霞／落在街头"（《守护》），畏缩的江鸥蜷缩在索菲亚的穹顶，广场上的鸽子战栗成冰丝织锦，单纯的黑白线条便足以素描一场冷色系的梦，这城市的假寐有着别样的"风花雪月"，有着多维立体空间的暗流涌动，也有着自命不凡般高贵的冷静。

"一枚燃烧着的红色宝石"（《雪：2013》）跳荡进眼帘的同时

---

① 文中所引诗篇皆来自包临轩的诗集《高纬度的雪》，作家出版社2014年版。

必然点着心火，精巧绝伦的想象带来的实在是摄人心魄的惊喜，大开大合的比喻背后透出的大胆与豪爽是城市气质的承袭，冷峻的诗篇一经翻开便有着海下冰山般耐人长久寻味的魔力。一支妙笔绘丹青，意态由来画不成，可诗人凭借自身的深厚功力不时用笔下的诗行尝试着对这谶语进行反扑。在他笔下，纷纷而下的绵密的雪是初春女子猜不透的小心思，积攒一冬的情爱还未及开口，便成了车窗上流下的"泪水"，甜言蜜语早已是明日黄花。静夜中的高速路，一枚弯月是古书里少女清冷的一瞥，不足一秒的心动胜过数剂强心针的高威。视角转向郊外的风景，"夕阳/正从远处碉堡一样的楼群里/挣脱出来/像得以放风的某位女囚"（《郊外的风景》），层层禁锢中的片刻安闲竟透出洋洋暖意，纵使终归逃脱不了被扣锁的命运，院落里雪白的梨花赶趟似的一瞬间为她开遍，北方大地的气度就在这怒放中尊荣尽显。在梨花织就的天罗地网间迷路，忽有"渐起的风/扯一道越来越宽大的幕布/像绝望女子/在呜咽"（《迷路》），求而不得的阴风怒号反而是释放的良药，这城市体验着撕心裂肺的震颤，也包容着狂风让人筋脉生疼的无理取闹。无论是欲语泪先流的有着无尽绵密小心思的"初春女子"，还是盈盈眉眼被冷却的"古书里的少女"，是暮色夕阳里暂得片刻自由的"女囚"，抑或是其声呜咽如泣如诉的"绝望女子"，美人情结软软糯糯地黏在冷峻的诗句背后，远取譬的但求神似在这里被运用得淋漓尽致，丰沛的想象如同决堤的春水，让惊涛拍岸，卷起千堆雪的勾勒在遥远的北方也有了被实现的可能，由来画不成的意态竟在此一挥而就。想来，难以被排除的是这样一种可能性，出于特殊地域环境的影响，诗人笔下拥有着美人之思的静物静景难免放射出出人意料的冰冷。跳出"美人蹙眉"的清冷包围圈，当"绵延无尽的巨大镜片/正渐渐支离破碎"（《冰排》），一江春水打破昔日的冷漠梦境，开始有了绿波微漾的清醒，喃喃自语中，"说清明的降水/不过是一道宽宽的幕帘/上面缀满着雪花与雨滴的图案"（《清明》），轻轻拨开，眼前便是万紫千红一片春，就在这一掀一放之间，便隐隐有了扑面而来的花香，"丁香/像小学时代的早霞"（《守护》），见证着时光的成长。当"云朵/如长者的一头白发"（《公路边上的树》），老去的岁月漂染上"早霞"紫红色的斑驳，童年的丁香也渐渐晋升为这座城市的幸运花，从此一年一度的生日礼物便再无须绞尽脑汁，多年的陪伴让这宁静的城市也沾染上余味悠长的体香。近取譬的但求形似也在这里找到了遥相呼应的模板，独具特色的比喻有着让人瞬间心领神会的魔力，如同打开一个巨大的缺口，让人大着胆子，由此完成一场悄无声息的沉潜，进而凭借着千人千面的思绪试图展开多重意义上对诗歌的合围。是对诗歌内容的智取还是对诗歌形式的械斗，答案也许正如变数 X 的不可捉摸一样，蕴藏着无限探索与常读常新的可能。我想，于诗人充满感性喻思而又不失理性冷峻的诗行来说，这样的比方远非过誉。

当暴雨之夜的城市骨架像危崖撞响奔雷，形销骨立的歇斯底里有着令人震颤的巨大轰鸣（《暴雨之夜》），"从巴黎伸出来的地铁快线/像即将收紧的绞索"（《黄墙补丁》），来路不明的逼仄感仰仗着现代化的强大背景，"地铁里，日光灯拉起白亮刺眼的长河"（《钥匙》），无端的溺水恐惧让呼吸渐渐开始有了不畅的征兆。当"天地间/传来越来越密集的咳嗽声/就像散乱的子弹"（《雾霾》），城市中人有着不幸被流弹刮擦的危机感与隐隐担忧，因着那如海绵般有着无穷吸纳净化能力的小小湖面竟微缩为"一个随时会被都市巨足踩翻的盆景"（《湖心》），身不由己的无力感"像悸动着的不安/藏在水边的草丛之中"（《湖心》）。在无限压迫中，竟迸发出一声满含悖谬的呐喊："海啸，你早点爆发吧"（《彻底的蓝》），明目张胆地对铺满地球的"五颜六色的钢铁甲虫"发起不羁的挑衅，让误入其中的"嗜血者"从此有着挣脱憋闷的欲望，"喘着浊气的怪物"对世界一视同仁地发起总攻，身陷罗网的"我"虽自身难保却还大发慈悲地摇下车窗为这小生灵寻求着出逃的路径（《车阵与蚊子》），"我今葬花人笑痴，他年葬侬知是谁"的心酸预设，憋闷成在城市钢铁夹壁中的艰难呼吸，"生活在都市之中的身不由己/渴望安静而不得的重归浮躁"（《窗前》），伴随着心跳起伏的节律，有了一种渴望逃离的悸动，也在自我宽慰中心心念念着自由的道白。自由是天赐的礼物还是长途跋涉的自我寻找，城市故事的番外篇总是蕴含着令人无限期待的可能。"自由，也是蓝色的/你不能一把抓住它/握在手心"（《蓝色》），当冷冰冰的现实像滑沙从手中一闪而过，令人胆寒的余感是说不清道不明的隐痛。向往的生活是"就像一把渐渐哑火的枪械/撤离了战场"（《湖心》），从此熙攘的人群是荧幕上的西洋画，田园里的故事情节"就像一部老时光黑白电影"（《田园》），有着车水马龙的城市中从未有过的新奇，在这里，"一串小清新的句子/竟发出了/清脆的鸟鸣"（《海滨度假》），心中怀一片春天，便满眼满耳充斥着清丽婉转的莺歌燕语。可一旦想象的大幕闭合，"十步之外/俗世万千欲望如群狼环伺"（《湖心》），被觊觎的都市人心里满是单纯，像一群只有七秒短暂记忆的鱼儿，依旧活蹦乱跳地沉浸在浮光跃金里以为找到了绮丽的自由，却不料只是一场海市蜃楼，"死亡之网，已经张开"（《鱼儿》），可怜早已沦落温水中的"小天真们"还在做着取暖的美梦。那曾被拆卸的"化为风笛/吹响绿影空音"的竹排（《竹排》），也毫不例外地被选定为一场燃烧的"祭礼"，"我想只有松绑和散开/才能摆脱被驱使的命运"（《竹排》），当竹子的呼吸作为城市的风音被聆听，那曾幽居在山林中的自由也有了被密封的归属，虽然早已是面目全非。当求而不得的自由一次次蜷缩在城市的钢筋铁骨中，被催生的喧嚣让一座城市有了"女大十八变"的脱胎换骨，面对着似是而非的面貌，诗人一声无奈的慨叹意味深长："一直替你守护着这座城市/但是　我守不住什么了/眼见它　一天天/让人认不出来"（《守护》），一丝反主为客的慌乱长长久久地在心口幽居，如鲠在喉的窒息感又一次使诗人深陷包围。

"万籁此俱寂，但余钟磬音"，禅意的生活之于现代化都市的光电声色早已是风干的躯壳，古老的遥想是拼尽全力也触碰不到的空灵，都市的"宠儿"们只能凭借着"一份沿着边缘行走的从容"（《钥匙》），开启诗人笔下精心勾勒的空寂辽远的草原想象，以一份表面顺从的姿态完成着突围的行走，祈祷有一天能走出喧嚣城市光怪陆离的迷阵，一种背离的即视感与灵魂的叛逃，一种渴盼精神自由的"远望当归"模式在诗人的妙笔下雏形初现。梦中回到属于男人的铁骑草原，放任的仰天长啸是在城市中绝无仅有的嘶吼，征袍猎猎的狂奔止步于闹钟的凄厉，草原上的骑士落魄为城市里的游侠，无头无绪的奔忙有着无所适从的委屈与辛酸。

"一枝闪耀的金菊破梦而出"（《铁骑草原》）的时刻，悄然而至的清晨如香喷喷的诱饵，"望见清晨透明的蓝，想起了草原"（《清晨》），梦里的铁马冰河仿佛从未曾远去，在愁情满怀中起身上路，"穿越草原与河流交替的初春"（《外祖母的老屋》），虽已踏上真正的草原却也只是途经借道，一片静寂中的睹物思人，外祖母的老屋是不变的亲情预设。在天高野旷中，欣赏一匹红马静若处子的风姿，草原神骏早已是异族先祖的血统，荡涤血色大地的阵阵嘶鸣是独属于英雄时代的珍奇，唯一的一匹红马业已沦为驯服的象喻（《旷野，一匹红马》）。当草原的铁血风云"只能在浓密的字里行间铺展""狼　只能在 380 页的纸张里奔突""一切化为乌有"（《额仑草原》）时，无比肯定的结论牢不可破，农业民族从未读懂的狼性再不会一遍遍被重温、被打开，几页薄纸的相隔是捅不破的坚固围墙，安逸与自由将人们长久地阻挡在围墙之外，蛰伏在城市之中的、被吸引与被同化的"都市宠儿"，只能干巴巴地解剖草原精神、移植对自由的渴望与向往，被一场场大梦迷了心智后醒来，等待着的只有现实的"酷刑"，一种"我亦飘零久"的漂泊感油然而生，一场现代化战役中的"英雄情结"被琐屑的日常生活无情消解。自由，像哑音的风铃，只能独自忍受风的撩拨，却再不能生出一丝惑诱的招引与共鸣。

逃脱所有想象的禁锢，现实是无字之书般的剧本。脑海中一场场大戏渐次终结，冰雪之身的"少女"，驰骋草原的"英雄"，苦心孤诣寻求的自由，钟爱之物戏剧般地无一不像小美人鱼化成的泡沫，注定了是抓不住的存在。忍痛割爱后带着一份哲思回到现实，寒冷漫长的静止之夜与冰河之下流动的温暖在哈尔滨的冬季双峰并峙，广阔的地域空间正衬着思路的天马行空，时光预设的缝隙冷缩出足够的空间让诗人的思绪在此栖身，户外的阴冷让室内的温暖显得尤为可贵，颇有些心甘情愿囿于一室之中的兴致，也有了流淌在笔下的哲思。"时间，该从哪里开始"，当"日历和日期　早已被手机软件绑定/任意改动/年月日和分分秒秒/可增可减"（《时间》）还有什么会是一成不变的？时间积习难改，如流水般逝去，让平凡人的欢笑与梦想也随波逐流，当上帝体谅地将俗世之人收入囊中，悠闲的白云是十维空间唾手可得的欢乐（《逝去》）。心中的欲望如燃烧的火焰，一颗真心遍体鳞伤，只有远方的大海才能疗伤止痛施以安慰，可漫长的寂寞旅途会否让欲望半路终结化为陆地上渡人的灯塔，却不得而知（《火焰》）。有谁会像一只鹰，天地间的独行客纵使风尘苦旅不被接纳，也仍旧孤傲地飞翔，又有谁能习得这份难得的坦然，从容地"借他人酒杯浇自己块垒"（《鹰》）。这份斗天蔑地的孤傲，像极了"要么侠客，要么贵族/否则/绝不追随"（《剑》）的坦荡，物尽其用人尽其力的高贵归属感同样能在诗人的笔下寻觅踪迹，进而引起一探究竟的强烈共鸣。当"大地，收容了又一场轮回"（《秋分》）的秋分时刻，被凉意催眠的沉思，即将再一次深陷自我反思的怪圈，四季分明的得天独厚催生了思维的种子与哲思的诗情。

想来虽常常处于身在其中而心在外的状态，但城市美景依旧是令诗人着实不能忽视的真切存在，诗中对城市盛景冷静而客观的白描，表面上看似生硬不掺杂情思的背后实则无一不流露出在地之人的小心疼。面对着城市迅疾的成长与蜕变，并存的欣喜与担忧占据了诗人心底的一方天地，无疑也牵动着所有城市中人的心。不可方物的被渴望、傲视群雄的被梦想，让城市在索取与得到的同时也源源不断地在失去，不无遗憾的是这天平的两端是肉眼可见的绝对失衡。当"一座座，离开了他的瞩望/有的，像战舰沉没于时光的底部/有的，掉入水泥森林不断膨胀的巨大阴影之中"（《霁虹桥》），随冰雪消融的风光让人心中有着无限的隐痛，叹惋中的殷切寄语透露出希望的一息尚存，"天边的任何一道彩虹都是可以散去的/霁虹桥，你却不能/你这架设于人心制高点上的彩虹/每一寸钢筋铁骨都在拒绝着云的漂浮/护佑城市魂的意志令你一直翘首"（《霁虹桥》），恒久不变的守候是久经阴雨连绵压抑后一道彩色的安慰。当"上个时代的清纯/留存在针叶林中/理想的夭折/伤痛至今"（《兆麟公园》），隐隐的痛感总是不忘时时提醒人们它的存在，被改写的城市意志有着令人爱恨交加的冲动，也有着让人难以割舍的脉脉温情。

　　没有华丽馥郁的词语修饰，没有结构技巧的刻意炫耀，简洁明朗的诗句有着与城市气质遥相呼应的冰肌雪骨般的澄澈，随处可见的大开大合的想象迸射出令人耳目一新的惊喜与北地诗人特有的大气豪爽，也烙印成独属于诗人的诗歌标志，漫漫冬夜精心培育出的哲思又让诗行有着非同一般的冷静与耐人寻味的深刻，想象技法与对城市化的反思与观照一直是诗人笔下的初心不改。无论是对"英雄美人"的浪漫想象还是对自由的向往追寻，也无论是对喧嚣生活的背离反叛还是对骑士生活的念念不忘，当纸页合上时，一切终归只是假寐中的遥想，梦醒后，当城市以爱之名被痛吻时，痛定之后会否有长歌当哭的回报，也许，当你一次次重返诗人冷峻的诗行时，一切都会迎刃而解。

第十一章　杨勇诗歌印象[*]

　　作为卓有成绩的青年诗人，杨勇写诗是比较早的，并在黑龙江省绥芬河这样一个边缘性的地域获得了新诗写作中心的关注。"诗歌于我，只是我无限地接近没有诗意生活的助推器，是我无限接近世俗生活的力量。尽管实际上，它起到了相反的效果，把我一次次一层层地从生活中踢出来。"① 实际上，虽然稍嫌寂寞，但他的诗歌创作和诗歌活动早已自成气候。20 世纪 90 年代和诗人杨拓一起创办的《东北亚》民刊，在创办初期以《东北亚诗报》的名字面世的时候，就刊登了王小妮、翟永明、韩东、宋迪非、阿西等有较大影响力诗人的作品，彰显出阔达的诗歌视野。进入新世纪以来，随着经济的发展，众多民刊蜂拥而出，印刷质量和内容也都有所超越，但《东北亚》的坚持，使它至今仍保持着较强的影响力，和《剃须刀》《诗参考》等创办于黑龙江的诗歌民刊一起，构建着遥远北方的诗歌景致。作为一个诗歌整体，《东北亚》焕发着新的生命，杨勇的诗歌也有所变迁，从 2005 年的《变奏曲》、2012 年的《日日新》，再到近几年来对生活细节的深度探索，产生了诸多值得关注的新质。

---

　　*　哈尔滨师范大学文学院 2016 届研究生包晰莹对本文做出了贡献。
　　①　杨勇：《日日新》，阳光出版社 2011 年版，第 145、149 页。

第一节 回望故乡：羁旅的意义

在 20 世纪 80 年代末之后，汉语新诗的生存境遇发生了很大变化，江湖气息减退，学院氛围愈益浓厚，并在保存和延续汉语新诗传统的同时，具有了自我审视的理性眼光，汉语新诗得以超脱长期以来的非诗化因素，在属于自我的园地里耕耘、收获，以中年写作的从容姿态和叙事性为表现的形式意味成为 90 年代的标志性诗歌术语。在这个新诗整体潮流中，杨勇的诗是具有学院风格的，尤其是其诗行里渗透出的丰厚的知识底蕴，读书人的智性表达风格，以及那些恒久而深远的超越性主题。他的诗习惯于在冷静客观的文字之下包裹来自生活的脉脉温情，而不是做诗意的夸饰张扬。他的一些诗善写读书人与生俱来的孤独情绪与羁旅沧桑，并因之而走入不及物式的写作，这也使得他的诗能够摆脱地域边缘的影响。新世纪以来，对精神原乡的追寻，一直是文学表达的主题。这一方面表现为精神坚守，书写相对固定的精神孕育地，于坚和雷平阳笔下的云南，张曙光、桑克笔下的哈尔滨，等等。另一方面则是离开现实的地域境，以旅途的方式去寻找彼岸的精神故乡，以反衬现实故乡的窘迫，比如海子、胡弦等人的诗，这也符合反工业文明背景下的诗歌潮流。因此说，"车站""火车"等意象成为新世纪新诗中的重要意象，被众多诗人所书写。路也的《火车站》、肖铁的《一个人的车站》都专注于此。从生活方式到诗歌表现，杨勇对旅行本身及其对生命的意义都有独特的理解，既有时代的内容，又有个性化的赋予。在《旅途》里，诗人因旅途的漫长而心生无限感慨，生命的瞬息与理想的遥远，"有什么东西死掉了/前程还很遥远"，一直坚持走在路上，这就是旅途的魅力和意义所在，也有无法解脱的绝望。提及火车，就不得不提到诗人对驿站这一词语的钟爱，在《浮生》中，火车与驿站构筑起整首诗的意象框架，成为诗人笔下独具风格的意象选择，"梦是铁轨/身体是火车/驿站/醒来一站又一站"，旅途永恒，浮生若梦，不安的身体与灵魂即使是在无意识的梦中也重复着行走，呼吸声被同化，有着如火车驶过铁轨般的律动。这种孤独也被浸透到异域物象上，"巴尔的摩街头／雨下雨／／一个神经轻轻地被一笔带过／四十岁／就结尾了／／百年后／寒冷的小说才点燃热烈的人格／／壁炉／却一辈子没亮过"（《埃德加·爱伦·坡》）。忧郁从来都是属于全世界的诗歌，它不会独属于某一个个体，也会跨越千里万里来到中国北方诗人的笔下，带着自身的苍凉，走向他的诗行。在《听杜拉斯讲述〈琴声如诉〉》中，诗人在别人的故事里陷入沉沉的痛苦而无法自拔，诗歌要展现的不是只有娱乐与狂欢才能被公之于众，那些藏在角落里发霉的哀伤也可以被翻出来晒晒太阳。这样我们估计也就更能领会他在《火车站》里所写到的结尾——"靠背的车站黑下来／行李、旅程和子夜／沉入流霜里颤动。／还是没有人接我"的凄凉感。这种感觉甚至已经成为一种地域性的感受，在北京"看见那些钢铁的车，那些波浪／拐向更新潮的广厦／我在那儿没有家"（《北京》）。圆明园则是"瘦硬的山骨／挤着毛发里秋雨和雾气／我的皮肤冰凉"（《圆明园》），《哈尔滨站》《大庆》《绥芬河》，甚至是这些数量众多的诗篇，富有地域性特色的北方城市和车站连绵相遇，诗人双脚的跋涉让地图上的标记变得格外丰富和鲜明，在中国的北方行走出一条优美圆润的弧线，"落日在石油浸泡里烙成一张金色的大饼"，让人在诗人笔下饱饱眼福，重复着咀嚼、消化，营养充足，进而能跟得上极富跳跃性的表述思路。以食物标注地标，让未到之处变得生动可感，并充满追求的欲望，"野蘑菇打着脱胎换骨的小伞／／菜地一夜之间拱出高楼／豪华餐厅烧在花苞里"（《绥芬河》）。从日常生活的审美出发，寻常小物也美得如此可爱迷人。从北方离开，满怀期待地搭乘诗人的列车，黄土遍野的山西让我们看到了俏皮的嘲讽和无比辛辣的想象，"枣子点燃炼狱／黑色之火搭上一列天堂的火车跑／／黄皮肤的黑脸但丁／在那里挖煤"。《山西行》里的火车走的不是寻常路，诗人对神话的解构与重组让旅途在想象和现实之间来回踱步。火车的风雪载途，一段路途无外乎有两个极端的方向，离家与回家永远是天平的两端，如何寻找到平衡，也许是开启一段旅途最大的难度。离家千里便可领略异地风光，年轻的心是向着新鲜的方向生长的，可是一棵枝杈横生的树，缺水的时候还是会不自觉地望向自己的根须，那里孕育着一份长久的期待，这期待足以消解游子的长途沧桑，寂寞荒凉。为此，除了一辆火车，诗人还勾画了一个不在场的母亲，但不在场远非缺席，而是另一种程度的思念，想念母亲就是游子思归乡，在午夜梦回的时候泪水涟涟落在异乡的枕边，"想得家中夜深坐，还应说着远行人"，正是这份不在场构成了符号般的隐喻，故乡在这里成为一种诗意的修辞。在《母亲》中，诗人写道"像一只麻雀，像一片落叶"，"有人走了，我回来。"这一切都是母亲所赐，叽叽喳喳的话儿只想说给母亲听，落叶归根，母亲热切深情的眼光在儿女心中扎下了不可撼动的深根。一次《偶遇》，想到母亲丰富的赐予，"它们腹下的一排鼓胀的乳房叮咚响/引导着更小的花牛仔/它们就从两排绿色山林夹成的幽暗峭崖里跳出来/我刚从那里来/那里的坟墓静极/那里的鲜花缤纷"。坟墓的意象在这里出现，可并没有使人感受到冰冷，因为有了母亲的指引，花牛仔们已从布满坟墓的幽暗峭崖里跳了出来，是母亲护佑它们一次次远离危险与死亡，是母亲的呼唤让它们从迷失中重新归队，如果不贪恋缤纷的鲜花就不会靠近冰冷的坟墓，放弃迷恋，才能走好前方的路，也才能体会母爱的意义。诗人的一篇《幸福》，一语双关，幸福既是母亲的居住之地，是他的家乡，又是和母亲在一起散步的安闲难忘，"我和刚病愈的母亲围着幸福/兜圈子""现在，我陪着母亲走/在微冷的天底下/围着她走/随便地谈着往事/乡关夜幕/又回到了幸福"。回到幸福，在这里又具有双重之意，乡名幸福，游子归乡。陪伴是幸福，母亲在身旁。诗人巧妙地将"幸福"二字运用到诗句之中，读过之后，让人在歆羡诗人文字功底深厚的同时，又体会到了诗人对母亲的爱与深深的依恋，匠心独运。

列车和母亲作为高频词语出现在诗人的诗行之中，通过一个家乡又把它们紧紧相连，写思乡、写亲情的诗歌不可谓不常见，但当杨勇将旅途的孤独与故乡的温情相结合、相对比时，以一种平中见奇的感慨呈现出来，饶是动人，没有过多的修辞，没有过分的夸张，朴实的情感直直地捧到眼前来，像一部真实的纪录片，让看惯了"连续剧"的我们看到了诗歌脱离故事情节之外的另一面。"我们无须夸张故乡的意义，无须对文化的地域性积累过分地固定。我们在不可逆的时间里远行，正在卷入越来越范围广阔的文化融汇，但我们无论走出多么远，故乡也在我们血液里悄悄潜流，直到有一天突然涌上我们的心头，使我们忍不住回头眺望。回望故乡，是每一个人自我辨认的需要，也是远行的证明。"① 母亲不是太阳，不是月亮，不是万能的化身，母亲只是那个在院子里房前屋后来回走的头发花白的人。有了这种情感底色，旅途也没有那么可怖与充满艰辛，几张车票就能和诗人一起体验北国的万种风情。

第二节　古意今释：汉语新诗的一种可能性写作

汉语新诗除了自由性的标签外，很难寻找到更为本质性的特质。因此说，在当代诗歌的写作谱系上，无论是诗歌内容的驳杂性还是语言形式的创新性都呈现出日渐繁荣与庞杂的状态，无论是"翻译体"的域外影响，还是本土资源的重新淘洗，都是探寻汉语新诗写作可能性的积极行为。相比来说，对西方资源的青睐要远大于对传统汉语诗歌资源的重新梳理，多少缺少了些许对古意的归化与探寻，并没有继承卞之琳、废名、徐志摩等人开创的"化古"传统，无论是知识分子写作还是民间口语化的喜好，都相对忽视对传统的再吸收与创造，当然，这其中有一些向传统汉语诗歌"致敬"的作品，比如以杜甫、李白的名义来树立写作旗杆的诗人，但这些有益的探讨也多倾向于对诗歌在语言技巧上的锤炼与翻新，甚至是直接将古语古字放置在诗句中，以形成对话的关系，但还是略显生硬和将就。在诗歌意境的营造上似乎也更加追求陌生化，意象中写古、寻古也许在数量上尚呈现出可观的样态，但历史主义的追求仿佛逃离了诗人的视线，对时下热门话题的关注似乎已经足以满足诗

---

① 韩少功：《灵魂的声音》，吉林人民出版社 1997 年版，第 78 页。

人的写作需求了，为了追求新奇而走向生涩，或者干脆继续沿袭口语化甚至口水化的路子狂奔下去，虽然诗歌的种类、形式和内容不断被丰富、被改写、被创造，但总是觉得缺少了什么。这就是汉语新诗如何在诗学精神而非只在技法上重新处理传统汉语诗歌资源。进入新世纪以来，汉语诗歌的现实证明，这种迷失已经成为诗歌的"阿喀琉斯之踵"，成为汉语新诗写作实现厚积薄发的隐患，需要进行新的有创造性的探索。在这个意义上，我们有必要关注杨勇的写作。他曾在短短的几年之内，集中写作了这样一批具有实验性质的诗歌，提供了诸多质量上乘的文本，以独特的视角和深厚的文学底蕴对古题进行了一系列翻新，不停地在与古人进行着精神上的契合与心灵上的沟通，这种沟通有时候甚至是返回到了古诗写作的现场。可以这样说，如果你只是单纯地读杨勇的这类诗，旁边不放上几本唐诗集注、宋词集注或者在阅读过程中不使用搜索引擎等现代传播检索工具的话，就很难进入他的诗歌境界里去，领会《蜀道难》背后的热爱与赞美，《秋浦歌》背后的深情与难忘，《秋风辞》背后的哀伤与感叹，这些都在杨勇的诗行里展现出世界的广阔与优美；也只有这样厚重的汉语诗歌资源才能够让杨勇的诗超越传统视野中海上的点点冰山，感受到海平面之下的震撼，在河水流速缓慢的同时领会到河底的鹅卵石被冲刷得有多迷人，能够引领读者扎个猛子到河底看一看，触摸那隐匿在表象之下的迷人之美。或者说，诗人向历史借了一个李白，便让他的诗浪漫异常，不谈及爱情的浪漫也不会让人觉得兴味索然，"李白还在抬头/醉酒壶里有新公文/月票不是月光/有末班车/回家也不用那么着急了"（《静夜思》），曾经的思乡只能是借酒浇愁，与明月邀舞，对影成三人，而今，坐上末班车，思念的距离似乎也被忘却，如今的《静夜思》可能吟着、吟着就到了家，日思夜想的人儿在刹那间就会笑颜如花。古今之比，李白之思与如今之思，哪一个更有意味？"唯余情节由黑至白/你猜/什么在由白至黑？"（《秋浦歌》），"白发三千丈"，李白的一份比喻汪洋恣肆，明镜里何处得秋霜怎会不知，不忍承认的只是无端的岁月流逝、年华老去罢了，诗人借李白之镜表达了自己的感叹，可知要理解这份感叹需要跨越千年去看看那时那人的两鬓斑白。诗人也写《蜀道难》，写的却不是道路的艰难险阻，写的是现实世界中的困难重重，重压之下的人们在做着无形的攀登。一首《忆东山》是诗人对李白的致敬，诗人以超常的想象力借助于李白的古典诗意来阐发今天的命运思量，以现代的非诗化语词来对抗抒情写意的古意象。《春风辞》《秋风辞》《青玉案》《如梦令》，这些现代新诗的文字都透着丰沛的古典美，用古典的词牌抒写着现代的诗情，把古典情感的语词品格完美地嫁接到现代的诗情之上，精湛的技术促成了它们的完美融合，跨越千年的优美在诗行里开出充满异香的花。"我写出的文字呈现出的是真实的一个人和真实的处境。古代的诗歌，几乎都是发于内心而喷发的，写的也都是自己，只不过因个人的境界、学识、经历不同才产生区别。这一点和现代文人不同。"① 这种与古人写作心境的契合也是诗人选择将古意投射进自己诗歌写作的重要原因之一吧。

第三节　超越性写作：关注日常的意义和方法

在古希腊故事中，不明真相的痴情种阿波罗对月桂女神的钟爱成全了月桂树，从此由它编织的桂冠和花环便蒙上了一层神圣的色彩，继而被冠以圣物的美名流传至今，每一份荣耀的获得都少不了它的见证。毫无疑问，诗歌的头上一定也是顶着一顶月桂冠的，以诗记史，以诗记英雄，以诗写壮志，以诗诉情怀，以诗表信仰，诗歌似乎成了一条通往神圣与高尚的快捷通道，一种精神礼仪。随着日常生活审美化哲学的深入影响，以及多样化、多姿态美学风格被普遍接受，20 世纪 80 年代中期以来，诗歌也被卷入对生活琐屑的描述之中，寻常小事闯入了诗歌的描写队列，如果不能够赋予诗的意义，或者如新的叙述方式的介入那样重新编排诗歌语言的格局，那么，对日常琐细的描述则是危险的，难免流于世俗。所以说，如

① 杨勇：《日日新》，阳光出版社 2011 年版，第 145、149 页。

能在世俗凡常中发现美，让庸常生活开出花，在举手摘下诗歌头顶的月桂冠的时候被人们发现却不加以指责，也是件十分不容易的事情。应该对杨勇在这方面有意味的写作并形成独立的风格，大加赞赏。杨勇的《日记》表面上是流水账，实际上却挖空心思地将美藏在了最后，用熟悉而又陌生的语词和读者做"捉迷藏"的游戏，在精心的设计中不断提升诗歌的可读性。"什么都没有停下来：一箱瓶子空了酒/夕阳空了山//山空了林/林空了鸟/鸟空了我们/我们空了暮色。"这种类似于"顶针"的语言修辞，链条式的语言结构锁住了一副"暮色下，夕阳里，酒尽人散乱"的画面，画面的意境美和快节奏遮盖住了诗歌开篇时，一系列意象堆叠的拥堵感。他的不少诗篇在看似平实无物的庸常标题之下，埋藏的却是诗人丰富的想象，在《给颈椎》中，诗人围绕颈椎大做文章，这一困扰众多人的新奇的选材让人一震，通过低头、束缚、疲倦等关涉到这类病症的词汇，彰显出干预现实的思想意义，因之有了更为丰沛的象征能量，诗歌以有力的反问开篇："试试能否硬过时世之积弊？当我一低头/你的疲软感就来了。"被颈椎病困扰的诗人不吝惜将这一现实写入诗行之中，与身体进行了一番有深度的挑衅性对话，"现在，秋声沥沥，低头太久的文章，即使耿直脖子去写/也是萎靡的病。你向饭碗、机关、文件和电脑弯曲得太久了/通向中枢的思想和行为，早早惯了例，黑了客，八了股"，从身体的病症走向文化的隐喻，鲜明地彰显出对现实世界的嘲讽。在《11月22日：X光片》中，"众神挖啊挖/挖到最后/满眼都是煤黑//没能挽留的一代/驱逐雪下去盗火"，这里诗人借用西方神话的故事，从曾经黄皮肤的黑脸但丁到盗火的普罗米修斯，描述灵与肉在诗行中的随处交织，以挖掘躲藏在庸常生活背后的丰富隐象，"他们屁股还在椅子上。毛领上的计划脑袋，/从体制上拆不下来。落座后，两手按在政治经济学上，/用那些黑小丑的黑，用那些石头的穷和硬"，X光片透析之处不可谓不深刻，不可谓不透彻。另外，《生活报》是报生活的，《庸》是记梦诗的，从《暴雪夜翻读〈红楼梦〉》中看出大悲悯的感慨："看，白的茫茫大地真干净"，在历史与现实相同一中隐喻区别。《俗可忍》表达了颠覆生活的枯燥与乏味，在死循环中寻找着妙趣横生的意趣所在。这些细致而又深刻的对生活庸常景致的理解，部分应该来源于他喜好摄影的习惯，养就了一双敏锐观察的眼睛，诗人的直觉又让他对待日常生活中的诗意有了更为别致的理解。能够将日常生活入诗而尚能免俗，把生活解剖出美感来，将生活里有着的有如肌肉般紧实的纹理、有着的阻隔人们与它直接接触的厚实筋膜，有着的白森森却坚硬的冰冷之骨，以诗的笔法一点点剖析出来。不沉溺于英雄美人，不写花前月下，就能够摘下诗歌头上爱与美的荣耀月桂冠，也谈菜价，谈感冒，不是琐事不近身的闭关自守。渴望寻访桃园，但也学会接受柴米油盐酱醋茶，从来不缺少美，俯拾皆是诗意的灵动："白月亮也从刀劈的峭崖羞羞地落下""然后——然后啊／看她有女初长的十八变／天天的清鲜／我为她醉了一回又一回"（《喀纳斯》）。亦不缺少清新的比喻："蒙蒙绿柳下／藏着一丛迎春花／／恋恋不舍的／黄衣小女孩／向黑暗里张望。"（《清明小记》）从小女孩到少女是成长的到来，从少女到老妇是走向衰亡与沉睡，祭奠岁月的同时又在歌咏新生。在日常生活的零碎中进行超越性写作，杨勇的诗是有优秀的质地的。

随着"70后"诗人诗歌创作日趋成熟，并且以高昂的姿态走上舞台，对于诗歌的解读似乎又有了新的入口和方式，他们思维的灵动与意趣的活跃赋予诗歌以新的动力。从杨勇的诗行中，我们不仅能看到疾驰的列车、慈祥的母亲、不断被注入的古意与对西方资源的借鉴、对生活场景纪录片式的拍摄与呈现，我们还能看到他不断探索新诗形式的努力与开辟新的诗歌路径的辛苦。他的诗歌里不时出现的副标题让人印象深刻，除去一些赠诗的交代外，他还常把富有哲理的短句加入此行列中来，如"存在不断碰撞着黑暗与虚无""万物周流，却不流动，又不曾消逝""虚幻的历史真相，全还原于假象的现实"，提纲挈领，当头一棒，在让人感悟到诗歌强烈的震撼力的同时随即陷入思考，这其中透析出的佛家、道家关于存在的思考，贯穿的对人类爱情、亲情、死亡、存在等永恒命题的个体化思索，都让杨勇的诗呈现出超越性的、综合性的写作样态。

因此，如果渴望只读一遍就能完全读懂杨勇的诗，可以说是件富有难度的事，但这么说并不意味着他的诗生涩难懂，枯燥乏味，而是因为包孕着众多的解读空间，所以显得幽微而深入。

在诗歌的结构与形式上，他也做着不懈的尝试与探索，有着超越当前新诗写作的成绩。《词语解释》借用词典的行文方式呈现出诗歌写作的另一种可能，以丰富的想象将词语的诗意做了非词典的阐释："死亡：像一条暗河，一座渡桥，一把钢钻"，使用互不关联的比喻在另一个层面上以新鲜而陌生的方式重新诠释了死亡的多样存在，"大梦"则映现出无法摆脱的绝望，"在乌有之乡醒来，毫不羞愧，思索、走路、生长和腐烂"。解释词语的本义是为了让人更容易理解词语，在这里，却走向反途，把词语更加复杂化，以张力性的语言赋予诗歌以更多的可资诠释的空间。诗有别于字典的方面就在这里，字典是以理性解感性，而诗是以感性映照感性，如日月同辉，亦如四下铺散开来的藤蔓，疏朗之处，牵一发而动全身。《五行诗》将意象以短句形式排列组合，并把固有的顺序打乱，如同放映一张张投影，让人们在脑海中寻找系结关系，组织画面，完成读解的拼图，介入诗歌文本的创作中，从而享受从文本外介入写作的快感，更好地享受诗歌。阅读方式的不同会使得每个人脑海中有着不同的画面组合方式，不断使诗行的排列组合趋于最优化，一首短诗可以被读成无数首小诗。《乾坤卦》的跳跃性想象让人看不透这卦象背后的真相，诗人用洋洋洒洒的诗行卜出的卦相究竟该做何解，不断挑战着读者的阅读经验，增加了诗歌表现的难度和深度。在《拜访者》中，诗人和平行时空中的另一个自己对话，以虚幻的视角展示着现实生活中的场景，精神自我与物质自我两相比照，"一个人独居/另一个拜访者就会慢慢走来/黑暗的身形让阳光也措手不及"，这种现代哲学常用的反思方式增加了诗歌表现的思辨性和话题深度。对杨勇诗歌对传统汉诗资源的化用成绩，还应注意到其修辞层面的实验。比如以反讽和解构的方式实现古今的对话，他的《过故人庄》，题目来自孟浩然的同题诗，"故人具鸡黍，邀我至田家。绿树村边合，青山郭外斜。开轩面场圃，把酒话桑麻。待到重阳日，还来就菊花。"在表述方式上则是对后者的解构，"铁牛都是硬骨头，没肉，在稻谷旁／现代化得旁若无人。酒倒是有酒，一桶桶柴油／我们午餐，一碗米饭，外加慷慨的化肥／／不说桑麻，不说鸡黍，电视机播种的菊花／早在重阳节前就锄光了。又上来一盘走私的狗肉／出自羊身上，村长叼住个新村庄，卧在采矿的青山下。"生物的牛与现代的机器，酒、鸡黍和菊花也都没有了田园的闲适意味，而来自羊身上的狗，则将虚伪与虚饰的故人世界展现出了另一副糟糕的面孔。《静夜思》对读者潜意识期待视野的消解，《蜀道难》借用古代的意境对现代"煤渣和乌鸦"生活的反讽和宣泄，《游子吟》对现代话语的细节琐碎的叙述，《如梦令：流感》《青玉案》《二人转》等运用古词、古意象对现代汉语语序、寓意的穿插和消解、凸显，都为汉语新诗传统与现代的系结提供了可资借鉴的思路。

第三编

第十二章　我们都是现代诗的拓荒者

——对话桑克[*]

陈爱中：请您谈谈您诗歌创作的历程，比如何时开始写诗，今后大致的写作计划，诗歌对您现实生活的影响，等等。

桑克：写作一直是我的兴趣，对我来说，写诗是其中比较主要的内容。生命在延续，那么写诗也随之延续。

我的写作生涯是从 1980 年开始的，开始写诗的时候，当时只有 13 岁，主要采用古典诗体。那时我读了不少诗，其中包括韩愈的《早春呈水部张十八员外》。初春某日，我在上学路上，看到田野远处绿茸茸的，兴奋中就跑了去，跑近一看，只有土壤，而绿色仍在远处。回家后，翻到韩愈的这首《早春》，发现我看到的景象都在他的诗里，"草色遥看近却无"。我猛然明白，原来诗里写的都是身边的东西。我为这个发现而欣喜若狂。我忽然觉得诗歌离我很近，我也是可以尝试的。我开始系统阅读，范围涉及古典文学、现代文学和外国文学。这固然与我的个人兴趣有关，但更与我三哥

　＊ 桑克，男，原名李树权，1967 年出生于黑龙江省密山市。自印诗集有《午夜的雪》等。父亲所受的教育是私塾，他从事过许多职业，如织布匠、矿工、军人、菜农等。母亲虽然是家庭妇女，却出身于世代书香门第，她给了桑克最初的关于诗歌的教育。1985 年考入北京师范大学，1989 年毕业。其诗歌作品在国内外多种报刊上发表，曾经获1993 年第一届台湾新陆小诗奖、1997 年度刘丽安诗歌奖、2000 年天问诗歌奖、2002 年《草原》文学奖、2003 年人民文学诗歌奖等奖项。著有诗集《午夜的雪》《无法标题》《泪水》《诗十五首》《滑冰者》《海岬上的缆车》《桑克诗歌》等，译诗集有《菲利普·拉金诗选》《学术涂鸦》《谢谢你，雾》《第一册沃罗涅什笔记》等。作品被译为英、法、西、日、希、斯、孟、波等多种文字。

李树吉对我进行的早期文学教育有关。我就模仿三哥的诗集《尝试集》的名字，也找了个本子，写上"尝试"二字，开始了我的诗歌生涯。第一首诗就是模仿这首《早春》。后来我才知道三哥诗集的名字来自胡适。关于我三哥，我在不少随笔、访谈中说过，这里再做一些介绍：他生于1953年，1969年初中毕业（俗称"小六九"），在兵团当过拖拉机手。他从1977年左右开始担任语文教员，直到今天，后从东北师大中文系毕业，在文史方面具有较高造诣。他经常为我借书，讲解。

　　大学生活是我一生的转折点，有太多刻骨铭心的记忆。我说过我那时的诗歌特点："第三个阶段（指大学时期）是系统学习，是在各种影响中寻求出口的阶段。这个阶段的主要特征，前期带有意象派的特点，主要是受庞德的影响，句子简约，注重境界的营造；中期受艾略特的影响，杂语，戏剧性成分，开始探索中长篇幅诗歌作品的书写方式；后期找到了属于自己的宁静调子，间接地对乡村的主题做技术性的呼应。这个时期技术全面提高，诗歌意识也臻于成熟，可以说我的很多诗歌观念都是在这个时期形成的。这是我成长中最关键的时期。"当时写诗的人很多，写诗的学生就更多了。在北京，北大、北师大的学生最多；在北师大，中文系的学生最多；在中文系，85级的学生最多。我查了一下北师大五四文学社诗选《走出荒原》（1988）的附录《感悟诗派宣言及诗论》，上面记载，感悟诗派共有10个成员：马朝阳、蓝轲、钟品、桑克、伊沙、徐江、冰马、陈明、范春三、张海峰。其中6个人（蓝轲、钟品、桑克、伊沙、徐江、冰马）是85级的。我又查了一下北师大中文系本科生创作选《膜拜的年龄》（1989），上面记载的85级诗歌作者，除了上面述及的6个人之外，至少还包括黄祖民、老G、杨葵、衡晓帆（侯马）、任卫东、曾杰、祝修虎等人。1986年，太阳风诗社社长唐小林卸职，由我接任。我和同仁们共同创办并出版了第一期《太阳风诗刊》，并多次组织诗歌比赛、诗歌展览和朗诵会，并参加北大、人大、北外等其他高校的诗歌朗诵活动，结识了不少同道中人，1987年因为特殊的际遇而被迫辞职，同年，我打印了个人第一本诗集《午夜的雪》（由同学杨葵编选）。1988年与王珺合作，油印了第二本诗集《无法标题》。那时，写诗的同学经常聚在一起谈诗，读诗，听讲座，看电影，热烈地讨论，甚至激烈地争论，争得耳红脖子粗，甚至掉眼泪的事情都是有的。这些场景往往伴随着烟草的雾气和味道，至今仍旧清晰地萦绕在我的脑海之中。

今后可能会在长诗方面做些工作，此外还有译诗、批评、小说、随笔等方面的工作。写诗，读诗，思考诗，让我的现实生活变得丰富和美丽。谢谢诗。

陈爱中：你的诗歌，沾染着睿智、机巧有时候甚至是"戏谑"的诗风扑面而来，那么，你如何处理诗歌的感性经验和理性思考之间的关系？在浪漫言情的传统诗学理念中，当代汉语诗歌的智性选择能否成为汉语诗歌发展的良途呢？如果是，为什么呢？如果不是，言情的传统汉语诗歌能否复兴呢？

桑克：在我个人的写作实践之中，抒情成分从来没有消逝过，它体现在我的骨子里，而不是表面上。我曾经以"最后一个浪漫主义者"自诩而自我激励。当然"最后一个"，是自我激励的话，并不是事实。我这么说不是自我增加荣誉，而是自我鼓励，自我提示。当我在个人话语空间里说起浪漫主义之时，就不可能是李白的浪漫主义，也不可能是济慈的浪漫主义，而是一种纯粹个人化的浪漫主义。我的价值观是浪漫主义的。我希望浪漫主义生生不息。这个浪漫主义其实就是一种精神，一种价值观。比如虔诚，比如重情重义；比如自律——它本来是古典主义的，却被我借用了；比如奇异——异国情调或者惊人的艺术效果。诸如此类吧。我不会认为它是过时的东西，即使作为风尚它已经落伍，但是落伍未必是坏的。反之，古老的也未必是好的东西。凡事都是要具体而论的。19世纪的浪漫主义是可以批评的，这意味着今天的浪漫主义仍然是可以发展的。

我骨子里是一个古典主义者。这个古典，并非中国传统所谓的时间性的古典，而是一种均衡的精神。我曾想依靠古典艺术的规约来拯救我的浪漫主义。在我处理经验的时候，均衡有时会起到应有的作用。但是需要强调的是，在写诗的过程之中是充满神秘的未知的事情的，这也正是诗歌并非理性专有之地一说的原由。但是理性始终都是一种极为重要的接近神秘核心的方式，这些年诗歌建设之成绩主要体现在这里。从现在的发展程度来看，正如你所说，"智性选择"是一条"良途"——这里值得琢磨的短语是"现在的发展程度"，因为说到底，写诗是一种综合写作才能，单靠任何一方面的才能和努力都是不够的，虽然一首具体的诗可能需要的东西并不多。从作品角度来看，任何一种追求都会出现杰出的作品。我想这种终极的衡量标准可能有助于思考道路问题。

陈爱中：自五四时期表述的媒介从文言转变为现代汉语以来，你觉得汉语诗歌发生了什么质的变化？另外，你觉得目前的现代汉语是不是你理想的诗歌语言？

桑克：现代汉语史，在世界语言史上是年轻一族，当其肇始之际，外语对它的影响就像人与其日光之下的身影始终保持着长盛不衰的互动势头，而相对主动的一方往往是具有严谨的现代语言体系的外语（其历史之悠久给幸运的写作者们提供了较高的起点，也提供了更具难度的挑战，从而推动了诗歌写作不得不向完美的峰顶靠拢）。我们的古典汉语虽然博大精深，但与现代汉语在语言具体推进方式等方面却形同泾渭，彼此较难融汇，而现代汉语缺陷之多（在写作中常令人捉襟见肘）出乎意料，这是我们的实际困难（我们的血缘与身份使我们对母语具有一种难以割舍的感情，所以我们的自我批评是痛定思痛之后的一个关键性的决定），同时也是我们的写作机会。现代汉语诗歌有自己的特点是毋庸置疑的。即使像有些人危言耸听的那样，我们全用"翻译体"写作，我认为它仍旧是不折不扣的汉语的。只要是诗中汉字占主体地位，它就是汉语诗歌，它不会成为别的。如果认为我们接受西方诗歌的影响，就使我们的汉语变成外国语，这可真就奇怪了。我写过这样几句话，提供给你做参考——20世纪初的白话文运动使古典汉语时代终结，开辟了现代汉语时代。它的主要力量来自拉丁语系的语言学说。这注定了现代汉语和拉丁语系的密切关系。这种事实有伤现代汉语的自尊心，竭力掩饰或有意忘却是必然反应。不到百年的现代汉语发展史预示了现代汉语发展的巨大潜力。现代汉语的未完成性正是当下语言学者和写作者的共同处境。从语言学和现代汉语诗歌写作学的角度来说，这一代写作者的命运正是铺路石的命运。过早放弃对拉丁语系建设经验的学习将得不偿失。现代汉语诗歌基本体式尚未建立，现代汉语诗歌尚未出现更多的具有建设性的文本，重复在被曲解的风格外衣遮蔽下仍然是未被认识的写作弊端，等等，这就是现代汉语诗歌的现实。另外，更现实的问题则源于现代汉语短暂的成长历史，迫切需要谋求诗歌进步的有效工具——技术主义（何况技术本身即是艺术中相当独立的部分），否则汉语作为一种具有古老传统的语言将面临滞后甚至是被淘汰的厄运（有人认为操汉语的人口数量之众是优势语言的表现，而我认为一个关于语言进步鉴定的根本方法则在于该语言是否能够充分表达现代社会所产生的绝大多数内容，它的细小标志完全可以落实在词汇量的统计数字上，我以为汉语的词汇量并不是最大的。此外，新、具有活力也是优势语言的特征之一）。在汉语中，大量外来语汇涌入，悄悄地改变着词语、语言习惯甚至是深层语法结构（乃至引起意识、观念的变化）。这在世界各地比较落后的民族语言中并不鲜见（捍卫古老语言的"纯净"几乎就是幻梦的同义语），外来语成分的比例不断增加必将影响或改变这个民族的语言之路。而世界较为普及的语言之一英语（尤其是移民之国美国的英语）中的外来语很快就被认为是它（英语）的重要家庭成员（真正的北美洲大陆原住民印第安人反而成了文化政策扶助的少数民族）。技术主义客观上刺激了写作的进度，它使文学批评有了最基本的规矩，从而对写作发挥了真正的影响力。技术主义的某一部分，即形式实验，本身就意味着冒险。然而，许多已经取得若干成绩的同行却过于爱惜自己的羽毛而不敢冒险，冷眼旁观，基本上采取吸取实验者的经验教训以及比较少见的成果的态度。一种技法问世，使用者如盗版者（在艺术领域中无专利权，即使有"原创"这种东西的存在，但由于鉴定上的难度也使它变得含糊了），无可厚非，说不定，草创者还没有后用者的使用更见效果。即便如此，真正有远大抱负的写作者还是会注重形式实验的，或多或少，或急或缓，因为他们至少了解经常触碰语言雷区的人，才知道语言内部爆炸力的强弱和散逸形态的稠稀；只有伸脚到水里去的人，才知道语言之水的冷暖与深浅。很多人误以为"随便写"／"破坏语法"就是"实验"，错了，实验是有严格的程序的。即使失败也会从细节及反面取得重要的成果。我认为边实验（训练、片断、半成品），边写作（完成品），正是我们这个时代写作者的肖像特征（同时也是我们的悲哀与局限所在。我们的体式得由我们自己去建立，西方当代同行则与我们不同，他们面临着既成的东西——体式完备——这是他们的悲哀所在，振翅高飞而笿框罩身。自负点儿表白则是：在某种程度上我们正是现代诗歌的拓荒者，只不过有东张西望而无从下手的窘状而已。如果我们毕生未建立现代汉语诗歌的基本体式，至少可以为继任者积累文本的经验）。

现在的汉语是我们的语言现实。我们写诗的语言基础就是这个。这就是说，我们现在只有这个东西。不论写什么，我们只能用这个东西，不管它好它坏，不管它有不足还是其他的什么。我并非专治语言史的，不敢随意谈论语言变化。不过，就我的了解来说，现代汉语的发展不断拓展着写诗的表达空间；反之，写诗时语言的破坏性、建设性或者创造性又不断地更新着现代汉语本身。现代汉语诗歌的表达深度是文言诗难以企及的。曾经有一段时间，现代汉语诗歌的表达宽度不及文言诗，但自 20 世纪 90 年代之后，尤其新世纪之后，这方面的改善是比较明显的。而关于美学境界，双方可能已经完全不同了，这其实就是真正的断裂之处，也是它们分别属于两个完全不同的诗歌传统的真正原因。我的写作一直是在探索之中，既受惠于语言现实，又受制于语言现实。与语言搏斗本身就是一种乐趣，既有遵循之美，也有暴烈之魅。现在的语言就是"最好"的，而"理想"的只能在想象之中，成为一种努力靠近的东西。你靠近的时候，它又独自远行了。只要语言不死，理想的语言就会永远在前面引导着你，只不过是以幻象的形式。

陈爱中：就目前来看，当代新诗的创作和阅读多呈现为"沙龙"化或者说圈子化的景象，这究竟是诗歌的应然状态还是以前我们对诗歌的理解存在误读？

桑克：这本来就是一种正常状态，确实如你所说，可能是由于对诗歌生态的误读。从小范围（沙龙或者圈子）的阅读到大范围的阅读，与传播学和经典化有关。这个可以作为一个课题进行研究。而写作却几乎永远都应该是小范围的，或者比小范围更小的个人的。大范围的写作确实值得怀疑和警惕，因为这并不符合写作的实际。

古代诗歌中歌的部分，可能会进入平民生活。但诗不大可能，因为诗是文字，需要识字和理解力。平民大多不识字，而且理解力较低，如果不经过讲读，他们不可能理解诗，比如白居易的诗，传说中连不识字的老太太都能懂，如果现在随便拿一首没有经过讲读的白话诗，我相信很多文科大学生也未必解得。古代知识阶层普遍读诗和写诗，与诗歌取士、风雅的社会风尚有关。今天的诗歌传播情况与那时已有不同，诗歌的政治地位下降，它不再是仕途阶梯；诗歌的社会地位下降，它不再是个人教养的标志，这导致诗歌的读者和作者大量减少。何况还有很多当代诱惑的存在。诗歌在今天变成小范围的文化产品，这是事实，但它的重要性却没有改变。如果没有诗歌，人类将丧失想象力。况且当代的最大问题就是比较看重直接利益，诗歌作为间接利益则被轻易忽视了。一些读者缺少专业诗歌知识，换句更精确的话说是一些读者缺少诗歌修养，这和当代的素质教育有关。一个人没有英文修养，社会评价会降低；但一个人没有诗歌修养，他的社会评价不会有任何损失。这是当代现实。抱怨是没用的，一方面诗人应寄希望于教育部门，另一方面诗人应自己来进行诗歌的教育工作。海子、食指的作品并不是一下子流传的，它们的传播有一个过程。海子生前，非常寂寞，死后作品获得流传，这和诗人们有关，也和传媒、出版部门的介入有关。食指也是寂寞的，他的作品流传也和诗人、传媒、出版部门有关。

诗歌读者究竟达到多少才是理想状态？我觉得这不仅与读者的文学修养有关，也和读者的阅读兴趣有关。至于作者想把诗写给谁，是写作动机问题，与实际的传播状况并无绝对的关系。一首诗，看的人多了或少了，只是一种偶然。如果作者想写给所有人，让所有人喜欢，我想这个想法本身可能不错，但它的确是一种对大众的取悦态度。我不反对别人这么做，但我自己对此是绝对拒绝的。我写作只是个人需要，至于别人是否阅读，这得决定于他个人的阅读选择。为假想中的大众写诗，这是一厢情愿的，而且不足取。

陈爱中：当前一个比较热闹的现象是，许多诗人在从事诗歌创作的同时也担当起了诗歌评论的任务，你就写过诸多影响广泛的诗歌评论文章。这些诗人的评论文章显然不同于简单的创作谈或者读后感，大多是体系谨严、观点锐利的评说。那么，来谈谈这种现象？

桑克：一些诗人在写诗的同时，也从事诗歌批评，其实这是一种十分正常的现象。一个原因是人的嗜好不可能只有一个；另外一个原因是，诗人对写作会有一些更为实际更为贴切的体验；此外，一些诗人受过严格的学术训练，不免要在这个领域驰骋一番。我觉得批评与写诗彼此是可以促进的。这里说的批评当然是真正的自由批评，而不是为了完成论文指标的批评。

陈爱中：你的诗歌里，有很多关于黑龙江和哈尔滨的描写，而且数量可观，那么能否谈谈黑土地文化对诗歌创作的影响？

桑克：谈论不同地域环境的诗歌书写，实为在双胞胎面孔之上寻找细微的差别，如黑痣大小，眼裂圆扁。即使黑痣一模一样，也存留在左在右的问题——这是一个渺小的悲观主义者的乐观引申。这对观察者固然构成挑战，而对于作为当事者的双胞胎，则由此化出人生搏斗的目的：拼命增加不同因素，以达截然不同之境。而其他诸种不同，固然可以在地域之中寻求释疑妙法，但寻诸自身，或许更见真谛。大多自由的书写者更倾向于此，管它什么地域什么国家什么语种，个人就是个人，诗歌就是诗歌，遗世独立，彼此不同，独一无二，差别即一切——伟大的诗歌理想之一莫过如此，而途中宏大的景象却整齐划一而近于恐怖戏剧，这便导致另一个命题：在共同发展基础之上，有必要扩大地域文化的风格差异。

那么暂且在这小小的差别之谷中探险吧。地域参差多变，由此描绘出不同的人文地理以及诗歌传奇。东北位于长城之外，远离政治中心，但因其自然资源之丰富，工业化程度之高，而使其成为国家经济发展的有效工具——多次牺牲之后被弃，而今重拾青睐……这些政治社会文化因素的变迁对诗歌主题、诗歌风格以及书写者的物质精神生活均产生了一些微妙的影响，如寒冷气候之于坚忍，雪花盛景之于想象，辽阔平原之于心胸，圆润丘陵之于均衡……由此亦可以延伸，如书写者的耐性，词汇表的盈缺，表达方式的冷热，布局谋篇的正偏……这已是不折不扣的隐喻，而非真正的事实。事实是玻璃多少带有毛边，而且也非中规中矩。正是这些毛边，让观察者看到一种趋于完美的可能性。常言北人豪爽粗鄙，然而吝啬优雅者亦在少数——这就是所谓的毛边，它将使部分诗歌书写者从主要特征之中逃逸、偏移，从而获得与众不同的个性。更何况一些杰出者早已超越地域的藩篱，成为人类文明的有机成分。

黑龙江与俄国交界3000公里，省会哈尔滨曾为国际都会，其地书写者在受自然条件影响的同时也受到俄国文化的婉转辐射，但奇妙的是，其地优秀书写者所通语种却非俄文，皆以翻译英语诗歌为能，自身书写亦受欧风美雨的沐浴，纯正而高雅，为先锋诗歌之正道，而且勇于介入现实生活，着力强调萨特式知识分子的严肃责任。吉林以电影和汽车而闻名，但其地书写者却以野性难驯而著称，不仅酷似关东客的任侠使气，也合乎萨满教的天然之舞，粗粝而辛辣，拼力谋求生存空间而近于民间的自在任性。辽宁地近京都，先得政治皓月，其地书写者便也沾了几丝正大光明之气，无野性，少先锋，即使异类者，也往往以正大光明面目而出现，规矩而温润，姿态雍容而靠拢传统的庙堂重器。此三地中人，或有相同之处，如远离中心，但不同处却多如过江之鲫，仿佛兴安栎的叶片，初看相似，仔细端详之后，却各有截然不同的道属。

如果有一天，我离开黑龙江，离开哈尔滨，移居其他的地方，那么我写的诗中可能就会出现更多的关于那个地方的描写。这就是实际的原因了。黑龙江是我的生活，哈尔滨是我的生活，我的笔必须书写我的生活。如果有一天我离开这里，它们就将变成我生命旅程的一部分，从而进入我的记忆之中，如同北京之于我的人生。至于"黑土地文化"，则对我没有任何影响，如果有影响，我也将全力抗拒之，因为我非常不喜欢这种没有生命力的文化。我喜欢的文化，正如前面说过的一个词，理想，对，它应该就是一种"理想的文化"，但是这种理想的文化显然包含现有文化之中的某些东西，某些需要仔细甄别、辨析而挑选出来的好东西。挺难的。

陈爱中：你和同城诗人张曙光先生甚为熟悉，请点评一下他的诗歌。

桑克：屈指一算，我和张曙光订交早逾十年。不由得转身照镜，发现鬓已半花，难免暗自唏嘘一番。前日收拾书稿，曾翻出一张旧照，一群友人之中，正当盛年的曙光，头发浓密，神采飞扬。而今除了身材依然消瘦，头发却渐趋稀疏。人生岁月如东流之水，或毁屋摧堤，或翻鱼晾舟，总会改变一些，伤感也是无计可施的慰藉。

其实在订交之前，我已知曙光姓名。那时我沦落京师，不仅生计没有着落，心中文字也无写处。全赖友人帮忙，一来不致饿死，二来也可将部分诗文变成铅字，虽然进项寥落，但足以宽慰彼时的孤独。洛夫先生与业师任洪渊先生是多年好友，知我艰难尚余诗心，便在其主持的《创世纪》刊录我的作品。那期杂志正做一项较有影响的展览。也就是在这次展览之中，我初识曙光的名字以及诗作。他行句自然，气韵婉转，给我留有较深印象，以后每逢文学之士便询问张氏何人。

一番辗转，我独自北上哈尔滨谋生。从此将这异乡认作故乡。新人乍临，满目陌生，不免有些惶然。幸亏发小何凯旋，不仅照顾我的日常生活，而且施与的精神砥砺更让我略减孤愤。我暂住凯旋的狭窄居所，每日闲聊文学以为燃烧时光的木材。我说最近出现一个叫张曙光的川人，其诗甚好。凯旋说，他不是川人，就住在本地呀。后问曙光才知，杂志将他籍贯弄错，以致我有如此误解。此地有凯旋曙光，因而不算文学荒原，我的心渐渐有了一点暖色。

也是机缘巧合，我初到哈尔滨，旧友杨平便跨海而来。凯旋召集本地文学名士与之晤谈，其中就有张曙光。这是我初次见他，凯旋介绍之后，便互相握手。他个子细高，目光内敛，若有所思。我是初来此地，与众人不熟，辅以心事重重，故而沉默无语，坐在一边静听观察。曙光与杨平以及众人晤谈，他稳重有礼，语速时缓时急。他的话彰显出他的文学修养，我一听便知，这是真正的内行。那次晤谈的地点在曙光当时工作的红霞街少年儿童出版社。之后的晚餐是在旁边一间干净的小餐馆吃的，结账实行的是当时比较罕见的 AA 制。我清晰地记得，1992 年盛夏的红霞街，虽然不宽，但绿荫如盖。萧红时代称其为商市街，如今它在我的私人纪事簿上闪耀着淡青色的微光。

之后，我参加曙光及其友人组织的读书会，他在里面主讲文学，而我仍然只是静听。当时彼此见面不多，对曙光的了解也极其有限，只约略知道他在我工作的报社呆过。即使这样，彼此的交往仍然舒缓而得体，这让我泰然安顺。他偶尔来信或者电话，大谈意象派或后现代，而我则向他借录像带《沉默的羔羊》。对电影的共同爱好，使彼此更加亲近。偶尔见面，他显得时而兴奋，时而疲倦，而兴奋往往是因文学的馈赠。1993 年 9 月中旬，他给我打电话，说他即将调回报社，彼此见面的机会将大幅增加。我当天在日记里写道：曙光是个极好相处的人，充满善意。

因在同一间大楼工作，我和曙光便经常见面。不是吃饭喝酒聊天，就是逛书店看电影买东西……彼此频繁而浓烈的交往，已经完全成为我文学生活乃至日常生活不可缺少的一部分。这样的日子细细数来已有整整 11 年，直到 2016 年 9 月他坦然拒绝高位诱惑而离开报社。此前，他去大学传播诗歌福音的打算曾屡屡向我提及，而我对此举极为赞成，也极为羡慕。但我多少有些失落，办公平台上的出入者们再也看不到我们在一起喝咖啡的情景了。虽然彼此见面的机会没有从前那么频密，但电话、E-mail 却一如既往，而且这种交往将一生一世持续下去，永无断绝。这几日，我翻出近四十多册日记，曙光足迹遍地都是，若一一写足，则此文不堪重负。只能自由拣拾杂事若干，或能给关心曙光的读者一点小小的印象。既是印象，就难说完整，但真实性可得完全的保证。

我不敢自谓曙光的知音，但作为挚友则实至名归。他视野开阔，观念上绝不保守，对任何一种新鲜事物都能保持极其敏锐的反应能力。不少外界信息都是他通报我知。乙亥双十，他打来电话，让我猜诺奖得主是谁。我猜不出。他欣然告我是爱尔兰希尼，并大胆预言希尼将对中国诗歌产生方向性的影响。某次，他谈后现代的贴近性和口语的自然性，并认为我与臧棣西渡的学院气息源自于对古典主义的迷恋。他对民刊《偏移》的新鲜感与刺激性大加推崇，说里面一些新词的出现与夸饰等反讽手法值得认真思考。

作为一个理性的知识分子，曙光仍然富于感情变化。他曾对我说，他年轻的时候性格暴烈疾恶如仇。2002 年世界杯足球比赛，他高声赞扬光头裁判科里纳的公正无私，而愤怒谴责比赛中存在的黑哨以及亚洲狭隘的民族性，他连夜和我交换意见，并挥笔撰文痛斥红色海洋。伊拉克萨达姆独裁政权的残暴，更让他义愤填膺，虽然对战争手段我始终持有保留意见，但对他由此表现出的判断力与正义感表示由衷的认同。他经常强调一个诗人要关心时事，这不仅关系到每一个人的生存，也关系到诗歌的品质。据我有限的观察，他在生活中对待某些人或某些事，苛刻占了较大比重，然而他却始终让这苛刻处于理性的控制范围之内。这充分表明他的感情大厦之下是牢固的理性基石。他说有的事情就是要干预，你不干预，这些事情早晚会反噬到你的头上。所以他才会毅然为捍卫民工合法权益而签名声援，才会把对穷苦人士的同情写入诗中。而有时面对日常生活的烦恼，曙光向我表示出绝望的心情。某天下雨，我和他一起去书店。两人并肩缓缓走过霓虹桥，而火车此时轰隆隆地从桥下穿过。他边走边讲述，近来他被俗事所累，并笑着向我建议道，咱们出走吧。我拊掌：善。然而建议终成泡影，我们仍须勇敢地回到复杂的尘世之中。

在曙光心目中，友人占着相当重要的位置。每当他出国或者偶然看见好书，就会给我买上一册。今年他去威尼斯，便特意带回几片庞德和布罗茨基墓侧的树叶送我，使我也能间接领受前辈同行的福泽。他非常坦率。我曾好奇地问他诗中的机智问题，他笑答，这或许和我天性中的刻薄有关系吧。而我则以为，与其把他的机智理解为刻薄，不如理解为一种辛辣的认真。曙光在他主管的报纸副刊上发表朱永良作品遭到上边某人的曲解，因此大为生气，我开解他，他自我解嘲：诗是少数人的艺术。单位福利分房，他为我出谋划策；装修时则提供具体意见。我搬到警校胡同后，曙光也搬到我的西面，上下班经常同行。两家人也互相来往。看着他妻子叫他大光的样子，我就会不由自主地微笑，因为他长得瘦弱并不强壮啊。做了三年街坊之后，他的房子动迁拆掉，原地建起一座跨铁路大桥。每次路过，我都会想起曙光住在这里的日子。

尽管曙光本质上是一个严肃的人，但他也有比较随和的一面，偶尔也开开玩笑，活跃一下气氛。他的爱好十分广泛，书法啊，昆曲啊，京剧啊，巴赫啊，韩国电影啊……他曾用左手给我写了一幅陶渊明的《归园田居》，我很喜欢这些墨字的内敛古拙，特意装裱珍藏。有一阵子，我玩电玩上瘾，便向他大力举荐《三国Ⅳ》。结果他的瘾头比我还大，经常打通宵，夜夜沉迷于一种虚拟的历史快乐之中。他事后向我笑着埋怨：都是你让我玩物丧志啊。他这人也极富生活情趣，满身考究的衣服都是自己逛商场买的。排骨烧得好吃，鸡蛋炒得极嫩，不仅曙光女儿蔷蔷爱吃，我也爱吃。写到这里，我不由得口水直流，什么时候再宰曙光一顿？

曙光心中也埋藏着一些秘密。某日我和他聊天，他说今天写了七八十行的诗，涉及隐秘不能示人，大约死后可以拿出来，或者等不到那个时候就删除了。我问他是否涉及某种敏感的关系？他答是。我再追问，他就否定，只是说这诗的写法类似那首女作家的访问，但比之略显粗糙。我也不好意思再问。曙光的坚决或固执，我是比较了解的。某次晚宴，阿成对我和曙光说，在报社这种单位工作要特别警惕某种思维的渗透。曙光点头同意。我对曙光说，我们是不可能改变的。不管干什么，都会保持写作的存在方式。曙光说，只要还在阅读就可以。曙光极为重视交流，读书会缩小规模后仍然持续了几年，后来因为这样或那样的原因而被迫中断。我和曙光经常谈论，怎么办一册比较理想的诗歌刊物，但每次都因环境差异而中止，我们彼此戏称这是"马歇尔计划"。这种情况直到《剃须刀》创办，才有了根本改善。

其实大师并不只存在于历史灰黄的册页之中，他就生活在我身边这座寒冷的边城。能够发现一个大师，并与之如此频密的交往，这是我的一种幸运。我很愿意把这些告诉某个人，但现在只能简单地写在这里，并作为一种简陋而真实的原始记录保存下去。

第十三章　认知新诗的一种方法

——对话张曙光[*]

陈爱中：起步于 80 年代，90 年代至今是诗歌创作的收获期，成为一个诗歌时代的象征符号。那么，诗歌对你来说，意味着什么？

张曙光：我不太清楚"收获期"的具体所指。如果是指创作出对个人来说比较重要的作品，那么我的好些作品都是在 80 年代写出的，只是当时没有得到更多的认可。在 90 年代——确切地说是在 90 年代末——我的创作才真正受到重视。我被认为是 90 年代诗人，我想或多或少有这方面的原因，另外的原因可能是我的创作倾向更接近 90 年代诗歌吧。

至于诗歌对我来说意味着什么，我想应该是我生活中的一个很重要的部分，但不是全部。过去可能认为诗歌是全部，但现在不这样想了，生活本身更为重要。当然诗歌也决不会是饭后茶余的消遣，而是代表了我的内在生活，代表了我对周围现实的一种看法和反应。诗歌是和世界的一种对话，当然这对话的态度会不时发生变化，有时是喜悦的，有时是愤怒的，就像和情人一样，有甜蜜也有争吵。

---

[*] 张曙光，男，1956 年生。教授、诗人、学者、翻译家，毕业于黑龙江大学。1980 年开始发表诗歌、小说及随笔。诗歌作品见于国内外文学杂志，如《人民文学》《诗刊》《上海文学》《北京文学》等及海外中文杂志《今天》《倾向》等，以及各种经典的诗歌选本，有诗集《小丑的花格外衣》《午后的降雪》，译诗集有《切·米沃什诗选》、但丁《神曲》（三部）等，作品被译成英、西、德、日、荷等多种语言。1990 年获上海文学诗歌奖，1996 年获刘丽安诗歌奖，2000 年获《诗林》杂志天问奖一等奖，2008 年获第三届"诗歌与人"诗人奖，等等。

陈爱中：是的，评论总是滞后于创作。这么说来，你的写作带有预言性。从 80 年代到 90 年代，汉语新诗的命运发生了较大的变化，你怎么看待 80 年代新诗所呈现出的无论创作还是阅读的"狂欢"景象？

张曙光：80 年代诗歌的确造成了一种声势，是其他年代诗歌所不及的。这也是当时历史的必然。当时正处于所谓思想解放的阶段，经过十年"文化大革命"，社会风气趋于开放和自由，可以说是几十年来最好的时代。这种狂欢正好是社会生活的具体体现。但这种狂欢带有某种盲目性和泥沙俱下的特点。"狂欢"这个词用得既合适又不合适，从表面上看，当时的诗歌运动——姑且这么说吧——确实带有狂欢的特点，但怎么说呢，这种狂欢与巴赫金所说的狂欢，以及拉伯雷在写《巨人传》时所体现出的狂欢还是有很大差距的，带有人为的色彩和虚张声势，在对历史的反思和审美上也有很大欠缺。记得有人在回忆 80 年代诗歌时写道，后来读了金斯伯格的诗，惊讶地发现金是老莽汉，而他们是小莽汉。但天知道这里面有多大的差异。当然，也可能这种狂欢还没有发展成熟，也没有机会发展成熟，因为随后的"广场事件"把这种狂欢引向了政治，并使之过早地终结。

陈爱中：记得你在写于 20 世纪末的《90 年代诗歌及我的诗学立场》中谈道："谈论 90 年代诗歌也许还为时过早，至少不合时宜。因为一个时期的创作——它的美学特征，它的成功与不足，往往要在若干年后经过时间的检验才会清晰地显现出自身的轮廓，这大概也就是人们所说的'尘埃落定'吧。"时间过去了十数年，你觉得对于 90 年代诗歌，到了轮廓渐显、尘埃落定的时候了么？如果从诗歌史的角度，它贡献了什么？

张曙光：90 年代诗歌无疑是很重要的，我想最为突出的一点就是使诗歌真正赢得了自身的独立品质，使诗歌走上了正常的轨道。但这并不等于解决了所有问题，恰恰相反，反而使更多问题凸显出来了。这些问题可能更为本质，比如诗到底是什么？我们这个时代需要怎样的诗歌？或我们怎样反映今天的现实？以及汉语诗歌的独立品质如何获取？等等。诗不是一成不变的，它受到现实的影响并对现实做出回应。比如同样是强调个性或个人声音，19世纪浪漫主义诗歌是用个性化来反对一体化，用自然来反对工业化，但那时自然还没有完全受到破坏，而现在雾霾满天，再写夜莺玫瑰就如同神话。如果这些问题得到足够的重视和解决，那么对诗歌的成长会起到一定的推进作用。

陈爱中：能谈谈新诗的"独立品质"吗？除了写作上的自由独立外，新诗的文本自身有哪些体现呢？你是如何处理诗歌与时代的关系的？

张曙光：这种独立品质指的是汉语诗歌与国外诗歌的差异性，主要是就审美而言的。如果说前些年诗人们在诗歌建设上所做的努力，用民间派人士的话讲是与国外诗歌接轨，是求同，那么现在要做的则是同中求异，即追求一种独立的品格，也就是根据自身文化的特点和审美，找到自身的特质。这应该是由文化和语言所发生的。谈到诗歌与时代的关系，我想，好的作品注定与时代息息相关。任何作品都是时代的产物，不管它是写实的还是相反，都不可避免地带有这个时代所赋予的一切，带有时代深深的烙印。有些作品想摆脱这个时代，当然可以，但这就像你想跳起来离开地球一样，在这一刻你与地球贴得更紧了。但在写作上体现出与时代关系的写法有两类：一是像萨特那样主张介入——这一点他与他的前辈雨果有些接近——直接反映或干涉时代生活；二是像卡夫卡那样，用一种荒诞的、超现实的方法反映人类在这个时代的生存状态。我更倾向于后者。

陈爱中：辩论或者说论争始终伴随着新诗的成长，甚至在很长一段时间里是离开文本现实自成体系地展开的，由于诗歌的独特呈现方式，理性的辩论推演往往是无力的，多呈现为虚套的概念推演，怎么看待这种现象？

张曙光：纵观整个文学史，当然也包括西方的，文学的发展总是伴随着论争。这些论争无非革新的或保守的，有时也包括革新者内部的。我个人不喜欢论争，但清楚这种论争有时是必要的和难免的，论争会使双方更加明确自己的立场，也会澄清一些基本问题。但中国的情况比较特殊，往往是无知者无畏，争论的问题与美学乃至文学无关，甚至连最基本的概念和常识都搞不清楚。最简单的例子，当年朦胧诗的反对者们说，朦胧诗是令人气闷的朦胧，今天我们看朦胧诗一点也不朦胧。还有民间派人士攻击知识分子写作，竟然把知识分子与官方混为一谈，他们不清楚知识分子是一个独立的阶层，强调知识分子写作尽管有这样或那样的问题，但强调的恰好是知识分子的独立意识和社会责任感。同样，把借鉴西方看成是洋奴，联系当年对义和团的一些议论，我们就会发现一点新的创意也没有。再如看不懂会成为新诗的一个罪状，至少是被攻击的一个重要口实，但似乎在三四十年代，这样的论争就有过了，在朦胧诗时又有过，这些本已明确了的问题在90年代又重新出现，这本身就说明了问题。正是因为缺乏常识或置常识于不顾，有些本来不该出现的问题却不断出现，形成了一种恶性循环，使得争论的档次很低，有时近乎泼妇骂街，这样显然是不利于诗歌发展的。说实话，我对国内诗坛的论争几乎从不关心，在我看来，这无非浪费时间和生命而已。说到虚套的概念推演，倒多少显得高级些，尽管仍然与诗无涉。

陈爱中：从诗歌鉴别上说，现代汉语诗歌多体现为语言内部的张力，外部的韵律、平仄等声音上的尺度并不明显。尽管也在不断尝试新诗的格律，但似乎并没有取得共识性的成就。那么，您怎么看待这个"现代性"体现？为汉语诗歌的呈现状态带来什么样的新质？以思想和智慧取胜，是不是现代汉语新诗的必然走向？

张曙光：从闻一多时起就对新诗的格律进行过尝试，后来是林庚，60年代卞之琳、何其芳又重新提起，但都没有效果。这也许就像帝制一样，一旦从中摆脱出来，就没有人愿意恢复了。其实诗歌本不必依赖格律，代之的是语感。我读韵律性的东西唤不起感觉，能不能接受凭语感的。过去余叔岩谈京剧，说外行是喊，内行是唱，最高的境界是说。京剧讲的是唱，他却说应该像说话一样自然。诗也一样，现代经验的承载使得诗不再是吟唱，或者娓娓而谈更适合袒露内心。这可能是现代性的一个应用吧。至于"以思想和智慧取胜，是不是现代汉语新诗的必然走向"，我想思想和智慧应该为现代诗增加了新的维度，如果没有这些，创新恐怕就无从下手，但不应也不必成为诗的全部。诗歌的本质最终还是抒情，这一点不应忘记。不过浪漫主义的情感泛滥也应该警惕，很容易形成不好的风气，同样现在很多诗——包括一些年轻人的诗——从形式和技法上没什么毛病，但内容苍白，这也是弊端。当然，我本人也不喜欢智性过强的诗。

陈爱中：这里谈到用"语感"一词来表达新诗的语言特点，也有人用"语吻"这一词汇来表达现代诗的这种特点，这种提法很有意味，但往往语焉不详。

张曙光：我的诗歌就被一些人赞扬具有语感，总的说来是一种言说方式，不再是吟唱，而是说话。吟唱表达的内容，喊叫表达的内容，与说话表达的内容应该是不一样的，有些东西可以说出来，却不能喊出来，喊出来的只是口号，说出来的具有一种更接近生活的状态。我——还有一些人也说过——读诗的时候，没有语感的诗读不下去，这是真实的。举国外的例子，里尔克作品里说话的方式与别人的不同，还有拉金和弗罗斯特。这就是语感吧。

陈爱中：请评价一下 90 年代以来汉语新诗的创作者和阅读者的状态？形成二者之间紧张状态的原因是什么？或者说，假如认为存在相对和谐的二者关系的话，那么，现在看来创作者和阅读者之间各自缺失什么？

张曙光：一方面诗人要按诗的规律进行创作，即要把诗写成诗，不是古典诗而是现代诗，而且要写出心目中最好的诗。而读者显然对新诗的规则并不了解——而且也不想真正了解，这就是问题所在——他们还是用读旧体诗的方式和思维来看待现代诗，这就加大了二者间的差距。这不能怪诗人，在一定程度上也不能完全怪读者。读者的文学修养毕竟是社会造成的，这个社会的流行体系本身就排斥深刻的东西。诗人只能按自己心目中的诗歌样式进行创作，当然要适当考虑写作策略，但不必为了读者而俯身屈就。而读者如果缺乏对严肃问题的探求精神，缺少对生活与生存状态的追问，也必定不会对诗歌感兴趣。可能有人会提到汪、席之类的诗歌有众多的读者，但他们的东西离真正的诗还有一定的距离，就像贝多芬、肖邦和卡拉 OK 的区别。有人说，为什么诗人不能写些普通读者都读得懂的东西？我想这根本没有意义。对诗没有兴趣的人，你再怎么写他们也不会懂。

陈爱中：是的，时代的因素让大众对诗歌产生了距离。这种阅读距离的产生是否有诗人诗学修养的因素？诗歌本身就是贵族的小众化的，您怎么看待这个观点？

张曙光：诗歌是小众化的，这是对的。谈贵族本身也是一种奢侈，在中国就像是在谈论恐龙。没有文化不要紧，甚至也不可耻，但以没有文化为荣或作为炫耀就可怕了。中国当前恐怕就是这个样子。在 80 年代以前，人们对文化还有一种普遍的尊重，现在只尊重金钱，除了金钱再没有什么可看重的了。记得当年俄国的民粹派为农民争利益，到农村去鼓动农民觉醒，结果被农民绑起来送交官府。这是悲剧也是笑话。谁的错呢？我想既不是民粹派的错，甚至也不是农民的错，而是时代的错。我们塑造时代并同时被时代所塑造。所以后来发生了十月革命也就是理所当然了。太务实的人不会写诗，也不会喜欢诗歌。中国人就是太务实了，而且这实一点也不实，可能更为虚幻。也许这就是诗歌的宿命吧。

陈爱中：至今为止，新诗在现代汉语的孕育和成长过程中，是否理想地实现了诗歌引领语言的使命和要求?

张曙光:我认为可以说基本上实现了,尽管做得还不够,但考虑到各方面的具体因素,总的来说还是令人满意的。我们可以反过来想这个问题,如果没有诗歌,今天的语言会发展到怎样的阶段呢?把大陆的文学语言与台湾的比较一下,情况会更加明显。台湾的文学语言过于陈腐,文言和成语的运用使语言丧失了准确和活力。比较一下当前诗歌和小说在语言上的差距,情况就会更加明显。再举个例子,小说中语言较好的作家如苏童余华们最初都写过诗。广告、新闻中最常用的字句最初也都是诗的语言,当然现在是死了的诗歌语言。

陈爱中:原创性经验是诗歌语言的生命。但现在众多的诗人开始远离诗歌,从事小说、散文等其他文体的创作,新诗批评领域也逐渐成为评论界的冷门,诸多80年代以新诗评论起家的评论者也将评论对象转向了小说。是不是诗歌的原创性经验不再给予诗人和评论家们成就感?

张曙光:这个说不太清楚。也许是小说较之诗歌关注的人群相对多些的原因吧。

陈爱中:你是诗人和诗歌评论家,作为大学教授,又是做文学教育的工作,怎么看待高校的新诗教育?

张曙光:高校的新诗教育可以说是一塌糊涂,这样说并不准确,因为说一塌糊涂还是在做,只是不好而已,现在的情况几乎是一片荒芜。从小学到高中,教育重视旧体诗,但对新诗的教育却等于空白。在大学里只是有个别老师凭着个人兴趣开了些诗歌课,但诗歌实际上却被排除在教育体系之外。而功利主义思想使得学生理所当然地认为诗歌没用。当然,中国教育的问题决不限于这些,人文精神的匮乏和功利主义与拜金主义的盛行已经使教育回天乏术。

陈爱中：如果想在大学里做新诗教育的普及性努力，您是否有建设性的指导？

张曙光：没有。我想重要的是培养起学生对诗歌的真正兴趣。但在目前的环境下这不太可能做到，有些像堂吉诃德向风车的挑战，除了多数的嘲笑外，可能还会残留几个同情者。

陈爱中：怎么看待哈尔滨这座城市以及黑龙江地域文化对诗歌写作的影响？80 年代以来，哈尔滨是新诗创作的重镇，你如何评价一下居住在哈尔滨的诗人们的创作。

张曙光：如果谈到城市的影响，应该是当年城市的残余风貌所带来的，现在这个城市的优势已不复存在。我去过国内很多城市，但从没有像我们这座城市这样不重视文化，却还在妄自尊大，也许是抱着当年的文化所滋生出的一种自大心理吧。哈尔滨人都有这个问题，一直认为自己的城市很漂亮，什么小莫斯科或小巴黎。你去过巴黎，能比吗？如果说当年还约略有些影子在，这么说也算不上吹牛，但现在还抱有这种心态，就真的是有病了。我想主要是领导者的问题，也有文化上的因素。东北粗放惯了，把没有文化作为一种炫耀，久而久之把没文化当成了一种文化。地域的影响还是有的，但是内在的。说这里是新诗的重镇，一般说来是如此，但只是靠几个人支撑着，而且后继乏人。这里的几个优秀诗人在创作上各有特点，但也都面临突破问题，当然，这个说法也同样适用于外地诗人。

陈爱中：从上世纪末到这个城市读书，到现在，十多年过去了，我一直喜欢这个城市。但有时候发现，自己喜欢的哈尔滨，更多的往往是那个由教堂、犹太文化、中央大街、俄式西餐等有限的词汇构成的想象中的哈尔滨。如何看待诗歌中的哈尔滨意象？也是重构的成分多吗？

张曙光：我们的情况差不多。我来这里读书的时间比你要早些，还赶上了旧哈尔滨最后的风貌。我们都是在喜欢记忆中的哈尔滨，而记忆本身就是一种无意识的重构。我写过一组关于哈尔滨的诗，力图把城市与我个人的生活结合起来。我也尽力要表现一个当年真实的哈尔滨，但可能仍然是重构。

第十四章 边地的诗意徜徉

——对话李琦[*]

陈爱中：从 80 年代成名，一路写作，一路收获，怎么看待时代变迁和你诗歌的关系？在这个过程中，诗歌理念有过什么样的变化？

李琦：在我看来，我所处的时代其实没有什么太大的变迁。不过在现时段，尤其是新媒体时代的来临，比起 80 年代 90 年代，确实更为进步、多元、丰富，也更为包容了。我和那些我所热爱的古今中外的大诗人有一点相同，那就是都没有生活在一个让人钟情的时代。当然，一个人不可能与他所生活的时代毫无关联。时代是洪流，个人写作是浪花。浪花不能离开洪流，但这个联系有时可以是隐性的。时代是一个宏大的、波浪起伏的、有时会被标签化的大概念，而我自己的诗歌是气息微小的、个人化的。我的诗歌理念说来

　　* 李琦，女，汉族，诗人，现任黑龙江文学院院长，专业作家，文学创作一级。1956 年出生于黑龙江哈尔滨。1979 年毕业于哈尔滨师范大学中文系。1974 年后历任哈尔滨第八中学教师，哈尔滨体育学院中文讲师，《北方文学》杂志编辑、副主编。黑龙江作家协会主席团成员。70 年代开始发表作品，1985 年加入中国作家协会。著有诗集《帆·桅杆》《芬芳的六月》《最初的天空》《莫愁》《天籁》《守在你梦的边缘》等，以及散文集《从前的布拉吉》。《李琦近作选》获 2010 年鲁迅文学奖。组诗《无名的河流》获黑龙江省 1984—1985 年文艺创作大奖，组诗《天籁》获黑龙江省 1986—1987 年文艺创作大奖，诗集《天籁》获黑龙江省第二届文艺创作大奖、第二届东北文学奖大奖，《守在你梦的边缘》获东北三省第三届文学奖一等奖。2004 年，获中国第一届"茶花杯"艾青诗歌奖。《李琦近作选》的颁奖词为：李琦的诗简单、朴实、稳重、凝练，有不动声色的情感力量。她在一种灵动的日常书写里，隐藏着一种通透的生命哲学，也浸透着一种内在的知性情感和洞察世界的温润力量。

倒是一以贯之。因为有青少年时代经历过"文化大革命"的记忆，我对"时代"的概念，保有警惕并有所疏离。无论时代怎样变化，我所钟情的都是那些恒久动人的事物。善与美，自由与爱，看上去遥远却一直是召唤我前行的真理之灯和阔达澄明的人生境界。

如果说有所改变，那就是，虽然对人生仍有诸多困惑，但是随着阅历的增加，写作与思考的区域可能变大了。除了个人世界而外，关注的扇面也变大了。其实，无论大时代还是小时代，我都越来越忠于那些来自心底的感受。比之关注所谓"时代洪流"，我更关注自己的精神探索。我觉得诗人的写作，应该是对人类生存困境与命运忧患的表达。所以，诗人的笔下，呈现的应该是生活的本质，是永恒的事物。当然，这其中也包括那些并不如人意的、有时让人啼笑皆非的现实生活。我可以用我自己的两句诗歌，来回答关于时代与我诗歌的关系——"在盛产大师的时代，我选择做一个小小的诗人"。

陈爱中：家庭亲情是你诗歌驻足的重点，在长期关注于男女平等、个人自由的汉语新诗中，显然是小众化的。那么，是什么使你选择了这种写作方式？

李琦：我觉得人们抬眼向世界望去的时候，有时也该收拢目光，打量一下身边。我愿意用自己的笔，记录下与我有亲密关联的事物，记录下这些身心逗留较多的地方。2004 年，我祖母去世，她是我生命中很重要的一个人。她在这世上活了一百多年，像一本丰富迷人的书。她是我的亲人，也是教会我做人的老师。在对祖母一生的回溯和追忆中，我深有触动。在社会的森林里，属于家族的这棵树，却往往被我们的"高瞻远瞩"所忽视。我开始写作一些成组的、表面上看是写"亲情"的诗歌。我写了对我一生影响最大的祖母，写了一生奔走、风烛残年时仍渴望能出去"散步"的祖父；写了沉默寡言、但求无过的父亲；写了越老越呈现出病态心理、有些神经过敏的母亲；写了举止优雅、心怀忧伤、经历了太多伤痛、损害的姑妈；连我自己都没想到，这并非有意设计的"亲情"书写，带给了我细密的思考和许多难过。我常常因为伤心而停顿。无论是温情、美好还是痛楚，一些逝去的往事，一些结痂的伤疤，都让我切身体会到了：那种市面上常见的心灵鸡汤的亲情文字，是多么轻飘、表面甚至虚伪！呈现在我面前的这棵家族之树，虽然是以其顽强的生命力生长着，但是，岁月的风霜里，它已经是那般伤痕累累。有些枝条和叶片，已在不经意中残缺或者飘零了。一叶知秋。在我的这些被命运挤压得、有着各种变形的亲人身上，我看到了时代、一场场政治风暴和意识形态给一个普通家族留下的伤痕和印记；我看到了生命里难以承受却必须承受的那份重；我看到了"亲情"这块旧布里包裹的命运的诡秘和人性的幽微。

以"家事"为题目的组诗写作，对我来说，是很丰盛的精神收获。我体会到了写作诚意的重要，扩大、丰富了我对世界的感受，这对我自己是一种挖掘和完整。沿着"亲情"这条看上去寻常平淡的小路，看到的，有时甚至是陡峭的风景；寻找到的，可能是探索人生与人性的路径。就像我在《母亲老了以后》一诗中所写的那样：那一日，你突审一样/问我对你最真实的想法/我竟无语/真的，母亲/对于你，对于浩荡的养育之恩/就像我对这个国家的感情/深厚，复杂，无法一言以蔽之。

陈爱中：您如何看待 80 年代以来的新诗命运？"边缘化""回归诗歌自身"等，这些说法是否能揭示新诗的真实？

李琦：诗歌经历了 80 年代那种激动人心的岁月，从大潮翻滚到波浪平稳，逐渐变得趋于小众和边缘，这是事实。诗人从来就不是社会生活的主角，尤其是在今天这样一个热闹太多的时代。我觉得新诗至少是在回归诗歌自身的路上。毫无疑问，诗歌与那些为大众接受的流行文化不是一回事。诗人对人类精神处境的探索，诗歌精神的高蹈与锋芒，决定了诗人的边缘化。我认为边缘化是正常的。同时，边缘也不是对诗人的负面评价。比起各种"中国好××"，这恰恰凸显了诗歌精神的高贵和不同流俗。边缘其实是一个特殊的位置，是可以随时起身前行的地方。身处边缘，更容易警醒和自觉，为保持独立精神，为自省和探索，甚至提供了更大的天地和更多的可能。具体到我个人，我现在都不愿轻易和人谈论诗歌。因为诗歌对于我确实重要而宝贵，和我的生命已经融为一体。对于我，没有诗歌的生活有点难以想象。

陈爱中：你的诗呈现出了另一个哈尔滨，甚至是另一种黑土文化，你怎样看待地域文化对诗歌的影响？

李琦：女诗人路也说，我是一个"哈尔滨主义者"。的确，我有一种哈尔滨情结。世界这么大，可只有哈尔滨是我命里的城市。我家几辈人在此出生（我父亲也是在哈尔滨出生的）、长大、读书、工作，和这座城市一起经历荣辱悲欢。这里，有我祖父祖母的坟墓，有和我生命相关的生活细节和最熟悉的氛围，有深入骨髓的回忆，有美好、温情，也有疼痛、忧伤。曾经是华洋杂处的哈尔滨，受外来文化的影响，是一座与中国大多数城市面貌不同、有异国风情的边城。她大气、包容，长期的文化融合和文化积淀，让她形成了独特的风土人情和文化形态，具有一种动人的气韵。正是这一切养育滋润了我。这是我人之初的开蒙之地。我的思维方式，于不知不觉中，接受了这块土地所赋予的特点。比如，我和这个城市的许多人一样，深受俄罗斯文学与艺术的熏陶。少年时代，我读的第一本诗集是普希金的《欧根·奥涅金》。而后，我开始喜欢白银时代的俄罗斯诗人，并从灵魂上跟从了他们的引领。

至于我诗歌中的哈尔滨，已经不是这个拆了老房子，毁了樱桃园、江水浑浊、与许多城市越来越趋同、已面目皆非的城市。我诗中的哈尔滨正在逐渐成为一种精神代指，是我梦中的家园，是我的精神故乡。我在写作时，能一次次从文字中闻到它从前江水的气息，满城丁香的气息，雪后初晴的气息。这种书写是怀念、追忆，也是一种祭奠。我是通过写作，一次次抵达那个回忆和遥想中的家乡的。我想在我的诗歌中，把那个宁静美好、消逝了的哈尔滨，一笔一笔地写回来。

陈爱中：你的诗歌善于描画"边塞"风景，除了生长于斯的东北，还用理想化的笔墨书写大西北、大西南。

李琦：我对偏远之地有种特殊感应，我喜欢这样的地方。我所生活的东北黑龙江从地理意义上，比一个小国家都大。边塞之地所独具的苍茫辽远，与我性格中那种不爱热闹，喜欢独处安静的元素契合，与我的审美趣味契合。此生能在东北生活，有一个如此天高地远的背景，我视此为上苍的眷顾。

在我生命的版图中，有三个地域很重要：东北、山东、西北。

东北是我生于斯长于斯的乡土。我能成为一个诗人，是这块土地的恩赐。黑土地的寥廓苍劲、飘飞的大雪、清冽与寒冷，是我诗歌中出现较多的意象，也是我生活与写作的根基所在。

说到山东，那是祖父的故乡。我祖父是山东人，他少小离家，一生走南闯北，足迹到过俄罗斯。最后落脚哈尔滨。在这里成为较早的市民。最后，带着他的山东口音，安息在哈尔滨郊外的墓地。祖父一直到生命的尽头，都一再强调：山东是根，别忘了，咱们是山东人。

至于西北，对我来说，是精神上的另一个东北。二十多年前，我还很年轻，与丈夫在河西走廊旅行。在整个旅程中，我产生了一种强烈的归属感。冥冥之中，就像有一种感应。有文字为证——我的长诗《死羽》就是那次旅行后完成的。站在茫茫戈壁上，一种乡愁油然而生。我觉得我与这里是那么契合，这就像是我前世的故乡啊。三十年后，我在一个长辈家看到家谱。第一次知道，我们这支李姓人，祖籍就是陇西。我想起三十年前的那种感觉，再一次相信了命运。我与大西北，原来有缘在先。我遥远的祖先，在陇西繁衍，有名有姓。而后一代代历经战乱或家变，迁徙流离，四散开来。到了祖父这一辈，已经是山东人了。祖父又一路向北，最后落叶东北，到了我们这一辈，又是东北人了。

西北，东北，都是边远之地。都有边地特有的那种开阔苍凉与静寂。或许真有基因的作用，在诗歌写作中，我从来都选择远离热闹，不愿被收拢或裹胁在各种名号之下。在诗坛上，我是溜边的黄花鱼。

至于大西南，那是我心仪之地。那里的高山峻岭与河流，有一种吸引我的神秘和深邃。那里也是边地。我书写这些"边塞"之时，好像总能获得一种特殊的能量。别人眼里的边塞，与我则是有血肉联系的地方。我还真不知道该怎样准确评价这种倾向，只能说，是命中注定。

陈爱中：众多的评论家都注意到你诗作中诗意的真纯，这种表达自然依靠精确的词汇。诗意的徜徉多姿和语言符号表情达意的局限性，这几乎是所有的诗人都要面对的矛盾，你是如何处理的？

李琦：写作几十年，逐渐明白的道理之一，就是所有可以用来探讨和实验的技术，都不是最重要的。关于技巧，只要踏实地学习，不太笨的人慢慢都能逐渐领会。而诗意的徜徉多姿和语言符号的表情达意，其实，靠的是成熟诗人的一种精神自觉。一个诗人，要有天生的语言敏感，也需要语言驾驭上的摸索与积累。但是最重要的是一个诗人的自我修行，诗人的整体质量提升了，就会获得一种扫除的能力。遮蔽在心灵与智慧上的诸多灰尘就会逐渐散去，有些问题就自然化解了。

我个人喜欢朴素的表达方式。华丽或者铺张，会阻碍我的表达。我愿意选择那些看上去平常安静的词语，但要让它有自己的气息和味道。我不喜欢言不由衷、矫饰的、浮夸的、装神弄鬼的、故作高深的语言，我觉得那是内力空虚，为我所轻看。

当然，我至今也还没有达到自己希望的那个境界，仍然在琢磨、探索、历练之中。我相信，如果你真有诗人的天赋，又肯老实、诚恳地面对出现的问题，用自己的眼睛去发现，而后用自己的语言去表达，终究，会获得诗神的加持。

陈爱中：90 年代以来，诗人多涉足诗歌评论，出现了许多诗歌评论家。如何看待这种现象？

李琦：一个人对自己应该有清醒的认识，有多大能耐干多大事情。我是一个能力有限又不够勤奋的人，能在此生好好做个诗人，已经够我努力的了。我没有再涉足诗歌评论的热情和能力。至于一些零星的诗歌评论，或者是有感而发，信笔一写，或者是应人邀约，难以推脱。我看到有一些诗人具备理论功底，或者说具备理论功底的人，也有写诗的天分。这很正常，但我以为不具有普遍意义。别人愿意怎样就怎样吧，至于我，如果我是酱油，我不想醋的事情。

第十五章　夜空下闪烁的忧郁月光

——对话冯晏[*]

陈爱中：从一些回忆性文字中得知，你十几岁就开始写诗了，这是比较早的，哪些事件或事情对你的成长有影响？

冯晏："文化大革命"对我的影响很大，当时，家庭出身不好，祖父是地主兼资本家，父母亲又都是学工科的知识分子，支援大西北时，分别从天津和北京调动工作到包头。生活在包头的一个知识分子聚集的大院里。在那个特殊的年代里，这些条件使我从小学到中学受到许多歧视，几乎每天都有令人抑郁的事情发生。九岁时，母亲和父亲因划清界限而离婚，母亲远行，工作调回到哈尔滨我的外婆身边，与我一别六年（当时我随父亲、祖父母留在包头，我是在冶金部派设的包头冶金设计大院里长大的），1979年，我母亲把我的户口办到了哈尔滨，离开了父亲，父亲又因调动工作而全家搬到了武汉。这些对我个人的性格成长都有很大的影响，忧郁，内向，喜欢独立思考，不相信任何人，并养成了一切依靠自己的习惯。我是在祖父母的严格教育下长大的，祖父以前做药材生意，是

---

[*] 冯晏，当代诗人。80年代开始诗歌写作。作品被收入《诗歌百年大典》、美国《中国当代诗选》等国内外数十种诗歌选集里，被列入朱栋霖等主编的《中国现代文学史》中。出版诗集《冯晏抒情诗选》《原野的秘密》《看不见的真》《冯晏诗歌》《纷繁的秩序》《吉米教育史》《内部结构》等多部。先后获《十月》诗歌奖（2007），第二届"长江文艺·完美（中国）文学奖"（2009）、首届苏曼殊诗歌奖（2010）、汉语诗歌双年十佳诗人奖（2012）等，诗歌作品被翻译为英语、日语、俄语、瑞典语等多种语言文字。先后被邀请在哈佛大学燕京图书馆、华盛顿作家协会、瑞典作家翻译中心、中国人民大学、南开大学、北京师范大学等多所大学进行交流访问、演讲、朗诵。

个成功的商人，并且精通四书五经，古典诗学，在我成长上倾注了全部精力，希望我能继承他的智慧。据说，我四岁之前在祖父的教育下能背诵的古诗以及认识的汉字数量远远超出同龄的孩子。6岁到9岁期间，几乎每天都要练习书法。我的写作其实是从给远方的母亲写信开始的。母亲离开的前几年，我几乎每周都给她写信。具体到诗歌创作，是从19岁开始的。我当时发现，写作是我能找到的抒发压抑情绪的一种最佳方法，写诗伊始，创作数量就特别大。不过，当时特别渴望在刊物上获得发表。

22岁时，几乎所有时间都用在读书和写作上，并陆续在各大刊物发表诗歌作品。读书使我对文学的理解更为深入，记得有一本爱不释手的书是《萨特研究》。80年代初，西方思想刚刚被引入我国，一个文友向我介绍了这本书，一接触到萨特的思想我就陷入其中，从中找到了许多共鸣。接着又读他的传记，他的存在主义哲学引导我开始对生命的内部现象感兴趣，并知道人的存在价值是个人微妙的感受而不是社会上的空洞概念。我写诗应该说是从研究自己的感觉开始的。从这本书我进入了西方哲学和文学经典的阅读时期，叔本华、尼采、克尔凯郭尔、别尔嘉耶夫、巴赫金、卡夫卡、加缪、库特、冯尼格、陀思妥耶夫斯基等，当时都是我喜欢的作家。我读书相对广博，也涉猎西方的文学理论、美术理论，包括各种宗教书籍。当时还特别喜欢一位女评论家叫苏珊·朗格的，她写的《情感与形式》那本书。从那时开始到现在，我从没有停止过阅读，那时的刊物《外国文艺》《世界文学》我几乎每期都买。由于父母离婚，分居两地，我往来奔波于他们之间，居无定所，这影响到了我考大学，我没有接受系统的大学教育，阅读的选择也都是凭着自己的鉴赏能力和阅读兴趣。

写诗，我认为可以更集中地体现一个人的创造能力，在词语中找到生活中缺失的亮点，以便照亮情绪中暗淡的色调。记得有位哲学家说过：忧郁是唯一可以给人类带来好处的疾病。具体到我的理解就是指艺术创作，许多艺术家创作的力量来源，都是为了点亮内心的忧郁。一位好的艺术家，面对这种难以点亮的积郁，总是积极地运用各种技巧和情感宣泄方式，将其在艺术创作中绽放出来，从而达到超越普通之光的炫目效果。对于我来说，我会一直写诗，我希望自己的天分、情感蕴藉和阅读资源能支撑写作进行下去，这也是生命的需要，事实上我从未间断过写诗。

最早期写的诗歌，多参照雪莱、拜伦、莱蒙托夫等诗人的作品，这源于偶然从一个小朋友那里得到了有关他们的几本诗集。后来哲学书读多了，就一直希望能把哲学融汇在诗歌写作中，并为之不懈摸索。能够与诗学大家对话，能够在哲学或者诗歌感觉上相沟通，对我而言是件有意义的事情。比如我许多年前有一首诗歌，名叫《敏感的陷入》，这是写给德国诗人荷尔德林的，另一首《复杂的风景》则是写给维特根斯坦的。荷尔德林在忧郁和精神崩溃的边缘写诗，我平时围绕这方面的阅读比较多，所以容易把握到对话的核心，对荷尔德林的哲学思想和诗歌理念也有深刻的理解，给他写的这首诗，熟悉我的诗友都喜欢。维特根斯坦是我最喜欢的哲学家，他在这个世界上可以说是最清晰、最透彻的人，他的逻辑哲学对我的思维影响很大，他的思想方法补充了我作为一个女性先天的逻辑弱项。他的逻辑推理可以深入最微小、常人容易忽视的部位，而这种方法恰好指出了发现真理的更多可能性。我写他也是基于平时阅读和研究的真实感受。

陈爱中：一般来说，诗歌在传达体验的时候，多表现为记忆的重构，这种重构在你的诗歌中表现得还是较为特别的，不只是单纯的情感留痕，而是如一滴水，晶莹剔透中应透着缤纷的思想之光。这种写作路向，是不是您诗歌创作的着意之处？

冯晏：一个诗人在成长过程中养育出的兴趣点，决定了他语言风格的形成。在创作时表现情感所依附的语言谱系直接体现了他在阅读中所偏爱的内容。我一直比较喜欢思想类的书籍，或许，在写作中，在表现你提到的技艺重构时，就不自觉地表现出阅读经验的影响。近些年来，我尝试写了一些长诗，发表后，大多被不同版本的诗歌选集选入，比如《等下笔记》《云来自哪里》《吉米教育史》

《复生与消隐》《被记录的细节》，等等。这些长诗的写作，夹带了许多记忆，我尽量每一首都以不尽相同的方法来尝试写作，设法变换着不同的形式和语感，以期实现相应的诗歌感觉。一段时间以来，对诗歌写作的积累都比较集中地运用在这些长诗的语言实验上了。

关于写作的创新，我认为只依靠阅读作品的影响是表面的收益，而真正能获得创作指导的还是内在的诗学思想。技艺要靠思想来创造，而不是靠经验向前推进，经验只能是辅助，我是这样认为的。如果不读这些书，我不知道我的写作怎样延续下去。多年来我的阅读主要是以翻译过来的书籍为主，哲学、心理学、诗歌（世界上所有好诗人的作品，只要翻译过来的），还有一些思想家、作家的传记类作品，只是小说读得越来越少，可能是时间越来越少吧。同时我一直有意寻找阅读有关神秘主义，还有自然科学和科幻类的书籍。只要有喜欢的就会买。有机会也在台湾、香港买内地没有出版过的。读这么多年书，鉴赏力应该没有问题了，一眼就可以辨别出是不是好东西。哲学方面，还是在继续深读海德格尔、维特根斯坦等，并沿着他们的思想体系不断选择阅读了一些世界当代实力派哲学家的作品。前一段，以赛亚·伯林的一套著作中的《现实感》《浪漫主义根源》等引起了我的注意，因为其思想宽阔、透彻，而且能同当下社会相结合。诗人深入时代问题的能力应该超过其他领域的探索者，艺术的生命力就扎根在当下你生活的土壤里，一个当代诗人如果不了解所处时代的核心，以及发现这个时代所存在的问题，诗歌的力量将从何而来？哲学家可以繁衍自己提出的概念，而诗人的思想则要靠意象来完成，如果一名诗人只用遥远而脱离当代生活的意象来结构一首诗作，那他就无法接近与当下有关的最有撞击力量的诗歌现实。

最近读了一本桑德尔的书《自由主义与正义的局限》，也非常喜欢。他谈到的精英统治也是我平时想的问题。

我的所有阅读都会回到我对诗歌写作的思考中，一个诗人如果视野打开得还不够宽阔，或者思维发现真理的能力不够强，在创作中实现语言的透彻、准确性就相对困难，其诗作的格局也会出现问题。对于那些鉴赏力十分宽阔的专业读者来说，词语的张力是把审美带入其中的基础。狭窄就等于封闭了读者进入你作品的冲动。所以，一个专业诗人，在创作的路上需要解决的问题密集而又复杂，个人写作中所存在的弱项，专业读者一看便知。我说的这些都是围绕写作而随想的。

陈爱中：上世纪 90 年代以来，汉语新诗在告别 80 年代的"单纯"抒情后，开始将情感归隐于知识、智性以及日常絮语，但每个人都知道，对于诗意而言，这些只是表述的媒介，而非终极。怎么处理诗意抒情与时代的要求？

冯晏：在诗歌和时代的关系上，被诗歌带入当下的传统永远是精髓部分，犹如你离开故乡所挑选出带走的物品。你的诗歌创作所面临的，就是要离开一个又一个语言或语感的故乡，犹如科学不会再退回到中世纪一样。在创作中，对语言节奏和结构的惯性审美也跟随着时代，每天都有调整。就像音乐，你在当代听摇滚乐，强力的节奏首先会让你想到这个时代，可是，你在当代听邓丽君时，你首先想到的是回忆旧感情。诗歌词语的强度或者说语言的重量，我认为也是当代诗人在创作技艺中可以体现出时代所暗示的审美。在一个信息嘈杂心灵被阻隔的时代，以往语言的轻柔已经无法让你抵达灵魂的深处。"艺术从不进步。"是的，诗歌是在变化创新中靠突破时代来存在的。节奏、结构和词语，时代对音乐节奏的要求越来越快，缓慢的音乐传统只是在一旁呼应着。结构的各种可能已经被探索尝尽，站在巨人的肩膀上，渴望自己能够幸运地掉进一个空隙里，就像西方哲学家已经把人类的真理写尽一样。我们只是在发现空隙。当下的嘈杂对创造力进行着最大限度的干扰和损伤，而我们的宗旨是寻找机遇，超过以往的天才。或许，科学进步所带来的众多新符号，可以区别过去与这个时代，可以在创作中对传统偷梁换柱，搏得创新点。一名诗人深入自己的时代寻找创新，往往不是形式所能给予的，应该是诗歌内容里的细节。而这些细节，由于是当代生活中你所熟悉的，反而更加适合诗人在写作时赋予词语和句子准确而真实的感情（诗歌与时代的关系这部分引用了自己一篇文章《不如偏见》里面的论述）。

陈爱中：如何处理语词与经验之间的矛盾一直是诗歌写作的难题。你的诗歌在处理这个难题时，总会有让人惊艳的表述，比如用"有一朵浓重的云，被一个/专心致志的人，在上空/用文字的阳光刺穿"来描述诗歌写作的冲动与过程，在《感受虚无》中的句子，"你总是围绕黑暗，放飞着/词语蝴蝶，即使你热情在变凉/你迎向百合、咖啡，当你觉得沉重"，将"虚无"体味得活色生香，有一语道破之感，怎么看待现代汉语？

冯晏：我所理解的写作空间也就相当于写作的格局，艺术创作的格局在我的经验中还是来自思想。如果创作进入了超现实主义，能够在宇宙的神秘空间内产生创作的回应，这种现象看似依靠天赋，事实上没有思想是无法达到的。理解神秘主义所带来的是想象被扩大，在没有经验的路径上，一个诗人对经验以外语言的准确性把握所依靠的只有自身对世界的感悟和摸索。比如，你所提到的"虚无"，很多人都容易在写作中运用这个哲学意义上的词，但是我所理解的虚无，是一个奢侈而至上的词语，它面对的是最高的存在感，是实现了精神或者物质存在之后万物化为乌有的感觉。应该说是对宇宙的倾诉，而不是对于生活的。对这种感觉的准确理解要靠思想，可以说它的内涵深刻而复杂，一个没有深刻思维经验的诗人很难用好它。

诗人需要完成的是对语言内涵的扩展部分。如果你的创作只在经验中环绕，就很容易陷入更大范围的循规蹈矩。如果你敢于把探索放在看似空概念的宇宙中去释放思想，你会发现，超验有可能随时使你在感觉的某一点上获得意想不到的惊喜。比如，一个梦境给你带来的各种想象，未知的、潜能的，等等，这些信息都具有扩展词语原有内涵的可能，如果你尝试着把你对写作的探索引入进来。

在面对空间或者灵魂这个问题上，当代艺术家与远古哲人从没离开过这一永恒命题，即使答案没有新的进展，论证也始终在科学中被推进着。因此，在创作中，有关诗人与当代的关系，科学与艺术的关系看似间接的，但是在需要超强的创造力方面应该是最强的对手。依我看，创造力思维决定着诗歌语言的进步，而诗歌语言的进步可以在科技进步的某一点上得到启发。

潜意识对艺术作品的呈现力具有更多意外的期待，我为此阅读了许多心理学书籍，如弗洛姆、荣格、拉康等的作品。但是我发现，自己在经验中真正能抓住的潜意识，许多不是心理学阅读所能提供的，这些复杂感觉在此无法简单说清楚，但是至少阅读可以让我了解，你探索的哪条路在阅读中可以获得，而哪些问题需要另辟蹊径。有一次我听一个德国诗学专家说，保罗·策兰在写诗时，对每一个词的内涵和准确性，都会付出很多探索。而我所提到的阅读或者深入，也许在一首诗的写作中只能对个别词语起到一点作用，这是一种漫长的期待，如果一个诗人并没有致力于一生的计划，耐心也是有限的。在有关精神科技方面，先进国家的科研成果使生活在他们周围的艺术家成为在场者，或许，这在语言实验的准确性把握方面一定会感到更可靠。而我们由于某些领域落后，一些可以启发写作观念的新发现或许还没有及时获得。因此，我相信一个出色的诗人，无论写作使用的是汉语或者其他语种，只要他的思维足够尖锐，积累足够渊博，不同语种在诗歌创作中所体现出的差异，并不会影响一个诗人最终的创作成果。

科学和艺术都在深挖未知，而未知之所以成为未知始终围绕着生命体验和想象，我认为，艺术探索到生命的未知部分，再用语言给出一份真谛，这些都是非常困难的进化过程，需要在思维开启的积累和持续性中完成。这份持续凝聚着经验的价值。所以里尔克提出"诗是经验"这一现象学命题。他希望在精神主观性中达到与宇宙融合，再把人与自然还原在原初状态下，实现艺术创造的自觉性。或许，里尔克也是基于诗歌创作的格局问题而提出这样的命题的。

人们所说的避免浮躁，我认为也不在于一个人看似表现了什么，而是一个诗人为诗歌写作都在思索些什么。一些在艺术创作中解决格局比较有效的元素你是否已经掌握。如果诗人对生命的哲学体验深刻而准确，在写作中，他只剩下寻找意象和语感，那么创作的未来应该不会令人担忧。我一直坚信世界上那些杰出的诗人，深刻的思想是他们艺术感觉的重要支撑，在这些诗人中，许多都是学哲学的，在基础上就解决了思想能力的培训问题。比如艾略特、里尔克、博尔赫斯、帕斯捷尔纳克、曼德尔施塔姆、阿多尼斯、特朗斯特罗默等，他们的语言准确、有力和深刻。当然，他们中的大多数也都是杰出的思想理论家，他们创作所体现的大多是思维透彻优越于语言技巧。

陈爱中：深刻的思想而非感性的触摸为先，是很多人读你诗的感受，也就是理趣之美。你是否认可你的诗因此就缺乏女性诗人的"性别"特质？

冯晏：有关诗人的性别特质许多评论家都尽量避谈，我想可能是在回避性别歧视这一敏感问题。而优秀的女性诗人正常的表现应该是除了具有诗人应该具备的渊博、透彻、敏锐等基本素质之外，在对通俗事物以及传统观念等一些问题的提炼中，还要在经验之外具备一种发现潜藏在生活中个性化词语的能力。使一些只围绕女性生活和感受而现身的词语在一首诗的技艺中获得解救，女性的确存在着一些只有女性才具有的细密的精神内涵，甚至是以潜藏的方式存在着。比如胆怯所衍生出的妒忌，看似一种敌意，其实是一种特殊的敏感，这种敏感不仅体现在情感上，还有对自然以及万物的观察。那种极端和尖厉是诗歌中最需要的，只是这些元素尤其需要依靠宽阔的视野和深思在诗歌创作中得到体现，否则就会被一种狭窄所销毁。所以，女性诗人在创作中更加需要深刻的思想，以便让一种尖叫的特质在诗中适当地发出声音。是的，只有在技术的成熟中，这种性别特质的表现才可以被称赞，因此，我认为"女性诗人"这个称呼一旦被提出，应该是一种对诗艺更高发现的特指，而不是弱化思想和力量的谈论。感性和理性是一首诗中都不能缺少的，这是诗人创作时必须放在一起的两种思维，思想的表达是诗歌的纵向之美，接着需要意象把承载思想的语言举向空中，帮助词语产生一种姿态的魅力。当然，这两种思维在诗歌创作中也只是基础。女性诗人与男性诗人相比，在经验中应该具有更加广泛和细腻的精神呈现的可能，或者是关于生命的感知和潜能更加细密的元素携带者，由此寄予词语的尖锐性方面以更理想的期待。

陈爱中：你心目中的理想诗歌是什么样的？你的写作是否达到你心目中的好诗标准？

冯晏：我希望在一首诗中能实现创意、节奏、潜意识、语言尖锐、透彻、有力量，思想和诗意相互缠绕，情感深入时代。就是那种让专业诗人看了过瘾的诗歌。这些只是理论的概念，具体的分寸还要看作品。大致说一下我所喜欢的诗人，不同阶段喜欢的强度不同，布罗斯基、博尔赫斯、特拉克尔、荷尔德林、策兰、米沃什、阿什贝利、卡瓦菲斯、斯蒂文森、马克·斯特兰德等，我侧重喜欢有思想强度的诗人，喜欢语言的力量和深刻（这些回答都有些粗糙，只是轮廓吧，每个喜欢的诗人，我都有特喜欢的作品，也有不喜欢的），包括申博尔斯卡、特朗斯特罗默。对我的创作影响在不同时期有不同的表现，但我始终是在按自己独创的风格写作，没有太多模仿。但是影响每时每刻都会发生，这些影响在我看来还是一种教育，帮助一个诗人获得更多经验，激发写作的创意性，渊博只会让一个优秀的诗人在创作中更好地避开重复或者重叠的意象，在一片森林中接收到枝叶的缝隙透出的光。

每一个诗人心中都有自己希望达到的理想诗歌，有时总觉得近在咫尺，然而，鉴赏水平越高，达到心目中的理想创作就越艰难。我目前所期待的奇迹，还是回到了一个古老的概念上——超现实主义创作状态，那种冲出自己，打破时空，能吸附到一些宇宙能量的思维寄予……我总是相信自己可以依靠思想在语言的创意上实现一种腾空的特效，因为阅读，那些经典的经验甚至使自己觉得无路可走，在创作中，当没有出现足够的力量时，甚至都不想落笔，我知道其他诗人也会面临这些困惑，继续阅读，连接世界和生命，为了想清楚自己未来的创作，我始终持续在这样的惯性中。

陈爱中：这样的话，能大致总结一下自己的"独创的风格"吗？与前辈和同时代诗人相比，你自己有什么不同诗学和显著风格？

冯晏：一个诗人的创作风格，往往不是自己总结的，就像萨特的存在主义，也不是他自己命名的，风格是评论家因为需要而为之归类的。我甚至不喜欢一个诗人在创作时清醒地沿用自己已经形成的风格。变化或者不断打破自己的语言习惯，是一种写作能力，除非你一时无法在创作中上升到更好，或者是你已经实现了自己心目中的高度。事实上，风格并不是由形式决定的，在我看来，主要还是内容，词语创新所依靠的也是在内容上的发现和提取，在这里，我还是强调我的侧重，一个诗人的思想。在写作中，我的经验是思想决定了一切，从对内容的选择，对词语的创造，对抒情的把握，对音乐性以及语调的呈现，甚至对宇宙格局的引入上。年轻时，一种简单的抒情就可以形成自己的风格，哪怕是对一个观念的描述。而现在，一个庞杂的思维体系所面对的是一个中年诗人，需要在这个世界上表现出精神的力量，你面对的是魔幻现实主义、先锋精神、浪漫主义、超现实主义、神秘主义等，当你创作一首诗的时候，有可能这些都在眼前，你还会想到世界上各国的杰出诗人的经典作品。犹如哲学在世界上已经很难再找出新的体系一样，诗歌创作的风格也是如此，每一个优秀诗人都希望自己能呈现出具有超越性的独创，哪怕只是从节奏上。我一直相信汉语现代诗的语感具有更多探索的可能性，在字词和句子的节奏之间还有很多空白，比如与东西方现代音乐相融合的部分。

一个往前走的诗人都很难被人们概括出风格，因为大家都在研究突破自己和历史，但是所研究的方向以及围绕其方向所做的功课，决定了个人之后一段的写作类型，个人的语言谱系在积累中颠覆了以前，就等于跳出了你过去管用的一些词语影像，但是这种现象都是循序渐进的，就是说，一个诗人对写作方向的观念探索决定了自己的创作形态。而我自己喜欢在未知世界，未知的自然环境，未知的科学领域进行接近和探索，想体验精神世界中主观与客观两方面的更多感受，这些努力给自己诗歌创作最终所带来的影响，我自己也不确定。

陈爱中：你怎样看待诗歌流派？有无参加过什么流派？诗歌流派有无意义？

冯晏：虽然写作是个人的事情，但好的艺术流派可以带动艺术创作快速向前发展，我认为非常有意义，但是流派的形成实在是太难了，它需要有人带领，要找到超越现状的艺术创作方法，还要有一些具备实力的人响应，这里需要天才的主张，需要友情，需要放弃功利主义，在中国当代，想形成一个货真价实的学术流派，这些因素很难优化到一起，我没有这个能力，只能说是有过梦想。

我认为，中国当代诗歌流派的划分不太具备学术的清晰性，中间的混沌部分、重叠部分都没有得到特殊的学术分析和解决，诗歌理论的思想性力量还没有更好地发挥出来。

陈爱中：这个能详细谈一下吗？比如朦胧诗？比如第三代诗歌是指知识分子写作还是民间写作？

冯晏：朦胧诗这个词本身是针对白话诗而诞生出来的，是我国现代诗歌艺术阶段性进步的一个标签。因为我的写作恰好见证了那个阶段。那个时期，人们由于经历了"文化大革命"的重创，诗歌写作向着表现内心忧郁转变，那个时代在写作中说内心深处的真话需要一种隐蔽的表达形式。80年代初期，恰好西方思想开始引入我国，一种唤醒式的阅读在部分写作者中间展开，我认为朦胧诗的诞生就是基于这种环境的写作。

我认为，民间与知识分子写作不能概括成为两种不同的流派或者类型，因为这两个词在我国当代的诗歌创作中在一些诗人中间，并没有明显的个性化划分，在文本上也没有形成明显不同的流派或者类型。在诗歌的精神现象中，"知识分子"这个词本身就包含其中，而"民间"这个词对于当代写作来说，应该与体制内写作有一些区别。这是诗歌作为精神自由创作都需要的两个词语，不具有划分不同写作风格的代表性，比如电影的"新浪潮"，毕加索的"立体主义"等，这些标志着对艺术的技艺进行提升的概括，都是针对一个时代的艺术而树立的盾牌。

陈爱中：你如何评价汉语新诗的起源？如何看待当下的汉语新诗？对你所亲历的（各个）诗歌发展阶段有哪些看法？

冯晏：汉语的新诗起源只是诞生出了一种观念，不能从艺术的成熟上论，只能从意义上审视。其实，这就是一个好的流派的效果，把艺术创作引向了一个新的时代，就像毕加索的"立体主义"，法国的新浪潮电影。

新诗一直是向着复杂化发展的，就像艾略特所说的：艺术从不会进步，它是会变化的心灵，是一种发展，决不会在路上抛弃什么，只是精练化和复杂化了。我国的大部分诗人相互之间都认识或者了解其作品，我觉得写得越来越好的诗人，基本上都是在思维复杂化和深刻辨析中实现超越的，是通过阅读、眼界和思想来寻找自己创作中新感觉的。在众多经验的平台之上，整体写作水平应该是越来越好。

陈爱中：在这个意义上，您是否觉得汉语新诗的智性写作是一个理想的方向？

冯晏：我是一直认为汉语诗歌尤其需要从智性写作方面进一步加强，西方诗歌最突出的成就就是智性、创意和格局。而我们的诗歌创作在这些方面同时体现出色的诗人不是很多。我认为在诗歌创作中，智性来源于渊博，创意来源于视野（包括对生命内在的神秘性认知），而格局则来源于思想。如果这些因素在一个诗人身上都不具备，就意味着他的创作无法实现力量的支撑。那么，这个诗人的创作就不会持续到中年以后，一个没有写作未来的诗人即便还在写作，他的行为在专业诗人的眼里也是没有意义的，因为失去对一个诗人前景的想象本身就是否定，在一个信息密集的时代，许多真理都在被重估，何况审美。人类对艺术创作的审美已经从唯美时期越过去，抵达了目前这种对语言强力性的至上需求。

陈爱中：你对阅读翻译诗歌有什么感受？

冯晏：诗歌翻译，我认为最容易流失的就是语感和节奏，尤其是对一个没有国外生活经验的翻译者来说。作为读者，如果从研究一位外国诗人的角度来阅读他的翻译作品，我希望文本反映得准确，尊重事实，尽量维护好原始的语感和节奏。我甚至希望译者能考虑一种合作互补的方法，更客观地完成一篇作品中个人无法全面关照的问题。为了解一部翻译作品的准确性，我喜欢阅读诗人的传记，来帮助自己判断，更好地把握一个诗人的个性。但事实上，诗歌翻译还有另一种。就像你提问的"有一种翻译观念，认为翻译本身也是一种创作，是译者在母语系统中的新鲜创作，就诗歌的翻译来说，您认可这种观点吗？"

如果对于一名诗人译者来说，我想实现创作性翻译文本的可能性，概率更高一些，我甚至相信有一些翻译的诗句比原有的诗句要好，所以我一直对比着买不同版本的诗集，喜欢的诗人和译者几乎是有一本买一本，这样，在自己阅读的时候也区别开是在欣赏还是在做学术，因为每一个诗人面对这些不确定的问题时，都有自己的判断，这又回到了思想上，论据充分了，怎样判断要靠自己的思想来解决。

我作为诗人，阅读翻译作品，从中取得经验，在当下那么多从事这方面研究者的翻译著作中，我所要的借鉴已经足够了，有时，我可以凭着自己的认识和了解，纠正一些翻译不理想的部分，我也由衷地感谢把好的作品翻成汉语的诗人和翻译家，其中也有许多是我的朋友。

陈爱中：您是喜欢哈尔滨这座城市的，认为它适合写作和感受孤独，你怎么看待哈尔滨这座城市对您的影响？能谈谈您诗歌中的孤独吗？

冯晏：哈尔滨是边陲城市，土地辽阔，人文思想方面的信息有些闭塞。而创作最需要的就是有一个僻静的环境，把一段时间的思索整理清晰。事实上，一名致力于精神创意的艺术家一生所面对的最大问题就是孤独，无论你在哪里，只要你的探索在前沿上，你就自然会面临无人沟通的境况，孤独这个词对于诗人来说，与普通人的运用是不一样的，这里所指的是精神的，你的思维超越得越远，孤独感就越巨大，这个城市只是由于偏远而给了我感受孤独的一种借口，事实上，孤独不是地域性的，是诗人和艺术家在通往精神探索这条路上所必然遭遇的。哈尔滨处在北方辽阔地域的中心，辽阔本身对于诗人的创作是一种自然教育，犹如东西方文化或者思想对于诗人的教育一样重要。在艺术创作上，闭塞、狭窄都是艺术家面对的重大问题，虽然辽阔的环境所打开的感情不是你解决这一问题的全部，但是可以说，这也是一种潜移默化的营养。所以我喜欢这座城市。对于孤独感来说，它是精神中的魔鬼，你把它带到一个拥挤的环境里，它会感到更大的折磨，而反过来把它放在辽阔的北方，它反倒释怀了，所以更适合体验创作中的孤独。当然，这是我个人的感受。

第十六章　冬天，来自雪国的诗讯

——对话潘红莉[*]

陈爱中：潘老师好，感谢你接受这一次诗学对谈，可能要涉及你个人的创作思想，时下的汉语新诗创作现状，甚至是汉语新诗的编读这类话题。从接受者的角度说，上世纪 80 年代在国内兴起的新批评读者中心论，将诗歌文本的阐释权从知人论世的作家决定论转移到了读者这边，着实影响到了汉语新诗的批评格局，但同样也加剧了批评与创作之间的分裂。今天能够形成学院风格的汉语新诗批评，一种体系化的学理性认识方式，这自然导致来自创作领域的否定性结论。另外一个从精神心理学的角度来阐释创作的，就是美国学者布鲁姆的"影响的焦虑"，他认为，每个诗人的创作都要面对来自传统和周围的压力，诗歌写作本身就是如何处理这种压力，并因此而彰显不同的创作动机和结果。互文性成为构成文学文本的重要质素，能结合自己的诗歌经验聊聊这个吗？

潘红莉：说到创作，就必须说到我的童年。我真正意义上开始读书，是在上小学二年级的时候。因为我是铁路家属，所以拿着图书馆的图书证就可以把书借回家看。就是这样的开始，让我对书籍无比痴迷。读书对于我来说，是无比幸福的事。其实没有人告诉我或引导我读书，完全是自己的热爱、喜欢。在我的记忆里，在当时的情况和条件下，只要能借到或者买到的书，我都会仔细地读下去，无比享受阅读的过程。我现在想起来，我那时候就是一个孤独

---

[*]　潘红莉，诗人，《诗林》主编。

的个体，从属于文字的羔羊，被文学中的世界，幻化演绎的情节，牵引着往前走，相信书籍中的一切存在。后来在俄罗斯文学中，读到更加异样的描写，敞开的大地、河流和天空，比如《静静的顿河》《复活》《安娜·卡列尼娜》《牛虻》等，以及屠格涅夫的散文、小说，契诃夫的小说，普希金、莱蒙托夫、马雅可夫斯基等诗人的诗歌，还有法国作家雨果的《悲惨世界》，巴尔扎克、大仲马的作品等，这些都是我在中学或青年时期读过的。还有许许多多的书籍，我那时确实没有什么理想，更没想过自己的职业和进行文学创作，但学生时代的阅读确实为我奠定了一定的文学基础。

直到后来开始写诗，也写过短篇小说和散文。后来做了诗歌编辑，开始接触大量的原创诗歌，让我有了更多的学习机会，也触发了很多写作的灵感。这使我一直受惠于诗歌的沐浴，介入文字的直接性和更能将文本存在的现象加以分析，促使我有了警醒，形成某种经验的本能。尽管做编辑很辛苦，但也得天独厚地受益于教诲，也为自己的不足做着调整和尝试性写作。尽管做编辑会消耗掉许多精力，在一定程度上会影响创作的热情，也相对减少了创作量。但是绝对的自由是没有的，也许正因为这样的消解才有了一些毫无目的的目标，这是在不经意间完成的，比如我还能写一些我并不满意的诗歌，还在关联之中做着努力的试探。

我从来不认为自己是个好的诗人，这个世界上有太多的大师级人物让我汗颜，当你阅读到你永远无法企及的好的书籍时，那种绝望感和惊叹，会让你怀疑自己的存在性。所以我一直认为我是浩荡写作大军中的边缘人，有虚妄的存在性。尽管热爱和阅读，已经让我充实，让我在不能到达的未知世界里，去感知别样的生活和天地，感知更深的理论和另一个全新的世界。我永远会把好的存在设定在远方，就像茂密的丛林，你永远在寻找你要的最好的那棵树木，最好的那片叶子，那是我的未知。但我一直向往，期望能找到其中的秘密，感知到我自身的小和这个并不宽容的世界发生立场上的疏离，或是在物化中看到神性的诗的光芒。

陈爱中：新时期以来，汉语新诗从朦胧诗的传统抒情迈入 90 年代的叙事性写作，追求零情感的冷静书写，并分化为向下的民间写作和向上的知识分子写作两个路向，为此还曾吵得不可开交，老死不相往来。进入新世纪，这两种写作趋向继续延续，出现了倡导人文情怀的底层写作和更加开放性的国际化写作。一方面，汉语新诗的写作视野愈益开阔。但带来的另外的问题是，新诗在外形上的更加散文化，尤其是口语诗的流行，这消解了新诗的辨识度。另一方面，在倡导智性写作的深度模式的诗歌里，阐释的可能性越来越低，语言的晦涩甚至伪装所带来的阅读困境，使得一些优秀诗人呈现出同人化的小圈子景象。这也让人在怀乡的潮流中更加想念朦胧诗的通俗易懂，以及共情的情感选择。我发现，你的诗歌创作也体现出汉语新诗的这种时间变化。近期的诗篇多趋向于深邃的哲理，如《秋天的江河更加悠远》《大地的隐秘蓄势待发》等，相对于早期诗歌，增加了写作上的难度和阐释上的深度。这是岁月积累的结果还是诗歌理念发生了变化？

潘红莉：岁月的积累是一定的，时间能带来生活经验的并蓄，丰富诗歌表述内容，而诗歌风格的变化，一定是潜移默化不留痕迹的，就像时间会将一些物质磨砺得陈旧，但仍然会有新的物质出现，这一定是自然的，诗歌自是如此，更听从于内心的给予。对诗歌写作而言，对事物的敏感性、洞察力、创造性，尤为重要。在写作时，自然的存在非常重要。这是一种内敛的，有隐忍的广阔和辽远，甚至在真诚中深谙一些理性，或者覆盖辨认，或是有选择地强调。诗歌的力量不是层面的，它所赋予的存在，会呈现出主观的思想性，而且一定要超出高于存在的范畴，这就是诗歌的神性和所要展现的高度。仰望那些好的文字好的诗歌，我会自愧弗如，就像看到我诗歌的翅膀还没完全打开，依然徘徊在低处的风中。这只能靠余下的精神力量释放出可能的精神气质，以求最好，这就是写作。你说到的积累就尤为重要，但愿我能做得更好。

陈爱中：自从汉语新诗诞生以来，否定性的评价一直不绝如缕，这一方面是时间的短暂，另一方面也显示出新诗自身尚缺乏相对稳定的判定标准，这也深深地影响到了汉语新诗的自我审视和确证。到了 90 年代，这种慌乱感愈发不可收拾，不断出现关于新诗标准问题的探讨，无论是新诗批评还是诗人自身，都试图为新诗寻找到一个恰适的通识标准，目前来看，有点勉为其难。

潘红莉：这是个比较难回答的问题，新诗写作标准的定义所包含的内容应该很多。最主要的一点是，诗歌的元素是不应该丢掉的，不能为标准而舍弃内核，只要形式的外壳。诗歌的文本精神应该牢固而持久，无论什么主义发生，空洞苍白的诗歌，落于平面的诗歌，都应该在写作标准之外。好的诗歌是直抵灵魂的，无论传统还是现实的诗歌都是这样。我们无须说诗歌的时代性、诗歌的担当性，诗歌释放出的能量的大与小取决于写作者对经验、对语言的驾驭能力，让诗歌的语言具有空间感和穿透力，增加创造性的能力等。当然，如何界定诗歌，无法有一个标准化的定论，每一个诗歌写作者对诗歌的理解都是不同的，应该遵从内心的自觉性，忠实于诗歌的写作观点和理念吧。总之，每个人所要达到的标准是不同的，也就无法更具象地加以表述。

陈爱中：显然，新诗无法摆脱传统汉语诗歌强大的影响焦虑，认同的慌乱感在很大程度上也来自语词。除了自由这个看似"荒诞"的解构性词汇而实际上确实是汉语新诗的重要质素外，汉语新诗的内质大致还有什么样的表现？比如意象，比如节奏，比如意境，等等。

潘红莉：汉语诗歌一定承接了传统的汉语写作，其写作风格的自由、自然，使其更加风格多样化。不管怎么变化，其内质的根植、根源，就像水的源泉，都是来自传统的，在每一个时代中都会发生必然的变化。也许是毫无声息的发生，但终究都在移动，就像从白话文开始的变化，让现在的诗歌更加繁复，诗歌的精髓更加深奥阔达，尽管是潜移默化的变化，这种效果只有留给历史和后人来论证。所谓意境，是诗歌不可或缺的元素，情景交融的场景，会在诗歌中艺术化地出现。就我个人的认识而言，新诗的节奏更舒缓稳健，收放自如，这也是新诗发展的必然吧。

陈爱中：女性诗人作为性别写作在新时期以来的汉语新诗中，是一个被诗歌批评单列出来的创作类别。性别本来是一个社会学、生物学术语，拿到新诗领域中，是不是用来体现对女性的尊重的？新世纪以来，汉语新诗越来越呈现出非性别化的写作姿态，也许女性诗人或者男性诗人的概念很快就会历史化。新诗创作中的性别优势究竟怎么体现？

潘红莉：说到女性意识，我不知道这些年来，我所做的一些努力，无论是诗歌作品，还是评论文章，是不是已经充分体现出一个女性的独立意识。也许这种独立意识只有在作品中才能得到比较充沛的表现。内涵、价值、精神取向都是每一个女性所要获取的目的，在这个过程中行走时留下的文字，超越性别之分的行动和思考，以及在意识之内完成的一些作品，或者还有更进一步拓展的可能。我不知道这是不是女性独立意识的显现，或者已完成或者是等待完成人类意识的进行时，或者是和性别无关的尝试。

就我自身而言，我极其赞赏女性应该具有独立性，只有具有这个前提，她才能完成一个性别应该具有的生命过程。因为，只有具有独立意识，女性才能够更为完善地进行思考和反思，才会对这个世界、日常生活有更深层次探究的可能。也许我们所经历的文化背景是相同的，但对于相对有独立意识的女性来说，她会非常自觉地以警醒的姿态观察和了解这个世界。而审视这个世界，以及所经历的一切新鲜事物，都是女性独立意识所必须具备的，只有这样，才会具有清晰的自我意识。我相信我是向前走的，正因为独有的女性意识帮助了我，也推动了我向前走的能力。

就我个人的诗歌创作来看，随着时间的推移，还会有不确定性，但这种自觉的意识，终究会让我的诗歌写作更加完善，完成独立的立场和价值的取向。

陈爱中：在经过长期宏大的大一统的主题叙述后，面对全球化的过于抽象的认识格局，作为先锋的诗歌越来越强调"在地"的写作经验和具象真切感。所以，巴蜀诗歌、湖湘诗歌、南方写作等地域性的诗歌写作和研究视角成为汉语新诗在进入新世纪以来颇为感兴趣的现象。在很大程度上，也促进和增益了汉语新诗写作的辨识度。黑龙江的地域特点，尤其是哈尔滨迥异于其他国内城市的文明特点，培育出了对汉语新诗卓有影响的诗人，甚至形成了汉语新诗中的"哈尔滨写作"这个独特的现象。很少能有城市如此被诗歌所认同，你怎么看待这方水土带给诗歌的灵感？

潘红莉：我爱我的故乡，这是发自内心的爱。无论走到哪里我都是过客，唯有回到这片土地上，回到这个城市，我的心就会感到踏实就会放松下来。我经常一个人在闲暇的时候，会放弃乘车，下班或者上班都会步行，在我看来这是一种享受。这座城市的历史那么独特，那么让人回味。这座四季分明的城市无处不是诗，冬天踩在雪上的乐感，永远有回忆的东西给你。每一个季节都是迷人的。所以我写这座城市的教堂，写米色的楼房，写白色的栅栏，写雪夜，写松花江的流水，写有色彩的有无声语言的那些老建筑。它们在岁月中被无数人走过，有的走过就永远不再回来。而我每天还在经过这里，经过那些我喜欢的景物，我没有理由不爱故乡，不爱这座有异域风情的城市。我也写我原来工作过的地方，原丹麦领事馆，高大的门窗，宽大的楼梯，院子中的丁香树，都像梦一样留在我的脑海中，刻在我的心上。到现在，我还会时常一个人，从那里经过，看着里面的结构已经面目全非，每看一次，那些不堪的画面就会刺痛内心。我真的在意哈尔滨的变化，那些感伤只能留在我的诗歌里。这座美丽的城市所独有的魅力，在我的心里是温暖的、厚重的，尽管有那么多的遗憾和感伤，哈尔滨那么多的诗人和我一样，他们也如此爱恋着这座城市，同样留下了很多文字和诗歌。

陈爱中：除了诗人，你还有一个身份就是诗歌编辑，长期在诗歌杂志社工作，经过你的编选，许多优秀的诗篇得以面世，也培养出诸多诗人。这个职业对诗歌创作有影响吗？

潘红莉：影响肯定是有的，我在阅读来稿时，别人的诗歌就像一面镜子，长时间地、潜移默化地映照着我诗歌的不足，我做了多少年的编辑，就受了多少年的教育，无论是正面的还是反面的。对于我来说，诗歌是最好的老师，我无须说心灵的被开垦被灵魂的净化。这么多年来，那些走得更远的诗人们，也带动着我的脚步。我乐此不疲地做着这些工作，就是因为诗歌的魅力。它从来就没有和时代脱节，和现实脱节，和我们的内心分离。诗歌应该远离嘈杂庸俗，我在诗歌中看到了，也看到了那么多写作者的优雅姿态和纯净的内心，能够不媚俗，享受一个写作者应有的孤独和超凡脱俗的气质。

我至今仍然享受着这份融辛苦劳作和收获喜悦并存的工作，为那些优秀的诗歌写作者搭建尽可能好的平台，做好嫁衣。享受这份辛苦的劳作，也算是我的幸运吧。

陈爱中：诗歌期刊在经历了 80 年代中后期的萎缩后，90 年代中期以来，无论是在数量上还是在印刷质量上，都呈现出蓬勃发展的景象，怎么看待这种现象？是诗歌本身的感召力，还是其他的因素？这种景象会是常态吗？

潘红莉：你说得非常对。大家经常说诗歌处于社会文化的边缘，但就我的想法而言，一个国家和一座城市的凸显，文化一定是经济的基础，而文化是精神产物。把诗歌放在时代的前沿，只是我们的构想，或是虚拟的存在。80 年代只是在诗歌的空档期，突然出现了那么多优秀的诗篇，就像积攒的力量不可抑制的爆发出来一样，精神的向度也直指诗歌，这是必然的，也是中国诗歌史上最重要的年代。我们可以用激情和理想来形容那个年代所留下的里程碑似的永恒记忆，那个时候的梦想和情怀，永远在诗歌的上空飘荡。

但是相对而言，我每天都会接到不同地方寄来的诗歌刊物，除了正刊的正常交换以外，民刊几乎每年都有新印刷的诗歌刊物出现。不论是以书代刊的样式还是自费印刷的民刊，真有些像雨后春笋，有些刊物的质量和装帧设计，都不逊色于正刊。在我看来，诗歌作者队伍也可以被视为浩浩荡荡，只不过相对于 80 年代，要安静得多。每个时代都有不同层面的变化和存在性，这只是一种自然现象的延续和回归。而诗歌更能让我们找寻到生存的意义，是精神的领地和真正意义上的心灵家园。诗歌正是让人有敬畏的存在性，让写作者找到通往彼岸的精神途径。

一座城市的文化氛围和内涵，一定离不开文学性，这种厚重的历史是丰碑式的。没有文学没有作家存在的城市，一定是可怕的。如果这座城市缺少心灵的对话与展示，上帝也会嫌这里荒芜。而文学就像夜晚大海上的航向灯，它为你打开视野，寻找最好最正确的选择。诗歌是文学存在的一种最好的方式。一些城市将诗歌活动列为固定性的计划，其中不乏大型的，与国际接轨的诗歌活动或诗歌节。比如"青海湖国际诗歌节""深圳第一朗读者诗剧场""四川诗歌节"等。

近年来，这些诗歌活动在各种现代传媒的运作下，做得风生水起，有声有色。如果没有众多的诗人和诗歌爱好者的跟进，哪有这些诗歌刊物的存在和壮大。相对来说，南方的诗歌刊物和活动，要多于北方，质量层次相对也高许多。当我们在享受物质生活富足的同时，更需要精神的找寻。历史上，哪一个朝代的皇亲显贵，不是用诗歌润笔，以求情怀抒志的。这种追溯会非常久远，也印证了我们国家悠久的诗歌文化传统对于美学意义的认知。我相信诗歌的魅力所在，也相信这种存在的常态化。对于一个人和一座城市的人文立场价值取向，文化底蕴的揭示，诗歌的语境无疑是最好的。这也是诗歌至今经久不衰的理由，也是当下诗歌仍然枝繁叶茂存在的理由。

第十七章　诗歌的塞外行者

——访诗人庞壮国*

陈爱中：就我阅读到的资料看，上世纪 80 年代开始写诗，至今已经笔耕不辍几十年了，能简单谈谈你诗歌写作的经历吗？

庞壮国：其实我对诗歌的爱恋，是从童年开始的。我八九岁十来岁，知道课余时间该读点书的时候，发现我家里书柜没有多少小说，竟然一部一部都是诗歌。我父亲庞镇在齐齐哈尔日报社当编辑，他对诗歌情有独钟。原因大概是他在二十来岁的时候，八路军进入东北，我父亲在海伦或者绥棱的伪法院做一个小职员，一时感慨时事，写了一首诗歌《欢迎我们的八路军》，发表在当地油印的进步小报上。被一个老八路干部看见了，就召见我父亲。老八路说，你跟我走吧。我父亲到了北安，成为刚刚创建的黑龙江日报社的一个年轻记者编辑，从此改变命运，成为黑龙江的报人。他的藏书，有马雅可夫斯基、歌德、莱蒙托夫、普希金、拜伦、雪莱、布莱尔的诗集，还有全套的鲁迅全集。这些书，我读不懂，但是不读

---

* 庞壮国，1989 年毕业于黑龙江省宣教干部学院文学系。历任黑河广播局新闻记者，黑龙江齐齐哈尔《嫩江日报》副刊编辑，黑龙江大庆文联专业创作员，大庆文联《岁月》杂志编辑、编辑部主任、专业作家。文学创作一级。黑龙江省作家协会委员、大庆作家协会主席、中国作家协会会员。著有《庞壮国诗选》《望月的狐》《听猎人说》等。并有百篇散文被收入五十种国家正式出版社的选本书籍里，出版专著《庞壮国朗诵诗选》《高层》《那霎的碎片》《心情》等。《石油师的旗帜》获全国石油诗歌大赛一等奖；《关东第十二月》获黑龙江省政府文艺大奖文学三等奖；《大鲜卑山》获黑龙江省政府文艺大奖文学三等奖；《听猎人说》文集获黑龙江省政府文艺大奖二等奖；《活人读史》组诗获东北文学奖二等奖；报告文学《市话》获黑龙江省纪念邓小平百年诞辰征文二等奖。

又没有别的书可读。懵懵懂懂，那些书滋润了我的童年。

到了我十七八岁，成为下乡知青，干农活之余，晚上，在大通铺我依着行李卷，就在小笔记本上练习写顺口溜式的模仿毛主席的七律七绝，写广阔天地大有作为的充满豪情也不无惆怅的长短句。

写着写着，到了1973年，突然写了牺牲的女知青张勇，诗歌名字大概叫作《克鲁伦河飞起的鹰》，被《黑河日报》发表了。《黑河日报》还把我从龙门农场抽调到报社，名为开门办报，实际上是从工农兵小青年中挑选未来将要录用的记者编辑。我由此在知青八年的履历里，有一年多是在报社混的。还因此在知青大返城的前一年，当上了小记者。在采访新闻之余，我开始疯狂写诗。

在二十多岁到三十多岁，我天天写诗，周周寄稿，天南地北的文学刊物总是退稿。我当时很苦闷，觉得我的诗歌有的比刊物上发表的还好呢，怎么就不给我发表，老是退稿呢。1982年，我给《星星》诗刊的编辑流沙河邮寄一组诗，其中写万里长城的，我写道："历史的一道锁链，秦始皇的骄傲，孟姜女的愤懑。"我在信里对流沙河说，我老是遭遇退稿，你是我敬佩的诗人，你给我看看，我是不是写诗的材料，要是不行，我永远不写诗了。

那时我没跟流沙河见过面，也没通过信。我只是在"文化大革命"期间大批判材料上读过流沙河的《草木篇》，是当作写作的范文来读的。以后在我60岁去四川写黑龙江援建剑阁的报告文学，从成都飞机场下来，四川诗人鄢家发问我："你想看看四川的什么名胜古迹？"我说："我就想看看流沙河。"那次还真的拜见了流沙河，在流沙河的家里。

再回到30年前，我的诗稿和信件邮出去了，流沙河也不回信，我盼着盼着，突然一两个月之后的《星星》，发表了我的诗歌。我又紧接着嘚瑟，看见流沙河发表在《诗刊》上的《理想》，我步其后尘，和了一首《人生》。邮寄给流沙河，不到一个月，《星星》又给发表了。从此我对自己写诗有了信心，对退稿也不再怨天尤人了。

在80年代和90年代，我的诗歌雪花似的投给全国各地报刊，哪个刊物如果没有发表我的诗歌，就成了我的心病，就成了我的攻克目标。

写着写着，由过去诗歌里没有我，到诗歌里有了我，这个转变，是人对把握自己命运的觉醒，是一个人必在精神和灵魂里成为一个人的最低级也是最高级的大道理。

陈爱中：在当代诗歌中，你的地域色彩是相当鲜明的，一首《关东第十二月》很鲜活地彰显出白山黑水的灵魂。许俊德先生在《北方荒原上的魔鬼之舞》中说您"通过诗歌还原关东黑土文化的本来面目"，就诗歌来说，这恐怕是伪命题，因为诗歌非纪录片，不具有纪实文学的功能，诗歌表达的只能是诗人的个人之见。那么你想在诗歌中表达一种什么样的地域精神？

庞壮国：我从出生到长大到变老，一直是一个黑龙江人。一个黑龙江人写诗歌，黑龙江的风土人情，黑龙江的天地山水，黑龙江的古往今来，自然天然本然地会浸透在笔里。

评论家说这是人在寻找和积攒地域精神，其实是地域精神拂煦沁润滋养活泛着一个人。

黑龙江人的精神才是黑龙江地域精神。

我在一篇小文章《我是黑龙江人》里写道：我是土生土长的黑龙江人。作为土著，我心理上血液里总有些文化上的自卑。总觉得不如中原，春秋战国秦汉唐宋中国历史正剧悲剧宫廷打闹剧民间传奇剧尽在那片不怎么长草长树的地方上演。人家热闹了两千年的时候，咱这边亘古宁静，老虎大熊和星星嘣蹦的人过着不招谁不惹谁的艰苦生活。

历朝历代皇家命令编撰史书，咱这广阔土地上的动人事迹一般捞不着进入章节。

终于产生了几拨震撼全民族的英雄群体，例如大鲜卑山（兴安岭）一带的拓跋氏族、松嫩平原的完颜氏族（头子阿骨打）、白山黑水间的爱新觉罗氏族（头子努尔哈赤），辉煌业绩也不在写啥论啥，全是金戈铁马。细想想，人家属于游牧渔猎民族，跟现代意义上的黑龙江人也搭不上多少边。

由此我怅然惘然惶然兮，心想年轻时不好好念书混进北大清华然后转变成北京人上海人英国人美国人，而让我的后代还是憋憋屈屈地当黑龙江人，唉，耽误子孙哪。

黑龙江人虽说文化不高，但是性情大度壮阔。漫野荒莽中你逃命地走啊走啊，终于在天擦黑时看见一个窝棚。进去，没人，却有柴火有米，你尽可以煮粥。天亮临走时，再给人家把柴火备足就行。进山打猎，五六天了你又饥又渴，可是运气不佳，连个狍子毛也没捞着。山口碰见不相识的猎人，人家马爬犁上装满了猞猁黑熊野猪。见面分一半，人家给你卸下半爬犁牲口，一冬天你家老少的吃食不犯愁了。记住，下次你大获而归的时候碰见走背点的谁谁，没亲戚没邻里关系，也得给人家一半。这种山规这种风俗这种性情能让山里的人们得以繁衍和生存。远古温馨的诗意文明，如今在水泥森林中来来往往的人们中间，是不容易找到痕迹了。但是率真坦荡的心胸还是有的。所以在日本人统治的漫长时期，在真正的黑龙江人里，抵抗的英雄总是多于屈膝的奸佞。

陈爱中：这种地域表达又浸润着你怎样的诗歌理念？

庞壮国：写诗歌还要有理念吗。我一直怀疑这个说法。可能许多诗人和诗评家强调或者张扬这个说法。我却隐隐感觉，理念会破坏诗歌。我没有好好找一找或者说一说自己在写诗的时候，有什么理念在发威在发飙在发烧。我一写诗就进入跳大神状态，是自己在自己的精神文字里跳大神。

今天你让我说一说理念，我想，我也不是没有理念的人。这个诗歌理念，就是一个人想说话，没人听，就得自己跟自己说。自己跟自己说的时候，让自己太明白就没意思了，说一些自己也不太明白却让自己动心的话。也许诗歌就跟着来了。再玄乎一点说，诗歌是一个人说着神的话。

陈爱中：你诗歌里多有东北土语，我也曾在一些杂志上看到你对东北方言所做的词典一样的阐释，很有趣，这种语言对你的诗意表达有什么意义？

庞壮国：东北方言对于从古汉语传承下来的现代汉语而言有一点自己的味道，那就是流水的空气的味道。流水和空气几乎没有味道，但是那个随心所欲那个自然天然，没治了。

黑龙江人是音乐和诗歌的天然同盟者。就是一个大字不识的庄稼人，在田头地脑哨起押韵的口头文学，尽管带黄带粉却现编现卖聪明绝顶，有机会深造深造没准能成长为赵本四赵本五的。说话的口音里，音乐与诗歌的元素一划拉一堆。比如应当说"干啥"偏不说"干啥"而说"嘎哈"。你嘎哈去？我不嘎哈。你不嘎哈那你嘎哈？你嘎哈老问我嘎哈不嘎哈？辘轳井房前或者高速公路口的这种对话，比许多硬写的现代诗还具有纯文本韵味。

再有，什么什么"啦吧唧"更精彩了，傻啦吧唧倔啦吧唧虎啦吧唧酸啦吧唧土啦吧唧黑啦吧唧绿啦吧唧，上百个啦吧唧。凡是动词形容词还包括一些名词，都能在尾巴上当啷着一个啦吧唧。

诗歌里如果连串使用成语，那会让人读着听着想跳墙。使用东北土语的我的《关东第十二月》一开始我没有语文意义上的自觉。就是想，我写东北，不用东北话写不出东北。等到诗歌发表出来，十多位诗评家写文章，我才领悟，在书面语言的世界里，让东北方言也进到大雅之堂掺和掺和，是一个挺有乐子的事情。

陈爱中：你怎么看待黑龙江新诗的历史与现状？

庞壮国：这个问题，我要是说我回答不了，你肯定会说，那你还在黑龙江写诗干什么。我就得这样说了：黑龙江新诗的历史和现状是，有一大群黑龙江的诗人在写诗。死了的诗人留下了诗歌的路桩，活着的诗人还在把精血气元化作诗歌的路桩。

我是从自己写诗读诗琢磨诗的时光流转中，记住了一些黑龙江诗人和黑龙江诗篇的，也参加了黑龙江许多次诗歌活动。

我希望有心人，不怕麻烦的人，搜集、编撰、整理出一部黑龙江新诗史。里面应该有黑龙江诗人的大事小情，应该有不白给的黑龙江诗篇，应该有坚持多年的明月岛诗会（齐齐哈尔）、端午诗会（牡丹江）以及诗人组团采风的诗歌事件，应该有大大小小遍地开花自生自灭的各种诗社。

黑龙江新诗的历史与现状，就是一茬一茬又一茬的黑龙江诗人在写诗。另外，不算是黑龙江诗人的诗人写出的黑龙江题材的诗歌，在写诗歌史的时候也别给忘了。例如郭小川的《林区三唱》和《这是一片神奇的土地》。

陈爱中：记得你有一个诗歌理念，那就是"诗的世界应该是四维的。时间、空间、抒情主体、欣赏客体"？

庞壮国：俄罗斯诗人莱蒙托夫有这样的诗句："天上的白云啊，永恒的流浪者。"这句诗让我从一个没写诗的孩子到写诗的老人，心里总是充满一种柔软的清新的温暖的感动。时间、空间、抒情主体和欣赏客体，四个哥们，谁也没跑了，都在莱蒙托夫的诗句里了。你让我拿四维来说一说自己的诗歌，我却先把莱蒙托夫抬出来了，这是因为我在写诗的时候，遇见卡壳、遇见纠结、遇见找不到北的时候，就当咒语一样，高声朗诵"天上的白云啊，永恒的流浪者"，没准，就让自己笔下的语言顺溜了。

拿我自己的诗歌说事，说四维。我有一首上世纪80年代写的《读夜空》。全诗如下："我仰首眺望银汉/银汉你白发苍苍你皱纹漫漫/嗫嚅无声/一大片闪闪烁烁的语言//哪一颗星星/敢告诉我/你年轻//必得亿万斯年/漂泊奔行旋转跌撞/磨砺得伤痕累累皮糙肉厚老态龙钟/才有资格发光吗//夜空　为什么你冷/夜空　你本不该冷"。

这几句里，时间、空间、抒情主体、欣赏客体都融入了漫漫宇宙和面对宇宙的一个30岁人的情感，有一点闹情绪似的。不闹情绪就写不了诗歌。把情绪闹到四维里，不光我这样，所有写诗的人都这样。

陈爱中：我有一个感觉，就是步入新世纪之后，你写作的重心转移到了散文和小说的创作上，这种转变对你意味着什么？

庞壮国：我在加入黑龙江作家协会和中国作家协会，成为会员的时候，实际上我的写作一直是诗歌、散文、小说掺杂着写。只不过写小说我不咋呼，因为我写不过小说家们，我老是像写诗一样写小说，太随意太不管人物不管情景了。

我在四五十岁以及六十岁这个时间段里，写诗写得不勤奋，写随笔很着调。觉得信马由缰地写，不累人，还有意思。年轻时哥们互相开玩笑，常常说，有意思吗，有意思处两天。我认为写随笔有意思，就跟随笔处上了。

诗人写一写散文，写一写小说，应该是应分的事情。就如喝酒，喝二两六十度，再喝喝蓝莓酒，再来两瓶黑啤收秋，忽悠一下醉了。醉了才是喝酒要达到的站点。不醉，还喝什么酒呢。写东西也这样，写诗再写散文写随笔写小说，高手再写一写评论。这是在文字里一醉的乐趣啊。

第十八章　诗歌家园守望者

——对话潘永翔*

陈爱中：能说说你的创作历程吗？比如写作中能抓住心灵的某些场景，或者情愫。

潘永翔：我在我的一本诗集自序中说过，其实我是一个和文学毫无瓜葛的人。祖宗八代都是农民，既没有受过家庭熏陶，也没有家族的影响，更没有文学经验的传授。高中毕业后我回到家乡当社员、小队会计、生产队长，已经成了一个地地道道的农民。"文化大革命"结束后，我考上了大学，但学的却是畜牧兽医。这些经历，看起来都离文学甚远。

我写诗，一是因为我自幼丧母，家境贫寒，形成了自卑、懦弱、内向的性格，不愿说话，不愿与人交流。然而，每个人都会有很多话要说，内心都有倾诉的愿望，既然嘴上无法表达，总要有一个出口，因此学会了写作，用笔和纸交流，用文字倾诉。在寂静的

＊潘永翔，男，1955 年 7 月生，黑龙江省海伦市人，汉族，诗人，编辑家，国家一级作家。中国作家协会会员，黑龙江省作家协会全委会委员，中国散文学会常务理事，大庆市作家协会常务副主席、秘书长，《岁月》文学杂志主编，燕山大学兼职教授。1980 年开始文学创作，迄今已发表诗歌、散文诗、随笔、小说等作品 400 多万字。著有《灵魂家园》《红雪地》《穿越季节》《心灵之约》《时光船》《潘永翔散文选》《此时》《低语》等。作品入选《中国新诗选》《中国优秀散文诗选》《中国青年诗选》《年度最佳诗歌选》《年度最佳散文选》《年度最佳散文诗选》、台湾《中国诗歌选》等多个选集。曾获全国散文诗大赛大奖、黑龙江省第五届文艺奖诗歌奖、第三届中华铁人文学奖、大庆首届文学艺术奖等奖项多次。

深夜，在无人的时候，独自一个人享受文字所带来的愉悦。正如人体缺什么营养就要补什么一样，我的内敛、枯燥无味的现实生活需要文学的抚慰。实质上，书写是我的另一种生活，是另一种人生的体验。我的个性是率性而又随遇而安的人。这就注定我不会有什么成就。虽然我的写作时间很长，但是作品很少，有影响的就更少了。只有在生活触动我的时候，内心有话要说的时候，我才能用诗歌表达我的情感。二是因为我性格内向、懦弱，对世界抱有一种与生俱来的恐惧。我期望文学会让我变得强大起来，至少让我的内心变得强大一些。三是文学是我释放真实、释放自由的最好方式。我只想在语言的庇护下，让灵魂站得更高，让血液和肌肤的气息向着生活的最高处弥散。我坚信，我枯燥的生活也会因此获得一种优美的飞翔。我总是把文字当作自己的翅膀，这些忧伤的、欢快的翅膀带着我穿越无限的时间和空间，无遮无拦，无拘无束，飞翔在心灵的高处。我喜欢把自己关在房间里安静地看书写作以及胡思乱想。我深深地沉浸在我的作品里，向这个世界描述着我所理解的另一个世界。然后坐在黑暗里，等待下一首诗的出现。

　　我是一个没有大智慧也没有大志气的人，所以我容易被普通人、普通事物所感动，比如一棵树、一株小草、一阵风、一朵花、路边的小草、草原上的蒲公英以及我早逝的母亲、当农民的父亲、任劳任怨的哥哥等，所以就有了我的这些普通的诗歌。它们朴素、弱小却坚韧。

　　陈爱中：黑龙江省一直是农业大省，培养出大量的乡土诗人，作为其中的佼佼者，我看有不少评论文章都关注到你的乡土写作，怎么理解乡土诗歌的风格？乡土诗也是汉语新诗写作的一个长盛不衰的写作倾向，进一步说，你怎么看进入新世纪以来的乡土诗歌？

　　潘永翔：我的所有诗歌都和我的生活息息相关。我说过我是一个胸无大志而且愚钝的人。和我没关联的事物我写不出诗来，只有和我密切相关的才是我抒写的对象。我在农村生活20多年，在农村出生，在农村长大。我把最美好的青春年华播种在农村的大地上了，如今已经成长为茂密的庄稼。所以我的根在农村，我的目光和我的笔触在乡村，我的诗歌也生长在那里。我没有文学天赋，也没有文学理论基础，我的写作很随性，没有特意追求什么风格和技巧（我也不会技巧）。我的诗歌就像山坡上的小草，不用施肥，不用松土，也不用浇水，自由生长，自生自灭。

近年来，国家对农村、农民、农业政策的调整，对新农村建设的重视，使得我们的乡村正在逐渐地走向美丽和富饶，虽然现在还有些不尽如人意，还存在着这样或者那样的矛盾冲突，我相信农村会越来越好。同时我也相信我们的乡土诗也将出现新的美学向度，呈现出新的艺术魅力。当下的中国已经不是城市与乡村之间简单的二元格局。这是一个多元的时代，虽然农村与城市还存在，但二者之间的关系发生了巨大变化，距离正在缩小。许多农民到了城市，成为新的产业工人，加入了现代文明建设的队伍中；为了改变农村生活的旧面貌，农村正朝着城镇化方向发展，这是大势所趋，不可回避；这种交融实际上包含着求新与恋旧、现代与传统等多方面的矛盾。我们只有在广泛参照的视野中，才能够真正了解、理解现代农民，把握农村生活和农村发生的内在的巨大变化，才能感知农民的痛苦与快乐、幸福与迷茫，才能思考这些变化对农民以及中国传统文化所带来的冲击与提升，也才能真正写出具有现代意义的乡土诗。乡土诗才能够获得深刻、独具的艺术魅力。如果乡土诗只是表层地采用乡村意象，大量的堆砌麦子、镰刀、稻香等名词，生产出来的只能是"伪乡土诗"。一方面，对于乡村我不是旁观者，我是参与者。我关注阴晴雨雪，关注天气变化，关注旱涝收成，因为这一切都与我有关。另一方面，我在经历了都市生活之后再反观乡土，其参照的视角发生了变化，诗的文化价值和艺术价值自然也随之发生了变化。诗人不再是站在单一乡土的视角来观察和体会生活，乡土诗歌也不仅仅是单纯反映风土和民俗，而是从乡村走向城市又从城市走向乡村，是一个现代人的生命直觉和理性思考相融汇的表达方式。因而，相对于以往习惯上称谓的乡土诗，它们是丰厚而更具新的美学特征的。

陈爱中：你的诗歌中，家庭亲情占据着很重要的篇幅，比如那首《我长眠在地下的亲人》，感人至深，伦理亲情作为乡土诗歌写作中长盛不衰的话题，在你这里有什么新的发现？

潘永翔：乡土和亲情是我生命里不可缺少的元素。乡土是我生命的来源，亲情是我成长的土壤。乡土和亲情是我文学创作永远的母题。我所有的创作都来源于它们。

数千年的农耕文化所创造的中国人特有的乡土情结，是不会轻易解开的。乡土情结像一种基因，根植在我们灵魂的深处，那是树木对于根的记忆，江河对于源头的追溯，更是生命对于童年的回想。亲情与乡愁是乡土诗歌两大从古至今不变的主题。我把写作乡土诗当成一次探亲，当作一次亲近大地的机会。人都有亲近大地的愿望，因为大地能给人最稳妥、最踏实的感觉。乡土诗作为大地最忠实的、直观的镜像，它给阅读者的一项最主要的功能就在于它能给一颗久居于尘嚣之上的飘浮之心带来一份安恬和宁静，一种形而上的诗意栖居，从而让我的胸膛更加贴近泥土、庄稼和现实，才能让我用诗歌语言表达出它们的事实和真相。实质上，我们的身体离现代生活中的物质越近，我们的精神还乡就越需要坚守。

亲情是人类独立而又最真实的情感，它无关乡村的古老还是现代，它像爱情一样，是人类永恒的主题。正是亲情的存在，使乡村成为记忆和诗歌的靶场，成为我们怀念的主题。亲情不再是狭隘的血缘所系，而被赋予了更广大的含义。它是人类之于乡土，之于大地母亲的一次饱含深情的回望，让诗人在饱含诗意的亲情之中经受精神的洗礼，从而不受现代社会的污染，保持纯洁的心灵。保持"思我来处，知我根本"这样一种质朴而不失光芒的人生哲思。作为一个诗人、一个广大农村背景下的微小分子、一个岁月长河中的匆匆过客，有义务记录下这些季节流逝中闪动的尘间最朴素最真挚的情感。

陈爱中：相对于关内文化的精耕细作，黑龙江是个自然风光旖旎的地方，多山，多水，多森林。但就我的阅读空间来看，比如刚出的这本《此时》，很少描述单一的黑龙江地方意象，比如哈尔滨、大庆等城市，比如某一个富有特色的具体地域，倒是用宏大的篇幅去写内蒙古的呼伦贝尔、青海的青海湖等，一般来说，这是不寻常的做法。如果同意我的观点的话，呈现这种状态的缘由是什么？

潘永翔：我从心眼里喜欢黑龙江这片土地，白山黑水，胸怀博大。看一眼就让我这种胆小懦弱的人心情激荡，充满豪情。我写过《雄性的黑龙江》《母性的松嫩平原》《大兴安岭》《雪落平原》《冬天诗篇》等组诗，大多被收在 1999 年出版的诗集《穿越季节》里。

另外，我个性比较愚钝，对生活感受比较迟缓，对自己的生活需要有一段时间的沉淀才能有所感悟。所以，我对近期生活的感受不深，找不到出口，还需要咀嚼和消化一段时间。我总是需要走出很远之后，回过头来再看我的脚印，才能有所收获。也许这就是"身在此山中"的缘故吧。不过，我计划近期内还要写一些关于松嫩平原以及与油田有关的诗作。

换了环境，当一个新的世界摆在你面前时，这种感官刺激比较强烈，容易产生灵感。这也就是我为什么写了很多诸如《大青海》《呼伦贝尔天空下》的原因。

陈爱中：很早就看到你主编的《大庆文艺精品丛书·诗歌卷》，无论是从历史脉络还是从诗人群、作品的选择上，都称得上是经典的地域选集，给我们聊聊大庆诗歌吧？

潘永翔：诗歌起源于人类的生产劳动，这早已被专家学者所证实。大庆的诗歌发展史也证明了这一点。大庆的诗歌是伴随着大庆石油生产而发展起来的。早在油田开发初期，反映油田开发和石油工人不怕艰难、战天斗地的诗歌就诞生了。铁人王进喜的"北风当电扇，大雪是炒面，天南海北来会战，誓夺头号大油田。干干干！"

以及"石油工人一声吼，地球也要抖三抖"等彪炳诗句就显示了石油工人"我为祖国献石油"的豪迈气魄。因此我们说王进喜是诗人谁也不会否认，而王进喜的诗歌正是他在开发油田和建设油田的生产劳动中产生的。及至后来宋振明的《万人广场作证》，阚峰、王厚光、杜显斌、杜洪彬、张海陆、曹文祥等一大批诗歌作者的加盟，奠定了大庆诗歌创作的丰厚基础并厘定了雏形。那时的诗歌虽然受到了政治气候和社会环境的影响，带来不可避免的创作局限，留下了很深的时代烙印，但是诗歌中的澎湃激情和纯真的思考依然让我们敬仰。这时的诗歌题材大多是以反映油田开发和建设、石化生产为主的。在编辑《大庆文艺精品丛书·诗歌卷》的时候，我系统地翻看了大庆早期出版的诗集《大庆战歌》《大庆凯歌》《大庆石油工人诗选》等，过去很多年了，看后依然让我激动不已。

油田开发以来，许许多多的作家、诗人来大庆参观采风，留下了许多脍炙人口的诗歌作品的同时，对大庆的诗歌创作也起到了促进作用。李季、周立波、郭沫若、雷收麦、高洪波等对大庆的诗歌发展起到了推波助澜的作用。

进入新时期以后，大庆的诗歌创作也进入了高潮。阚峰、王少波、庞壮国、李云迪、季学文、戴立然、徐学阳、乔守山、赵守亚、姜树臣、王勇男、张永波、王如、杨小林、吕天林、翁景贵、余兆荣、孙德贵、姜宝库、李学恒、唐元峰、朱智启、王建民、王云、许俊德等一大批诗人的诗歌不断地在中国文坛上发出冲击波，不断地在全国各报刊发表，使大庆的诗歌创作呈现出集团式冲锋，不断冲击着中国诗坛的局面。进入新世纪以来，70年代出生的一批青年诗人风起云涌，他们的诗歌张扬、通透、理智、个性鲜明，带有明显的时代烙印。他们中有曹立光、冯碧落、苏美晴、王政阳、李东泽、武中学、李梅、秦莹亮等，他们丰富了大庆诗歌创作，使大庆诗坛呈现出阶梯式发展的格局。通过油田开发以来50多年的积淀，大庆的诗歌创作呈现出蓬勃发展的态势。因此在今天的诗坛上经常能听到大庆诗人的声音，看到大庆诗人的身影。

陈爱中：进入新世纪以来，汉语新诗又呈现出了如 80 年代的繁荣景象，各种各样的诗歌杂志蜂拥而出，诗歌奖项目不暇给。作为一家纯文学杂志的主编，怎么看待这种繁荣？

潘永翔：其实我一直以为诗歌是"小众"的，那种所谓的繁荣和喧嚣只是暂时的，迟早会落幕，然后让诗歌回归理性和安宁。现在诗报、诗刊、民刊很多，写诗的人也很多，诗歌奖项不断涌出，看似繁荣的背后，我们依然可以看出诗歌的落寞和尴尬。诗歌的边缘化是其必然的归宿。在机场、车站还有多少人在看诗、读诗？人们常讥讽说写诗的比看诗的人多。虽然有些过分，但是读诗的人越来越少却是不争的事实。现在的社会可看可读的信息太多，多媒体时代带来的冲击对于文学是致命的，也是必然的。

有人说：物质主义时代写诗是一件滑稽的事。其中的灵魂轻化，使我们再一次认识到了商业逻辑的强大，认识到金钱杠杆作用的威力无比。已经有太多的事实证明，诗歌正在被无情地逐出我们的生活空间，一些有关诗人的笑话也在民间广为流传。没有多少人觉得，我们的日益苍白、粗糙而乏味的生命，需要诗歌精神的守护。面对诗歌处境的尴尬，我们不能简单地把责任推给远离诗歌的公众，而要首先反省我们自己。公众之所以远离诗歌，一方面是许多诗人把诗歌变成了知识和玄学，令人无法卒读；另一方面诗人把诗歌变成了愚弄读者和卖弄自己的咒语；更有一些人把诗歌当成了工具和敲门砖；还有一些人拉大旗作虎皮，什么朦胧诗、现代派、后现代、达达、非非、回归自然，还有"民间立场"和"知识分子写作"等，你方唱罢我登场，把好端端的诗坛变得乌烟瘴气，混浊不堪，连诗人自己也稀里糊涂，不知所云，你还能期望读者喜欢诗歌，喜欢诗人吗？

诗歌回归寂静和平和，回归内心和思想是它的必然归宿，因为即使在盛唐时期，诗歌也不是大众的。

第十九章　书斋里的思想者

——访诗人朱永良[*]

陈爱中：我们如何开始呢？这样，请你先谈谈怎么爱上文学的，或怎么开始写诗的，好吗？

朱永良：好的，什么事情都应从起点说起。记得那是1977年初秋的一天，天气晴朗，我到与我在同一个农场的朋友那里，他会拉小提琴，在那个娱乐比较贫乏的年代，这很吸引我，就常去。那一天，我在他那里发现了一本十六开本的外国文学作品教材（并不是正式出版的，好像是广播大学的内部教材之类的）。当翻到印有哈姆雷特的著名独白的那页时，我被震撼了，尽管那一页的下半部分被人撕掉了，确切地说，我只读到了独白的上半部分，但丝毫不能减少它对我的吸引力。我把书借了回去，并不止一遍地诵读了那段经典独白："活着还是死去，这是个问题……"当时我在学画，但这半页哈姆雷特的独白让我认识到，文学要比绘画深刻有力得多，自那以后我没有再画画，而是想多读书，然后琢磨写点什么，这应算作一个最初的爱上文学的起点吧。但真正开始学习写诗还要等到1980年（当然，在这之前我已读了一些诗），那年也是秋天我从农场回到城市，开始在大学里读书，也开始了一头雾水地、莽撞地写诗。这期间我常和老友诗人孟凡果谈书谈文学，我发表的第一首诗就是他拿给杂志发表的。

---

[*] 朱永良，1958年生于哈尔滨，中学毕业曾下乡。1984年毕业于哈尔滨师范大学历史系。著有诗集《另一个比喻》，翻译了阿根廷诗人博尔赫斯和叙利亚诗人阿多尼斯的诗。

陈爱中：1980 年，至今也有三十多个年头了，从人的成长来说，已经过了而立之年。怎么来看待这么久以来的诗歌写作？你不同意用"学者诗"来评价你的诗歌，而是喜欢用"这就是诗"来表征，能谈谈这个吗？

朱永良：或许将一百年定为一个世纪，而又将一个世纪的每十年视为一个年代是有着某种神秘的感觉隐含其中，正如有位作家所说，神秘的事物不是为什么这样，而是它就是这个样。人们在研究历史时也时常采用每十年作为一个时段。我在编诗集《另一个比喻》时发现，大致十年我的诗风都会有所变化，为此我基本上按 80 年代、90 年代和本世纪第一个十年来编的。我感到年轻时写的诗充满了清新和活力，这在中年和壮年时是会渐渐失去的，但同时你会获得新的品质，如果你很幸运的话。在中年之后还充满写作的欲望，并在一年中依然能写出几首好诗，可称为是在幸运之上所获得的命运恩赐了。

至于说我不同意用"学者诗"来评价我的诗，首先因为我不是个学者，学无所长，只会写诗而已。其次是因为基于我对诗的想法，诗要给人以愉悦，要有魅力，这后一点是我从博尔赫斯那里借用的。我只希望有人偶然读了我的诗，会说或想到："嗳——，这诗……"而在诗词前面加上任何修饰或限制性的词语其实都是为了批评的便利，当然有时也许是一种准确的评论，对吧？显然，从这个角度说诗人不应干涉批评家，他们是在不同的领域工作。

陈爱中：据我所知，相对于感性的直接体验来说，阅读这样的间接思想活动对你的诗歌创作影响比较大，在这个过程中，是不是有一些新的诗歌理念？

朱永良：这里我要说，阅读也是一种直接的体验。一个人活着，他时时刻刻都在生活着、感受着这个世界。至于一个诗人与另一个诗人风格的不同，或许正像卡瓦菲所说是由于经验和时间混合的不同。在对诗的理解上，我觉得每首诗都应有它恰切的形式，都要有使它产生的潜在力量，不管是源于情感还是源于词语，这我在年轻时大概就有所认识了。后来我读到博尔赫斯谈自由诗的文章，他说得更准确更诚恳，也更令人信服。读书对我来说是个享乐的事情，有时甚至超过了我对写作的渴望，也许后一点显示了我的懒惰。

陈爱中：我很喜欢你写作的关于"文化大革命"的诗，比如《批斗会》《拆庙，红卫兵的革命（1966年夏）》《烧书，1966年的一个夏夜》等，无论是从叙述风格还是情感表达上，都不同于我在其他诗人或者小说家那里阅读到的，能详细谈谈这些诗歌，并聊聊所经历的那些"文化大革命"轶事吗？

朱永良：你说的这几首诗都写于2005年秋天，什么动机使我开始写这些诗，我已不记得了，但十年"文化大革命"贯穿我的小学和中学直到下乡农场。我们知道，许多诗写的是回忆。如何将记忆中的经验写出来确实需要一个契机：可能是一个词，一个句子，一个闪念，或一种情感的涌动，这些都可称为灵感，或灵感的诸多变体。这些关于"文化大革命"的诗，我是在写出第一首后才开始写第二首的，事先并没有明确的想法，并不知道下一首要写什么。当我写完《1970年代，向海涅学习诅咒》后，多多少少，有些得意。所谓"文化大革命"，那是一个荒谬的时代。对于我这一代人来讲基本上就是被毁掉的一代。

我先给你讲一件事，那是1969年中苏发生了珍宝岛事件，老师给我们讲防原子弹的常识，我们在操场上一遍遍地演习，其中之一就是假如原子弹爆炸了你怎么办。我们练习的就是，这时你要迅速爬下，把脚冲着原子弹爆炸的方向，然后双手捂着头。那时没有人给我们讲过广岛、长崎，你想想，要是知道，我们还会在乎把脚朝向哪里吗？当时苏联原子弹的威力可比广岛爆炸的大许多倍呀！

陈爱中：这个是够荒诞和无知的，但这不妨碍那时候的人们如对很多荒诞的信仰一样，很认真地在做。我知道"文化大革命"是反智的……

朱永良：那我再讲一件事，在中学我开始学素描，不上课时我就喜欢到学校的画室去，那里非常安静。我画过贝多芬的侧面像，但那时我却没听过他的一首曲子；我画过大卫，但我不知道他是《圣经》中的人物，确切地说还不知道有《圣经》这本书……那时几乎所有好的音乐、书籍都在被禁之列……

陈爱中：那你怎么看"文化大革命"中的这些荒谬对后世的影响？我总觉得现在的文化依然有着深深的"文化大革命"烙印。

朱永良：在我看来，"文化大革命"使本来就隐藏在沉默中的或仅存的零零碎碎的传统彻底地灰飞烟灭了。本以为80年代可以重建精神或文化家园，但后来一切都物化了，仿佛受到了美杜莎的注视。

你的感觉很对，"文化大革命"铸造的一代人确实达到了目的，摧毁了一个旧世界，或者说使整个国家成了一台自毁的机器。但没有人认为自己有罪过，反过来倒觉得自己都是受害者，这就没办法了。

陈爱中：这个过程中，诗歌该如何？我相信没有人能比你更有资格回答这个问题。阿多诺的"奥斯维辛之后，写诗是野蛮的"名言虽然写出了文学对现实的粉饰，但也正是包括诗歌在内的文学、哲学对"奥斯维辛"的审视，让人们深深懂得人性之恶，在反思和忏悔中升起生活的希望，这也是现实的奥斯维辛遗址所无法实现的。我去过那里，对这种对比，感触尤为深刻。

朱永良：诗歌的功能之一是回忆，回忆混合着思索；同时诗又能忏悔和祈祷。但愿还有诗人会触及我们讨论的问题。我所做的只是一点点，不值得你那么高的评价。

至于阿多诺的名言，我认为是个比喻的说法，在那么巨大的悲剧发生后，文明本身都受到了质疑，何况写诗了。但我同意你的看法，"奥斯维辛"之后文学还是有所作为的，比如德语诗人奈丽·萨克斯根据这巨大的人性悲剧写出了使人震颤的诗篇。今年一月末我还读了埃利·威塞尔写奥斯维辛的著名小说《夜》，它增加了我对那场悲剧的感性认识，增加了历史的记忆。诗和小说的力量会超越地点和时间。

陈爱中：您从事诗歌翻译，能否聊聊诗歌创作与翻译文本之间的关系？能说翻译诗歌本身也是独立于原语言的创作吗？

朱永良：首先，我要说说我最初读的译诗。如果我没记错的话，我最早读的翻译诗就是海涅的《致西里西亚纺织工人》，记不清是谁译的了。然后就是戈宝权译的普希金的诗。这两位诗人的诗，几乎好过了许多用汉语写出的当代诗。后来我读了更多的译诗，一个问题始终使我不解：有些译诗远远好过许多用汉语写的诗。这也是我尝试去译诗的原因，译诗也是一种细读。但说实话，就译诗来说我只是个业余爱好者而已，水平有限。

至于你说的第二个问题，回答是肯定的。这不是我的回答，我只举例来说明，19 世纪下半叶，英国的菲茨杰拉德将波斯诗人哈亚姆的《鲁拜集》译成英文，它被看成了英语文学中最好的诗集之一。卡瓦菲的诗由希腊语译成英语，有人也认为他的诗已成为英语文学的一部分。就当代诗人而言，布罗茨基虽然主要用俄语写诗，但也被认为是一位英语诗人，并被选为美国的桂冠诗人，其实他英语诗集中的作品许多都是由俄语翻译而来的。

陈爱中：能谈谈翻译或者说译诗对您诗歌的影响吗？

朱永良：黄灿然在谈到新诗的传统时，他认为有两大传统，其中之一说的就是翻译成中文的译诗。

这说得很好。和我年龄相仿的诗人几乎没有不受到译诗影响的，除非他不诚实。但在 80 年代很多重要的诗人都没有译介过，甚至有人翻译阿赫玛托仍感觉战战兢兢，而翻译曼捷施塔姆只有勇敢的年轻诗人来做了（我指的是荀红军）。在 1980 年末我在一家大商店的卖书柜台上买到了仅剩一套的袁可嘉先生选编的《外国现代派作品选》（第一册，上、下），它简直成了我的文学指南，或者说文学圣经。我学的是历史专业，所以我没有任何负担必须去读那些自己不喜欢的诗人。读译诗使我看到，那些杰出的诗人是在什么高度工作的。这句话也算是对你上面问题的补充吧。

陈爱中：谈到汉语文学的表达样式，人们往往会用到"翻译体"这样的词汇，以表达西方文学资源对汉语写作方式的影响。那么，汉语新诗是否能对抗这种翻译体的面孔？如果能，具体依靠什么？如果不能，汉语新诗应该如何自处？

朱永良：这个问题太大，不太好回答。

陈爱中：是的，很抱歉我提了一个无边的问题，但这个问题又同讨论很久并困扰作家创作的"失语症"有关，对于一直被视为"西方面孔"的汉语新诗来说，更有探讨的必要了。你只是说一下感觉就好。

朱永良：我曾在别处说过惠特曼是诗歌的玻利瓦尔——一位解放者，他不仅解放了英语诗歌，也为其他语言中诗歌体裁的解放提供了范例。我国新诗不用说了，在其他语言中自由诗大多也是在19世纪末20世纪初出现的。这让我想到一个历史现象：20世纪初，尤其是一战之后世界上许多大的帝国纷纷瓦解，由此倒让我感到格律诗等规则严格的诗体所对应的正是帝国这种国家形式，随着这种政治文化的解体，纷纷告别历史舞台，相应地，自由诗所对应的应该是以自由民主为核心的现代国家（在阿拉伯世界，自由诗运动是在上世纪50年代才进行的，他的主要倡导者就是阿多尼斯，如此之晚是因为阿拉伯世界如今还存在着类似帝国式的国家形式）从此勃兴起来。我不相信一些人下的定义，诗人无须有人分配任务然后想法完成。其实诗人在写诗时，他并不会想他是诗人，他要如何如何，他只是感受、想象或厌倦这个世界，或者被引领着达到一个全新而陌生的领域，诗由此而来。对新诗的所有指责可能都是有道理的，但好诗不是什么人能教导出来的。

陈爱中：哦，也就是说，新诗批评的意义没有想象的那么有意义，这个我是同意的。批评是总结而非"教导"。能从诗歌的角度聊聊哈尔滨这座城市吗？比如信仰、比如历史，等等。

朱永良：诗人无不是被外在的生活和内在的心灵所塑造，最终成为能感知生活的特别的人，也可能是个孤独的人。哈尔滨因俄国修中东铁路而兴起，几乎可以说它是一座俄国人在清朝土地上设计兴建的俄国风格的城市，从 1898 年建城到上世纪 20 年代，俄国人管理这座城市近 30 年。80 年代后期我特意关注了一下西方古典建筑的柱式，在这座城市里几乎可以找到希腊罗马所有柱式的仿作，这座城市遍布欧洲的风范。不同审美风格的建筑，投射出不同形状的阴影，这自然会使人形成迥然相异的美学趣味，对于诗歌来说，这些都会成为写作或风格中的潜意识。

陈爱中：谈到哈尔滨的建筑，我注意到很多诗人尤为关注哈尔滨的教堂，您能聊聊这个吗？

朱永良：刚才我们谈到，哈尔滨这座城市的建筑风格基本上都是欧式的，或说是俄式的。如果将时间推回上世纪 70 年代，对城市建筑稍加注意的人都会看出这点。不仅有诗人关注哈尔滨的教堂，哈尔滨最为有名的标志性建筑也改为教堂了，教堂成为这座城市的象征。但或许这说明不了什么，教堂虽多，但没有信仰的追随者，现在这里的人们生活中没有教堂，心灵中也没有教堂。比如常常出现在城市名片上的圣索菲娅教堂，它与伊斯坦布尔君士坦丁堡时期的著名教堂同名，从风格上也借鉴了后者，但今天它们同样都被改为建筑博物馆了。目前仅存的几座旧教堂中，只有两座为教会所用。而据说上世纪 30 年代，这个城市有 50 多座教堂，东正教、天主教、新教、犹太教等教堂都有，当然，这其中最有名的依然是"文化大革命"时被拆的圣尼古拉教堂。

陈爱中：您觉得上世纪 90 年代以来的黑龙江新诗有哪些值得关注的地方？相对于全国其他省份，黑龙江诗的特色在哪里？

朱永良：噢，是这样，我认为，"黑龙江新诗"是个伪命题，就是说它根本不存在，人人知道有唐诗，也可进一步分为初唐诗、盛唐诗，但你听说过（唐朝十道中的）关内道诗、剑南道诗吗？什么黑龙江诗，荒唐至极。以语言和时间划分诗的存在是有道理的，或以一国来划分诗，因为诗是语言和文化的一部分，比如可以说美国诗、美国现代诗，但谁听说过马萨诸塞诗、威斯康星诗，或者纬度和黑龙江差不多的佛蒙特诗。当然，要是说在黑龙江写作的诗人其作品有什么共同的东西，倒可以姑且归纳一下，比如说坚实、冷峻可能就是特色之一吧。

可以研究一个同仁小组的诗，可以研究一个哪怕是松散流派的诗，但是研究一国之内一个行政区划内诗人的诗如何如何是没有意义的。

陈爱中：今天的诗歌主张众多，其中对诗歌的标准更是看法不一，甚至有人说诗歌没有标准，对此你怎么看？

朱永良：之所以对诗歌的看法众说纷纭，是因为自由诗从表面上看太容易写了，其实不然，因为每首诗都有它恰切的形式，都有它的动力源泉，诗人只有在幸运时才会捕捉到它、呈现它。将一首诗从空无当中创造出来，或将缪斯的话记录下来，这绝不是仅仅会写字、分行就可以做到的。

关于诗有没有标准，张曙光和我刚刚谈论了这问题。那么自由诗是不是因其自由就没有标准了呢？我认为正相反，今天的诗是有标准的，关键是如今诗的标准不再像法律中的大陆法系那样，有着明确的法律条文；它更像英美法系所依据的判例，判例就是标准。上世纪70年代末，北岛等人的诗就为中国诗歌提供了新的标准，后来又有新的诗人以其杰出的作品为诗增加了标准。同时，很显然，卡瓦菲的诗、博尔赫斯的诗、米沃什的诗、布罗茨基的诗……无可争辩地也为诗提供了标准。这些诗人的诗就像经典的判例，成为判断其他诗优劣的依据。

陈爱中：北岛等人的诗为中国诗歌提供了新的标准？这个我第一次听说，您能详细说说吗？另外，您觉得这种判例的界定方式是否会有狭隘性？

　　朱永良：当然，北岛的诗由《今天》杂志发表后，敏锐的读者立刻将先前还在读的诗扔掉了，而想办法寻找已油印或手抄的北岛的诗。这开始了一个新的时代，它使诗重新站在了文学的高度上，这是一个可以呼应中国伟大的诗歌传统而不汗颜的成就。

　　在文学上，一个诗人或作家足以使一国或一种语言的文学达到标志性的高度，我再找个更有力的例子，比如卡夫卡，他在德语文学上所达到的高度甚至说在世界文学上达到的高度都是不输于古人的，这不是个伟大的判例吗！想象一下，在他之后用德语写作的作家是多么备受煎熬啊！

　　陈爱中："每首诗都应有它恰切的形式"，那么是不是可以说如古典诗那样的"格律诗"，在新诗中是无法实现的？
　　朱永良：我这里所说的"恰切的形式"是说现今诗人所写的自由诗，姑且像你一样也用"新诗"这个词吧，每首诗因其动机、题材的不同会有一个与之相符的形式，每一次写诗时诗人都要获得（或寻找到）一个与之相符的形式，我是从自身的写诗经验中感觉并明白这个道理的。但我想这应与对现代主义及之后文学的认识有关。从阅读中你也会感觉到，好的新诗那种恰如其分的境界真如常言所说的增一寸则长，少一寸则短。

　　陈爱中：有兴趣聊聊正在从事的以及今后的创作计划吗？
　　朱永良：噢，你在挖掘我的秘密。不记得是谁说的了，大意是：艺术都是偶得的，我可能就是这类诗人，渴望在偶然中捕捉到一首首诗，而很少有计划。但也不完全如此，比如 2010 年我计划写一下具有超现实主义风格的诗，结果还真的写了几首，令人欣慰。对于写诗我倒有个大致的想法：每年写十几或 20 首诗，长久来看，从数量上看完成得较差（从《另一个比喻》中你也会看到），但一年大约写 20 首诗，并有一半能暗自满意是我的愿望，尽管我常常在一年过后处于失望的境地。

第二十章 绿皮火车上的雪与月亮

——杨河山访谈录*

陈爱中：作为媒体从业者，从熟悉的电视文化理论过渡到勤奋的诗歌写作，怎么看待这个转变？请谈谈你的诗歌创作经历。

杨河山：诗歌创作对于我来说应该是偶然又必然的事情。我的诗歌创作比较晚，正式创作的时间应是 2010 年，所以也没有太多的经历可言。直接的动因是我在某个媒体工作，从一线下来，不甘于每天喝茶聊天翻翻无聊的报纸打发生活，因此试图寻找某种可以毕生追求永无止境的事做做。开始尝试着写诗，尝试着投稿并得到发表。本来以为从此可以一直在二线专心创作，没有想到又重新回到了一线，并且工作特别繁重，比以前还繁重。但是还好，坚持了下来，至今仍然没有放弃。

其实，接触诗歌应该是很早的事，因为我父亲是一个出色的语文特级教师，受其影响我从 6 岁就开始大量背诵古诗词。记得第一首背诵的应该是刘禹锡的《陋室铭》，并不理解，只是背诵，然后是李白杜甫白居易苏轼辛弃疾。后来，在大学时代也致力于古汉语与古典文学专业的研究，曾系统地阅读了《诗经》《楚辞》、汉乐府以及大量的唐诗宋词，也包括各种古代散文，这些对于我的诗歌

---

    * 杨河山，当代诗人。1960 年生，籍贯黑龙江。2010 年开始写诗，目前已在《诗刊》《诗林》《诗潮》《诗建设》《扬子江诗刊》《中西诗歌》《汉诗》《天涯》《诗选刊》《中国艺术家》以及美国《新大陆》等国内外多家报刊发表诗作。作品曾入选《诗刊·2014 年度诗选》等国内多家诗歌年度选本，曾获深圳特区报光明杯"诗与自然"诗歌奖一等奖。著有诗集《残雪如白雏菊》。

创作应该说有着深刻的影响。

我很幸运，能够与诗人张曙光成为大学同学。我们很熟，曾经一个宿舍甚至睡上下铺。他在诗歌方面的成就成为我的榜样，他给予我很多诗歌创作方面的指导和鼓励。在大学期间，看见他与其他的诗人们如哈金等人每天切磋诗歌，谈论国外诗人的作品，感觉很新鲜。应该说，当时我并未想过诗歌方面的事情，更未想过自己几十年后也将成为诗人。在20世纪70年代末80年代初，那是思想解放的年代，各种文学思潮纷纷涌入，因此人们得以接触国内外形形色色的文学样态，也包括世界上各种流派的诗歌。后来，我陆续接触了文乾义、冯晏、桑克、包临轩、潘红莉、袁永苹、吉庆、张静波、古剑等诗人，他们给予我很多启发和帮助。有一段时间，我阅读了国内外大量不同年代不同风格的诗歌作品，几乎每天都沉浸于诗歌的情境中，并尝试写作，自此我的诗歌创作开始步入正轨。

第一首正式创作的诗歌几乎记不清了，记得是一首学钢琴方面的诗歌，很生涩，那是2010年的作品，目前已经找不到了。后来，开始尝试写出了很多不同内容的诗，但仍然很生涩。2012年，在《长江日报》开始发表第一组诗歌，这是第一次公开发表作品。然后经诗人刘畅推荐，在《扬子江诗刊》发表组诗，并陆续在其他诗刊发表作品。应该说，家乡的诗刊《诗林》以及诗人主编潘红莉给予了我非常大的支持，发表了我的很多组诗，《诗潮》《汉诗》等诗刊也非常支持和扶助我，为我树立了走上诗歌创作道路的信心。

陈爱中：怎么看待现代诗？你的诗歌是怎么体现这种诗歌观念的？

杨河山：就诗而言，我认为，诗歌始终是文学的顶峰。如果将文学比作金字塔，那么诗歌便是金字塔顶端的明珠。诗歌的整体命运不为任何人所左右，任何个人都不能对诗歌的命运产生根本性的影响，诗歌应该是诗人们集体智慧的结晶，或者选择的结果。鉴于诗歌千百年来的巨大成就，诗歌永远不会消亡，无论何时，都没有什么东西可以取代诗歌。

但是，诗是什么？现代诗又应该怎样界定？华兹华斯说：诗是强烈情感的自然流露。里尔克说：诗是经验。为诗歌下定义或许应该是评论家的事，或者是那些更具有权威的诗人的事，我们也无意在此做出这样的结论。应该说，为诗歌包括现代诗歌做出定义是比较难的，博尔赫斯说："我们无法用其他的文字来为诗下定义，这就像我们无法为咖啡的味道下定义，或是无法为红色黄色、无法为愤怒、爱与仇恨，或者日出日落，还有对国家的爱来下定义一样。"

但有一点应该是明确的。我认为，现代诗之所以是现代诗，就是说，诗歌一定具有时代性，应该呈现出"现代"的形态，并生动地展示现代社会生活的景观。也就是说，诗歌应该展现现代诗人不断探索的结果，并且满足现代人的审美需求。

要做到这一点，我想现代诗也需要不断创新。现代诗歌的形态也是多种多样的，各种流派都在以不同的方式写作诗歌，每一种方式都各有千秋。我想，一个诗人，最重要的是写出好诗歌，以正确的方式（什么是正确的方式？）写出读者喜欢，读起来赏心悦目并且带给我们巨大启迪的诗歌文本。诗歌，应该给人们带来美的愉悦与心灵的启迪。

就我自身创作来说，我认为我的诗歌一定要努力体现其现代性先锋性。当然我们不会放弃传统，但是时代发展到了今天，作为一个诗人，不应该满足并且固守旧有的写作模式，更应该站在时代的前沿，以现代的观念观照诗歌创作，以现代的方式从事写作，不断给诗歌带来新的活力。这是一个目标，而我距离这个目标仍然有很大的差距。

此外，作为一个诗人，我认为自己应该兼收并蓄，学会融会贯通，广泛涉猎各种现代艺术形态。诗歌与各种艺术相通，或者诗歌本身就是艺术的一部分。比如音乐、绘画、摄影、戏剧，等等，在诗歌中都会有不同程度的体现。诗歌必然要具备音乐性与画面感，只不过你需要以文字的方式加以呈现。

博尔赫斯说："每当我们读诗的时候，艺术就这么发生了。"我想诗歌作品同时也应是一部艺术作品。

诗歌是发现的艺术，对于我来说，似乎什么都可以入诗，并没有某些题材的限定。只是我特别注重这种题材进入头脑中所带来的第一感觉，并尝试着将这种感觉生动地表达出来。写诗需要具备细致观察的能力，你周围的一切，包括你的生活及情感，每天都在为你提供诗歌写作的可能。发现至关重要，独特的发现将为诗歌写作提供可能成功的先决条件。

因此，诗歌一定是真实的，展现真实而广阔的社会生活，真实的个人生活经验，真实的内心情感，或者并不排除在真实的基础上加以诗歌的处理。

不同时代的优秀诗人，都以他们的诗歌文字，为后来人呈现出他们所处时代的生动景象，并且流传后世。米沃什在《诗的见证》中说："因此，诗歌具有见证的作用，不是我们见证诗歌，而是诗歌见证我们。"他还说："诗歌的见证要比新闻更可靠。如果有什么不能在更深的层面上也即诗歌的层面上验证，那我们就要怀疑其真实性。"他还这样阐述说："我倒是不怀疑，后代会为了试图理解二十世纪是什么样子的而读我们，如同我们通过兰波的诗歌和福楼拜的散文知道很多有关十九世纪的事情。"

因此，我们的诗歌应该广泛接触现代社会现代生活，并展示当代人所特有的境遇及内心世界。视野应更加广阔，内容应更加丰富。诗人永远不能停止的，是对时代生活的记录，是对自我的辨识，是对人生命运的思考。

陈爱中：现代诗一定要有先锋性，探入生活内部的真实，无论是作为经验还是作为另一种生活样态的存在，诗歌都是在更为超越性的意义上映现现代生活的样子，不断在创新中成长。谈到诗歌，你引用了很多代表性诗人对诗歌的理解，呈现出复杂性，这也体现出现代诗本身超越古典诗的情感单纯性而走向丰富性的一面。我知道你现在的诗歌写作处在高峰期，并出版了诗集《残雪如白雏菊》，展示出较高的诗歌素养，现在和将来有什么样的创作计划？

杨河山：目前，并没有什么特别的计划，只是写诗，更多地写诗，集中自己的全部精力写诗，不断尝试诗歌的写作。自 2010 年至今，我的成熟的或者不够成熟的诗歌作品已经超过千首，在各种刊物上发表的也有几百首。多写，或许对于一个诗歌新人是必要的，可以始终处于某种写作的状态并保持语感，但这也是一把双刃剑，很多诗歌，或许因此流于粗放，不够有质量。

几乎每天，只要有时间，我都会陷入诗歌方面的思索中，而子夜时分，子夜一点半到三点，是写诗最好的时间。这个时间非常安静，没有什么可以打扰你，仿佛置身一个专属于你的诗歌世界里。但付出的代价是睡眠，长此以往或许还有健康，但我会注意，目前状态仍比较好。

接下来重要的仍然是学习，同时保持大量的阅读，以国外诗人为主，主要是经典，尤其是新的诗歌新锐更值得关注。同时努力为自己的诗歌创作植入更加现代的理念，不断创新，尝试以自己的方式从事诗歌创作。

相对于其他诗人，我的诗歌创作还刚刚起步，还是一个初习者。目前，第二部个人诗集正在进行中，目前已经选入近 200 首诗歌作品，打算选 300 首左右，初步命名为《雨中的公交车》。相比第一部诗集《残雪如白雏菊》，第二部诗集选诗更加注重了先锋性与现代性，并体现了对诗歌创作的某些最新的思考。

或许我应该把有关哈尔滨的诗歌结集，整理一下集中出版。

陈爱中：这个计划是富足的，但诗歌经常是意外之笔，并不一定会遵循理性的安排，很期待《雨中的公交车》。一般说来，如果说 90 年代对汉语新诗有突出性贡献的话，那么一定是为汉语新诗提供了思想性写作的最为丰硕的文本，并在这个意义上实现了对 80 年代新诗理念的颠覆。你是人到中年才开始诗歌创作的，请问你怎么看待这种"中年写作"？

杨河山：中年应该是人生的鼎盛时期，但实事求是地讲，中年写诗，面临着巨大的风险。据说有这么一句话：人到四十不写诗。

我理解，这可能意味着进入 40 岁之后并由此起步，你的诗歌创作将面临重重障碍。你是否还有创新精神？是否还有诗人应有的天真？是否能够放下种种与诗歌背离的牵挂？是否能够经得起各种纷扰的考验以及诱惑？这等于赛跑，别的诗人已经跑了大半途，你才开始起步，你能够写得更好吗？

作为一个诗人，我认为必须具有这样的境界，就是你能够放下那些属于你或根本不属于你的一切东西。你需要面对环境的喧嚣，保持内心的宁静，因为诗歌写作是需要宁静的。你需要具备在纷扰中写作的能力，并且坚持不懈。你的本性需要足够天真、浪漫、本质、澄澈，你对任何事情都必须具备你自己独到的见解。诗歌是高傲的，对于诗人而言，内心的叛逆不可缺少。诗人不能改变世界，但也不能为世界所改变。

因此，保持内心的澄澈，写干净的诗歌，这是我对于自己创作的一个基本追求。或许在国内的诗人之中，我 50 岁开始写诗，应该是最晚的，或最晚的之一，但我认为，即使起步晚，如果能够具备较高的起点，写诗也是可能的。

中年写诗，我认为这样的时刻已经具备足够的积淀，很多事情已经明晰，50 岁已经到了知天命的境界，而这样的领悟或许是年轻的诗人们不完全具备的。另外，你的各方面的经历，都将为诗歌创作提供足够的支撑，而这一点对于诗歌而言特别需要。你会寻找怎么去写，以什么样的方式加以呈现，找到一条属于自己的路，这是特别重要的。

我始终追求一种平实、内敛、自然、深刻、厚重的诗歌写作风格，不追求诗意，甚至刻意地把诗意隐藏于诗歌的文字之中。我提倡直指内心的写作方式，也就是把自己最需要表达的以直接的方式表达出来，挖掘内心的第一感受。当然，我的诗歌更多地借鉴了浪漫主义的表现方式，充分运用了想象的能力。想象力从来不是诗人独自拥有的，而是人类普遍存在的能力。每个人都可以想象，但诗人的想象却全然不同。在诗歌创作中，想象力已成为一种天资，一种特殊的能力，是一个诗人必须具备的特质，是诗歌的内在动力。

诗人的想象力，就是在诗歌中重新解构世界的能力。诗歌需要为读者提供尽可能宽广的独特的想象空间。

我始终在想，如果我也如同许多诗人那样，能早一些接触诗歌，并且写诗，会怎么样？我的答案也许是有些悲观的，或许那个时候我什么也写不出来，或许写出来跟没有写是没有什么区别的。那么现在，既然暂时具备了诗歌写作的条件，那就坚定地写下去，此刻，我也不知道未来我还能写多久。

陈爱中：为什么在诗里不追求诗意？将诗意隐藏起来，你又该如何彰显诗之为诗的文体要求？这恐怕很难做到。是不是这里的诗意有新的延伸或者有属于你自己的诗歌理念？

杨河山：这或许会带来某种误解，其实并不是说诗歌不需要诗意，而是恰恰相反。诗歌之所以成为诗歌，诗意是不可缺少的。毫无疑问，诗需要诗意，诗歌需要具有诗意的表达，重要的是我们如何展现诗意。

我个人认为，在诗歌中刻意追求表面的诗意，或许是诗歌写作中某种天真浅薄的行为，是危险的，是不成熟的表现。我更加注重内在的诗意，不动声色的描写，体现张力、控制力，将情感深深地蕴含于文字深处，阅读后，会引发你的想象与内心的美感，促使你内心进行深入的思索。

因此，收敛诗意，不等于没有诗意，克制情感，不等于没有情感，相反，这种诗意更加深刻，这种情感也将更加厚重深邃。

叙述，是我诗歌创作经常采用的一种基本方式。经过精心的观察，把你独自发现并触动你内心的某些东西呈现出来，如某些现象，某些日常经历，甚至某些普通事件或者重大事件。对这些发现其他人或许熟视无睹，或许根本就没有重视，而只有你把它们呈现出来。叙述是危险的，但又是必需的，叙事是接近真实的最好方式。我总是在寻找某种属于自己的内心表述方式，即以叙述为载体，不断地变奏，然后重新解构，并且渗入丰富的想象，或者在诗歌中表现出某种接近终极的哲理。

写独特的诗歌，始终是我创作的追求。好的诗歌必然是独特的（但什么是好的或不好的），而最深的哲理也许就藏在一棵树里，或一朵花里。

陈爱中：在前面的谈话中，能看出你有丰富的阅读经验，也认同很多诗人的诗学理念。这些阅读怎么体现在你的创作中？怎么处理这种诗学的间接对话？

杨河山：应该说，我读过的所有诗人对我都产生过影响。我读的诗歌应该说不少，因为我自知起步晚，必须广泛阅读借鉴，以便从中汲取诗歌创作的动力。有一个时期，我曾一页页翻读厚厚的中国与世界诗歌方面的鉴赏辞典，各种诗刊诗集，以及不同时期各个国家诗人的作品。直至今日，我的黑色皮包里每天都装着一本喜欢的诗集，便于随时阅读。无论在火车上，在旅行的宾馆里，或者在家中，诗歌大多时候不离我左右。总的来说，我的阅读基本上以国外的诗人为主，各种流派各种风格都有涉猎。

张曙光说：读诗歌就要读最好的诗歌，取法乎上仅得乎中，而我始终牢记这句话。读，大量地阅读，陶冶情操，提高鉴赏能力，始终注意视野的开阔，并且尝试着借鉴于自身的创作中，以开放的姿态全面拥抱世界伟大的诗歌遗产，有诗歌陪伴，一个诗人的幸福即在于此。

我喜欢的诗人有很多，比如米沃什、博尔赫斯、叶芝、艾略特、阿什贝利、洛厄尔、阿米亥、达维什、斯奈德、扎加耶夫斯基、拉金、吉尔伯特、辛波斯卡、狄金森、曼德尔施塔姆，等等，当然也包括一些中国诗人的诗歌。应该说，我多次读过他们的诗歌，虽然读过，但多数是一知半解的，这些诗人都在不同程度上对我产生过影响。

好诗可遇不可求，能读到已是一种幸运。比如我反复阅读的米沃什，我注意借鉴他诗歌所具有的深刻厚重的金属般质地的坚硬风格，观察认知能力，对事物的判断，对时代与生活的揭示。借鉴博尔赫斯，他的灵动飘逸与魔幻，博学与哲思。借鉴阿什贝利，体现其现代性。借鉴扎加耶夫斯基，他的叙述与平衡能力，以及他的深入思考的能力，他独具魅力的美妙的沉思，等等。应该说，每一个诗人都值得借鉴，只有广泛借鉴，才有可能让自己的诗歌站在一个比较高的起点上。

但是诗歌创作毕竟还是自己的事，必须找到自己的方式，加以呈现，必须努力才有收获，而借鉴仅仅为你提供了某种标尺或参照。重复先人，只能在先人之下。每天子夜，或许是我诗歌写作的黄金时间，这个时候四周安静，你可以全身心地投入诗歌情境之中。你必须写出你的感受，你的句子，你的文字，而时间一过，或许它们就变成了完全不同的东西。我的体会是让自己沉浸于诗歌的幻觉中，努力，再努力，诗歌没有捷径，你必须肯吃苦，老老实实一步一个脚印，才可能有所收获，但也可能即使你付出了巨大的努力，仍然一事无成。

陈爱中：新诗的历史表明，每个成熟诗人的创作，都有属于自己的话语系统、用词习惯和美学结构。雪花之于徐志摩、雨巷之于戴望舒、祖国之于舒婷，等等。我发现你的诗歌善于发现日常生活细节，从熟悉的日常意象中寻找诗意，比如绿皮火车、雪等。

杨河山：我认为什么题材都可以入诗，关键在于你如何发现，并用诗歌的方式加以呈现。而那些日常生活中的细节尤其是具有某种时代特征与象征意义的细节，一旦入诗，便更加珍贵。熟悉的事情其实你未必熟悉，就如同你似乎已经了解的事情，其实一点都不了解一样。比如你是谁？从哪里来？为什么活着？为什么未来会死去？离开这个世界，而离开后是否真的就永远离开？星空意味着什么？为什么闪光？河水为什么流动？要想了解这些事情，带给你的可能只是无法解释的迷惑。因此，诗人从看似熟悉的事情中挖掘陌生的意象，是需要的，它们带给你的是对生活的进一步理解，或者接近某种终极的真理。

关于绿皮火车，我大概写了十多首诗歌，这些火车带给我许多那个时代无法抹去的记忆。我对火车的印象全部集中在 20 世纪 80

年代前。确切地说，是1982年前。我心中的火车，是那种绿色车皮的慢腾腾的火车，夏天非常闷热，冬天寒冷得以至于车厢连接处积满了冰霜。当然，还有它高高升腾的白色烟雾，两侧滚动的大红轱辘，以及嘹亮的汽笛声，几公里之外都能清晰听见。当然，还有火车中那些面色晦暗的人，如今，他们已不知去了哪里。

　　我仍然怀念那些火车。每当夜晚，在桑家车站，火车的汽笛声会把我从梦中唤醒。那时候我十岁，对火车无限迷恋，总是躺着在床上听火车驶过的声音，并且幻想着有一天，它会把我带向远方。我仍旧记得火车进站时的情景，当那缕高高飘起的白色蒸汽从远方山冈后面的树林里出现时，火车便来了。这时，村中的男女老少都会集中到站台上，好像一个盛大的节日。孩子们跳上渐渐慢下来准备进站的火车，站在火车脚踏板上，傻笑着，挥舞着手臂，而大人们都在仰头张望。记得当时最喜欢做的是数火车有多少节车厢（客车大约有12节而货车有50多节），每当火车驶过，这平原上唯一的风景，总会牵动我的心，让我心驰神往。

　　确实，我坐过无数次火车。从家乡小城绥化县到哈尔滨，共13个停车站，100多公里，需要行进三个小时，这是我多次经过的路线。至今我仍然记得途中的那些站台——兴隆镇的木材堆，每当下雨，或者下雪，那些堆积的原木会变得发黑，并散发着潮湿的气味。还有康金井圆锥形的粮库，白奎堡黄色的火车站候车室，以及萧红故乡呼兰县城，那流向远方的灰色的河水。这些过去的记忆，让我在诗歌中多次涉及，对我来说，这不仅是童年的记忆，更是一个时代在我心中留下的烙印。

　　因此，我诗歌中的火车都是从前的火车。它们从岁月的深处驶来，缓慢穿行于北方荒凉的平原上，拉着那些饥饿的人，陷于苦难深渊的乘客，向远方行驶。或许没有人知道他们的目的地，也无法预知他们的命运，但他们坐在火车上，始终向外望着，怀着内心的期待。这是黑暗时代的火车，它向前行进，挣扎着，跌跌撞撞，喷发出白色的蒸汽，并且发出嘹亮的汽笛声——似乎在鸣唱，似乎以此向喜欢它热爱它的人们致意。

而雪，我至今已经写了 38 首，也许更多。这些白色的不久就会变成黑色的雪，给人们带来了不同的心灵感受。有的人或许认为无比新奇美丽，并且刺激，因为它会带来不一样的雪上生活，而另一些人或许会感觉冬天的寒冷漫长，痛恨雪，并由此联想起死亡。毫无疑问，我属于后者。虽然我写了这么多的雪，但在这些诗歌的描述中，大多数具有某种厌倦甚至憎恶的倾向。但你无法回避，而这就是生活。你需要默默忍受，并且期待什么时候冬天会快一些过去。

对于这些事物的书写，我认为其实更难，并且具有某种危险性。弄不好会变得琐碎、平淡，甚至毫无价值。就因为人们都熟悉它们，熟视无睹了，所以很难从中发现诗歌的新意。所以，就应该从熟悉中发现陌生，从平凡中发现神奇，从简单中发现至深的生活哲理。但即使如此，诗人所描述的这一切，或许并不能够带给人们某些确切的认知，而仅仅是出于某种感觉和意象。诗歌不提供结论，只是带给你某种感受，以及大致的印象。

博尔赫斯说："我认为第一次阅读诗的感觉才是真实的感觉，之后我们就很容易自我沉溺在这样的感觉中，一再让我们的感官与印象重现。"米沃什在《诗的见证》中指出："虽然诗人描写真实事物，但并非每个诗人都能在一件艺术作品中赋予这些真实事物的存在以必不可少的真实感。诗人也有可能使这些真实事物变得不真实。"

但我想说，这些初次进入你心中的意象还是真实的、强烈的，你只需要把它们写出来，描述出来，并且成为诗歌。今天日常生活中的某些细节，对于未来并不了解这一切的读者来说，或许就是历史，以及诗人们所经历的值得追忆的生活，

就因为如此，诗歌才具有了永远存在的价值。

陈爱中：你在哈尔滨这个城市生活很久了，而且看你的写作也基本上围绕着这个城市，怎么看待这座城市对你的影响？从诗歌到生活。

杨河山：自 1977 年开始，我生活在这个城市，当时，这个城市寒冷、灰暗、寂寥，街头落满了雪，低矮的四层至六层的建筑，有些破败。人们从街上走过，穿着黄色、灰黑色或者蓝色的棉服，似乎刚刚苏醒。有时候我会站在街上，望着这个我认识不久的城市，看红色有轨电车沿着革新街，从几乎废弃的阿列克谢耶夫教堂前缓缓经过，转个弯，向墨绿色的秋林公司方向驶去，顶部不时发出耀眼的蓝色火花。是的，这是 1977 年，或与 1978 年之交的那段时间，那一年我 17 岁，或 18 岁，对许多事情的认识片面而天真，当然我不可能更深地了解这个城市。

到现在为止，屈指算来我在这里整整生活了 40 年。应该说，这是人生最重要的 40 年，从青年时代跨入中年时代，从充满理想的阶段进入逐渐平静与冷静的转折时期，从不断奋斗到安于天命，从青涩到不断成熟。这个城市给予我许多痛苦，当然也有许多幸福。而这一切都将成为诗歌写作的源泉。

我对哈尔滨有着许多自己的认识。这个因为火车而兴建的城市，它的历史、文化、开放、包容的传统，它的浪漫特质，以及不同于任何一座中国城市的独特风情，让我深深迷恋。

我在诗歌中有很多次描写过它的街道与建筑，写过雪、火车与月亮，当然也写了很多自己在这个城市的生活。其实我的诗歌不仅仅写这个城市，这只是一部分，但这部分诗歌也是我比较重要的作品，我今后还将继续书写这个城市，那些无法割断的关系，已经将我与这个城市紧紧联系在一起。

我始终认为，北方是出诗歌的地方。它四季分明的景观，便于诗歌写作，独特而鲜明。它相对边缘甚至落后的环境，也便于写作，而那些特别繁华的大都市（当然并不完全如此）或许是诗歌写作的沙漠。而这里安静甚至相对闭塞的生活，也有利于诗歌创作。诗人必须耐得住寂寞，更重要的是，如果这个地域历来有诗歌的传统，并且有许多人真心地热爱诗歌，这便是诗人的福分，你可以拥有许多其他地方的诗人所不具备的条件。

任何一个诗人都无法脱离他的生活环境，无法脱离他所处的时代。一个城市需要自己的诗歌，一个城市需要自己的诗人，一个城市或许应该因为拥有书写自己的诗人们而感到幸运。

城市需要书写，不需要诗歌的城市无疑是令人悲哀的。一个没有诗歌的城市，同样令人遗憾。或许这将是一个没有想象力的地方，没有诗意的地方，甚至没有文化的地方。一个没有文化与诗意的城市，如同一座沙漠。

我们阅读过许多大师描写自己城市的传世作品，在诗歌中认识了他们描写的城市，曾经生活或者曾经游历的地方。米沃什的伯克利，博尔赫斯的布宜诺斯艾利斯，扎加耶夫斯基的利沃夫，阿赫玛托娃的莫斯科，以及曼德尔施塔姆的列宁格勒……他们的经典诗歌在世上流传，我们通过诗歌，片断性地了解了这些城市。此刻，诗歌的生命或许比城市更为久远。

因此，诗歌因其特殊的影响力而进行传播。诗人们看到或者听到的一切，通过诗歌记录并留存下来，到了明天，便会成为可信赖的历史。许多事情随着时间的流逝而湮没，而诗歌记录了这一切。或许还会有另一些人，通过诗歌，追溯城市的历史，了解诗人所处的时代，并试图破解一些历史的谜团。

因此，书写哈尔滨这座城市，当然这也指其他的诗人们始终在书写的各自生活的属于自己的城市，包括乡村，是十分重要的。你便是这个城市或者乡村的见证者，同时也是你自己的见证者。如果你的描述具有典型性，并足够真实细致，这便无形中记录了历史。而诗歌，也确实具有某种独特的记录的性质。

参考文献

袁可嘉：《诗的新方向》，《新路周刊》1948 年第 1 卷第 17 期。

《东北文学》1953 年第 11 期。

《东北文艺》1954 年第 1 期。

张恩和：《郭小川评传》，重庆出版社 1993 年版。

赵国春：《诗人艾青在北大荒》，《炎黄春秋》2003 年第 7 期。

了之：《爱情有没有条件?》，《文艺月报》1957 年 3 月号。

[丹麦] 勃兰兑斯：《十九世纪文学主流》，李宗杰译，人民文学出
版社 1981 年版。

史卫民、何岚：《知青备忘录——上山下乡运动中的生产建设兵
团》，中国社会科学出版社 1996 年版。

[美] 苏珊·朗格：《艺术问题》，滕守尧译，南京出版社 2006
年版。

刘再复：《性格组合论》，上海文艺出版社 1986 年版。

洪治刚：《论小说中的地域风情》，《山花》1994 年第 5 期。

肖复兴：《黑白记忆——我的青春回忆录》，人民文学出版社 2005
年版。

保罗·蒂里希：《政治期望》，四川人民出版社 1998 年版。

农垦出版社丛书编辑室编：《向地球开战》，农垦出版社 1958 年版。

北大荒文学作品选编委员会编：《北大荒文学作品选》，学林出版
社 1987 年版。

海德格尔：《荷尔德林诗的阐释》，孙周兴译，商务印书馆 2000
年版。

忽培元主编，潘永翔分卷主编：《大庆文艺精品丛书·诗歌卷》，中国青年出版社 2008 年版。

徐有富：《诗学理论》，北京大学出版社 2007 年版。

《战报》大庆石油职工诗歌创作的摇篮，大庆网，2010 年 4 月 8 日。

朱光潜：《诗论》，安徽教育出版社 2006 年版。

艾布拉姆斯：《镜与灯——浪漫主义文论及批评传统》，北京大学出版社 1989 年版。

张景超、温汉生：《物化时代里返璞归真的诗——李琦创作论》，《文艺评论》1997 年第 4 期。

林莽：《李琦论》，《诗探索》1997 年第 2 期。

罗振亚：《雪夜风灯——李琦论》，黑龙江人民出版社 2001 年版。

［美］艾里希·弗洛姆：《爱的艺术》，李健鸣译，上海译文出版社 2008 年版。

［英］罗素：《婚姻革命》，靳建国译，东方出版社 1988 年版。

谢玉娥编：《女性文学研究》，河南大学出版社 1990 年版。

［美］埃里希·弗洛姆：《逃避自由》，刘林海译，国际文化出版公司 2007 年版。

甘阳：《以家庭作为道德重建的中心》，《21 世纪经济报道》2012 年 1 月 29 日。

张抗抗：《女性身体写作及其他》，文汇出版社 2002 年版。

吴思敬编选：《磁场与魔方》，北京师范大学出版社 1993 年版。

李琦：《寂寞中的诗人》，《文艺评论》1995 年第 4 期。

［法］丹纳：《艺术哲学》，傅雷译，凤凰出版传媒集团、江苏文艺出版社 2012 年版。

李琦：《从前的布拉吉》，中国国际广播出版社 1997 年版。

张曙光：《90 年代诗歌及我的诗学立场》，《诗探索》1999 年第 3 期。

［日］炳谷行人：《日本现代文学的起源》，赵京华译，生活·读书·新知三联书店 2003 年版。

西渡、王家新编：《访问中国诗歌》，汕头大学出版社 2009 年版。

王家新等编：《中国诗歌：90 年代备忘录》，人民文学出版社 2000
　　年版。

［德］黑格尔：《美学》，商务印书馆 1996 年版。

李广田：《李广田文学评论选》，云南人民出版社 1983 年版。

邢海珍：《读桑克的诗》，《文艺评论》2009 年第 2 期。

［美］约翰·克劳·兰色姆：《新批评》，王腊宝、张哲译，文化艺
　　术出版社 2010 年版。

忽培元主编：《大庆文艺精品丛书》，中国青年出版社 2008 年版。

王家新等编：《中国九十年代诗歌备忘录》，人民文学出版社 2000
　　年版。

周赞：《透过诗歌写作的潜望镜》，社会科学文献出版社 2007 年版。

孙磊：《用于呼吸的声音：谈马永波诗歌》，《诗探索》2006 年第
　　3 期。

魏建、贾振勇：《齐鲁文化与山东新文学》，湖南教育出版社 1995
　　年版。

朱晓进：《"山药蛋派"与三晋文化》，湖南教育出版社 1995 年版。

李怡：《现代四川文学的巴蜀文化阐释》，湖南教育出版社 1995
　　年版。

潘正文：《两浙人文传统与百年浙江文学》，中国社会科学出版社
　　2010 年版。

张旭东：《书房与革命——作为"历史学家"的"收藏家"本雅
　　明》，《读书》1988 年第 12 期。

［美］玛乔瑞·帕洛夫：《激进的艺术：媒体时代的诗歌创作》，聂
　　珍钊等译，上海外语教育出版社 2013 年版。

［美］苏珊·朗格：《艺术问题》，滕守尧译，南京出版社 2006
　　年版。

冯毓云、罗振亚等编：《龙江当代文学大系》，北方文艺出版社
　　2010 年版。

朱永良：《另一个比喻》，重庆大学出版社 2011 年版。

张曙光：《小丑的花格外衣》，文化艺术出版社 1998 年版。

张曙光：《午后的降雪》，重庆大学出版社 2011 年版。

张曙光：《闹鬼的房子》，人民文学出版社 2014 年版。

梁南：《野百合》，江苏人民出版社 1984 年版。

邢海珍：《生命在风雪中——梁南论》，黑龙江人民出版社 2002
　　年版。

梁南：《诱惑与热恋》，漓江出版社 1988 年版。

梁南：《爱的火焰花》，花城出版社 1983 年版。

梁南：《梁南自选诗集》，贵州人民出版社 1993 年版。

李琦：《从前的布拉吉》，中国国际广播出版社 1997 年版。

李琦：《帆·桅杆》，北方文艺出版社 1985 年版。

李琦：《天籁》，重庆出版社 1991 年版。

李琦：《云想衣裳》，百花文艺出版社 2003 年版。

李琦：《李琦近作选》，时代文艺出版社 2008 年版。

桑克：《转台游戏》，重庆大学出版社 2011 年版。

桑克：《桑克诗选》，长江文艺出版社 2007 年版。

桑克：《桑克诗歌》，太白文艺出版社 2007 年版。

桑克：《冬天的早班飞机》，人民文学出版社 2012 年版。

张曙光等：《上帝送他一座图书馆》，哈尔滨出版社 2004 年版。

马永波：《以两种速度播放的夏天》，台湾唐山出版社 1999 年版。

马永波：《树篱上的雪》，商务印书馆 2013 年版。

马永波：《荒凉的白纸》，北京工业大学出版社 2012 年版。

马永波：《对九十年代叙述诗学的再思考》，《五台山》2013 年第
　　6 期。

马永波：《元诗歌论纲》，《艺术广角》2008 年第 9 期。

马永波：《90 年代写作的客观化倾向：复调、散点透视、伪叙述》，
　　《当代文坛》2010 年第 3 期。

冯晏：《纷繁的秩序》，重庆大学出版社 2009 年版。

庞壮国：《望月的狐》，百花文艺出版社 1992 年版。

庞壮国：《庞壮国诗选》，北方文艺出版社 1991 年版。

王珂：《新时期30年新诗得失论》，上海三联书店2012年版。

王光明：《艰难的指向："新诗潮"与二十世纪中国现代诗》，社会科学文献出版社2013年版。

李怡、肖伟胜主编：《中国现代文学的巴蜀视野》，巴蜀书社2006年版。

方长安：《新诗传播与构建》，中国社会科学出版社2012年版。

高玉、朱利民：《两浙启蒙思潮与中国近现代文学》，中国社会科学出版社2012年版。

吴思敬：《吴思敬论新诗》，中国社会科学出版社2013年版。

霍俊明：《新世纪诗歌精神考察》，河北大学出版社2014年版。

罗振亚：《1990年代新潮诗研究》，河北大学出版社2014年版。

王尧：《作为问题的八十年代》，生活·读书·新知三联书店2013年版。

韩明安、黄任远等：《黑龙江文学通史》，北方文艺出版社2003年版。

陈超：《个人化历史想象力的生成》，北京大学出版社2014年版。

陈仲义：《中国前沿诗歌聚焦》，中国社会科学出版社2009年版。

林超然：《1990年代黑龙江文学研究》，黑龙江人民出版社2007年版。

后　记

一本书写完了，总是会想说一些轻松的"花边"故事，或者是写作的缘起，或者是诉说其中的心酸过往，再或者是补充说明写作的意义与价值。其实，这些都不重要，写出来了，究竟如何，看书的人并不见得会关心其余的零零碎碎。但正如书要有封面和封底一样，突兀地呈现出作品的本文，而没有序言、后记之类的点缀，多少有点不踏实，或者说不完整。所以，还是要说一点。

相比较而言，黑龙江是充满异质文化特征的地域，各种文化相互包容、碰撞，在积极交融中呈现为开放性的格局，从容的生活节奏里，总是有充沛的直觉灵感和思想的悦动。移民文化、少数民族文化、犹太文化、俄罗斯文化等互相杂糅，营构出这片富有活力的土地。这种显著的差异性和辨识度尤为适合诗歌的生长，也取得了颇为丰硕的创作实绩，尤其是 20 世纪 90 年代以来。就目前来说，尚没有对黑龙江当代新诗的宏观研究著作，亦很少有专门的目光注意到这一领域，龙江新诗的创作如火如荼，但批评相对匮乏，不能不说是一个遗憾。因此，在与龙江诗人和诗歌的长期接触中，就萌发了做一本龙江当代新诗研究的想法，并得到了黑龙江省哲学社会科学项目的资助。高校教书，科研的结果之一在于育人，在培养硕士研究生的过程中，我尝试将这一想法拿到课堂上去，一起搜集资料、讨论，并根据他们的能力情况，让其参与进来。比如翟斯羽对马永波的叙事诗感兴趣，尤其是其中的元叙事，包晰莹对包临轩近期诗的写作有着独到的发现和基于直觉的叙述方法，等等，这些都在本书中有所体现。陆陆续续地，这些研究成果以各种文字形式呈现出来，然后在《学习与探索》《文艺评论》《作家》《百家评论》《黑龙江社会科学》《雪莲》等杂志刊登出来，这里要感谢修磊、韦健玮、张正等编辑的支持。

因此，这本"星光片羽"的研究文字，如果能够让人发现龙江新诗如这里的自然风景一样的葱茏与苗壮，也就实现了预期，为龙江当代新诗做细致入微而又高屋建瓴的著述，应该是以后的计划，因此叫"龙江当代新诗论"，而非通常意识中应该着眼的"龙江当代诗歌史"，这是需要特别说明的。

到今年，来哈尔滨整整二十年。读书，教书，带学生，看似漫长的时光，在忙忙碌碌中，转瞬即逝，一大把的岁月"丢"在了这个地方。这其中，能以一个思考者的身份，始终没有离开文学，具体而言就是没有离开诗歌，是一件幸事。

陈爱中

2018 年 3 月 22 日哈尔滨